夫には秘密

館　淳一

幻冬舎アウトロー文庫

夫には秘密

目次

第一章　新製品ランジェリーのモニター、お願いします……

　なんとなく気だるい午後のひととき。家事は一段落がつき、午後の買物に出かけるにはまだ間があるという時間に、芹沢《せりざわ》家のチャイムが鳴った。夏美《なつみ》が応答すると、

「私、ランジェリーの訪問販売をやっている〝ミレーヌ〟の桑原《くわはら》と申します。あの……、夕《ゆ》貴子《きこ》ライアン先生からご紹介いただいたもので、ご挨拶に伺ったのですが……」

　澄んだ若い娘の声だった。

〝ミレーヌ〟というのは、婦人用下着の訪問販売で急速に有名になったブランドだ。かなり高価なものを扱っていて、それもセールスレディの訪問を受けないと入手できない。子育てを終えた年代のミセスたちにとって、それは憧れの品である。

　夏美は躊躇した。彼女はランジェリーに凝るタイプではない。

　とはいうものの、夕貴子ライアンからの紹介と言われると、むげに断りにくかった。頼ま

れて絵のモデルをつとめ、わりあい親しく交際している。夕貴子は画壇では名を知られた洋画家でもあるのだ。

「どうしましょう……。私、おたくのランジェリーを買えるほどの身分じゃないのに……」

夏美がためらっていると、桑原と名乗った若いセールスレディは、インタホンごしに屈託のない明るい笑いを響かせた。

「そんなにおじけづかないでください。今日お邪魔しましたのはセールスではなく、新製品のモニターのお願いなんです。ご協力いただければ、ささやかですが謝礼と、商品のランジェリーをプレゼントさせていただきますが」

「あら、そうなの。プレゼントと謝礼かあ。じゃ、お話を伺うだけでも……」

モニターとかアンケート調査といっても、結局はセールスの一手段なのだ。それを承知でドアを開けたのは、インタホンを通して伝わってくる、この若い女性の明るい性格を思わせる声が決め手だった。

そのセールスレディの印象は、夏美の先入観とはずいぶん違っていた。

（えっ、この娘さんが……？）

化粧品とかランジェリーの訪問販売員というと、たいてい厚化粧なものだが、いま目の前に立っている若い娘は、ほとんど素顔に近い。

年齢もずっと若く、体型はふっくらぽっちゃり型。高校を出たばかりではないかと思うような、素朴で子供っぽい感じだ。服装もハイセンスとはほど遠い。紺のブレザーコートにセミタイトのグレーのミニスカート。下はごく当たり前の白いブラウス。地味でどことなく野暮ったい装いからして、知らなければ、地方から上京したばかりの女子大生か何かだと思うに違いない。

一番最初に強い印象を与えるのは笑顔だった。ニッコリ笑うと目が糸のように細くなって、なんとも人なつっこい感じを与える。策を弄して商品を売りつけようという狡猾さはまったく感じられない。

全体的にまるい顔だちは、可憐ではあるが、とりたてて美人ではない。街を歩けば、どこにでもいるような娘である。しかし、その笑顔には、迷い犬が飼い主と出会った時のような喜びの感情が溢《あふ》れているのだ。

夏美が訪問販売員に対して抱いている警戒心は、その娘の笑顔を見ただけで消し飛んだ。

手渡された名刺には次のように記されていた。

ミレーヌ販売株式会社西東京支部
セールススタッフ

MAS・『若樹の会』コンサルティング・アシスタント

桑原　まり子

「お忙しいところをお邪魔して申しわけありません。ごく簡単なお願いですので、五分もかかりませんので……」

玄関の上がり框《がまち》のところでいかにも恐縮したように何度も頭を下げる。夏美はつい、

「まあ、玄関先で立たせたままなんて、いくらなんでも失礼よね。よかったら上がってくれない？　散らかっているけど」

「いえ、そんな……。突然お邪魔したのですから、ここで結構です。どうぞお気づかいなく」

「いいのよ、こっちはかまわないから」

さかんに恐縮するうら若いセールスレディは、強く勧められて仕方なく、といった感じで靴を脱いだ。居間に案内してソファに座らせる。手早くお茶を淹《い》れながら、夏美は好奇心から尋ねてみた。

「夕貴子先生のところで紹介された、っておっしゃったわね？　先生はよくおたくのランジェリーを買うの？」

　まり子は素直に頷《うなず》いた。

「ええ、半年ほど前に別のお客さまに紹介いただいて、それから何度かお伺いして、そのたびにお買い上げいただいています」

「そうよねぇ、先生は絵が一枚売れれば何十万円ってお金が入るから……。旦那さまだってフェニックス製薬の役員ですもの。私なんか一介のサラリーマンの妻ですからね、とても下着に凝るような身分じゃないのよ、本当に」

　防御線を張られても、まり子はこだわりのない笑顔を絶やさない。

「皆さん、ミレーヌの製品というと〝高い〟というイメージをお持ちのようですけど、けっしてそんなことはないんです。ファンデーションとか、オーダーメイドのシルクものは別ですが、ショーツでも三千円、スリップなら五、六千円ぐらいから、お求めやすい価格のものが揃っています。カタログを差しあげますので、あとでぜひご覧になってください」

　そう言って、大判のカタログを食卓の上に広げた。写真をふんだんに使った豪華な装丁のカタログだ。白人の美人モデルがスリップ、キャミソール、ペチコート、ブラジャー、パンティなどの下着を着用している写真がズラリと並んでいる。ページをパラパラとめくってみて、夏美はフーッと溜め息をついた。繊細でセクシィな下着というのは、女たちの永遠の憧れだ。

「素敵ねぇ、さすがに……」

とはいえ、ショーツの類で一枚三千円というのは、サラリーマンの主婦の感覚としては、やはり高い。何かキッカケでもないと、なかなか買う気にはなれない。

「ところで、モニターをお願いしたいというのは、これなんですけど……」

まり子はブリーフケースの中から洒落《しゃれ》た紙の包みを取りだした。

「まあ、シルクショーツなのね」

純白と、淡いピンク色のパンティが一枚ずつ入っていた。サイドにレースがふんだんに使ってあって、広げてみるとかなり大胆なハイレグカットで、ショーツとかパンティというよりも、スキャンティといったほうがいい。

夏美は少し羞恥を覚えた。

「すごくセクシィなのね！　私みたいなおばさんがこんなの穿けないわ」

まり子はびっくりした様子で首を横に振ってみせた。

「おばさんなんて、とんでもない。とってもお若いのに……」

「でも、もう三十五よ。中学生の息子がいるし……」

「見えませんわ、三十そこそこぐらいだと思いました」

　お世辞でも、そう言われれば悪い気がしない。まり子は説明を続けた。

「これ、お試しになってみるとわかりますけど、人間工学的にデザインしたハイレグカットなので、着け心地はとてもいいんです。それと、ここに工夫がしてあるんです」

　股布の部分を広げてみせた。見たところふつうのショーツと変わりはない。

「匂いなんです。嗅いでみてください」

「え？」

　薄い布きれを鼻に近づけると、芳香がした。ムスクか何か、もっと官能的な甘やかな匂い。

「驚いたわ、クロッチの部分に香水をしみこませているのね？」

「ええ。香料をマイクロカプセルという特殊な微粒子にしみこませて、糸を紡ぐ段階で繊維の中に混ぜてあるんです。肌と擦れるたびに少しずつ分解して匂いを放出する仕組みになっています。洗濯してもなかなか消えません。私どものテストでは、百回洗濯しても、まだ香りが残っていました」

「へぇー、アイデア商品ねぇ。最初っから香水の匂いがするパンティなんて……」

「今までもありますけど、たいてい二、三回洗うと消えてしまいます。こんなに長持ちするのはミレーヌだけです。ＳＦショーツと名づけて、この秋から大々的に売りだす予定です」

SFとはシークレット・フラグランス加工という製法の略でもあり、セクシィ&ファンタジーの略でもあるのだという。

「モニターって、どういうふうにすればいいの？」

「ふつうに穿いてください。できましたら二枚とも何度か洗ってみて、穿き心地がどう変わるか確かめていただきたいんです。結果はアンケート用紙に記入してください。二週間したら回収に伺います。謝礼はその時にお払いします」

「それで、このショーツは頂戴できるわけね？」

「はい。もし気にいっていただけたら、お好みのデザイン、色のものを特別価格でお頒《わ》けいたしますけれど」

訊いてみると、この香りつきショーツは一枚五千円で売りだすという。モニター謝礼は一万円。つごう二万円の副収入になる。

(ただ穿くだけでいいのなら、まあ、難しいことはないわ……)

引き受けることにした。シルクショーツは高価なうえに洗濯に手間がかかる。夏美は一枚も持っていなかった。この機会に何枚か持っておくのも悪くはない。

夏美は、ケバケバしい色のや、スケスケのもの、あるいはきわどいデザインのビキニやスキャンティなどを穿く気にはなれない。このショーツなら適当に上品で適当にセクシィだから、持っていても恥ずかしいことはない。

桑原まり子というセールスレディは、ピンク色に塗られたキャロルに乗って帰っていった。軽自動車の後部座席にランジェリーの入ったトランクを何個か積んで、毎日、この地区の主婦を訪ねて下着を売って歩くのだ。

＊

——その夜、夏美は風呂あがりに、さっそく淡いピンク色のほうの〝SFショーツ〟を穿いてみた。

（あら、ぴったりとフィットして、締めつける感じはしないし、動きやすいパンティだわ）

布地に伸縮性があって、しかも肌をやさしく包みこんでくれる。

脱衣所の鏡に、シルクショーツを着けた自分のヌードを映してみた。

芹沢夏美は三十五歳。ひとり息子がいるけれど、その肌のハリ、肉体の曲線はなお瑞々《みずみず》しさを失っていない。乳首がツンと立って、娘時代の時と同じ程度のピンク色を保っているのが自慢でもある。ブラジャーはCカップだが、はずしても醜く垂れることはない。

ただ、ヒップラインだけは三十代になると少しずつたるんでくる。若い娘たちの穿くビキニはもう無理だ。臀部の半分ぐらいがはみ出す下着だと、段差がついてしまうし、美容上も問題がある。

その点、このハイレグのスキャンティは、前とサイドはきわどいけれど、後ろのほうは臀部のまるみをすっかり包みこみ、上に持ちあげてくれる感じになる。

（うーん、あの人が見たら、なんと言うかしら……）

自分のヌードをまんざらでもないと思うと同時に、夫の博行《ひろゆき》のことを考えた。

「今のおまえは、本当に女ざかりっていう感じだなあ。このおっぱいとかお尻の肉のつき具合……。熟女の色気というのが、みっちり詰まっている」

夫の博行は、彼女を抱くたびにそう褒めてくれる。といっても、その機会はめったにない。この前抱かれたのは、半年ちかく前の正月休みで、場所はクアラルンプールのホテルだった。

――芹沢博行は、某大手電機メーカーの重電部門に籍をおく設計技師である。

彼が設計しているのは発電所に据えつけられる発電機とその制御機器だ。最近は開発途上国への発電設備の輸出がさかんで、博行はそういった海外部門にまわされ、東南アジアや中近東の諸国を飛びまわっている。

発電所そのものの建設は何年もかかるのだが、彼が担当するのは機器の搬入と据えつけだけなので、一カ所に留まるのは半年ぐらい。据えつけを終えると、また別の現場へと飛ぶ。

滞在期間が短いことと、現場が人里離れた不便な所が多いので、技術者たちはほとんどが単身赴任になる。

そんなわけで、三年ほど前から博行はほとんど家にいない。帰ってくるのは年に一度か二度だ。そういう状態だと家庭に亀裂が入りやすい。会社も気をつかって、家族のほうを夏休みや冬休みの時期に、一週間ほど夫のもとへ行かせてくれる。

博行は、去年の夏からマレーシアの密林の中で建設中の水力発電所の現場にいる。この正月は夏美たちが観光を兼ねてマレーシアを訪問し、クアラルンプールで夫と会ったのだ。

その時も博行は、

「ああ、おまえの体は抱きがいがある。うーん、こんな体を半年に一度しか抱けんとは……」

愛撫しながら、いかにも残念そうに呟いたものだ。

そうやって今なお夫を惹きつけている肉体だが、熟女の艶麗・豊熟の美は肥満と紙一重である。うっかりすると、ウェストから下腹にかけて脂肪がついてくる。体全体が重くなる。

最近は子供もほとんど手がかからず、面倒を見る舅や姑もいない。余暇がありあまっている分だけ、体型を崩す危険は大きい。

（いつまでも夫の目を喜ばせる体を保ちたい）

そう願って、半年前からカルチャーセンターのエアロビクス教室に通うようになった。週に二度、午後の一時間をそこで汗を流す。おかげで何とかスッキリした肉体の線を保っていることができる。

夕貴子ライアンが、夏美に目を留めてモデルを依頼してきたのも、肉体の線が崩れはじめた主婦たちの間で、彼女のレオタード姿が一番美しかったからだろう。

いま、鏡の中の自分の裸身を観察しながら、夏美は目を細めた。

ムチムチとよく熟した人妻のヒップにぴったりと貼りついている薄桃色の布は、下腹の黒い繁みをかなり透かせて見せている。自分でも、

（うーん、エロだなあ……）

感じてしまう。

（こんな姿であの人とベッドに入ったら、きっと大喜びするわ）

下腹が、夫の愛撫を受けた時のように、内側から熱くなる。芳香を秘めた部分の布が湿り気を帯びた。

（ん、もう……。やっぱり欲求不満なのかしら……）

夏美は、自分ではそんなに性欲が強いほうだと思っていない。夫に抱かれる時はそれなり

に燃え、激しく乱れるが、唯一のセックスパートナーである彼と離れていても、誰か別の男性を探そうとか、そういう気にはならない。その時の体調によって、夜、体が火照って眠れない時もないではないが、そういう時でもオナニーで一度達すると、あとはぐっすり熟睡できる。

ところがその夜は、なぜか体の火照りが消えなかった。ベッドに横になってしばらくすると、ますます下腹部が熱を帯びてくる。

(まあ、仕方ないわね……)

下着の内側へと指を這わせた。

そこは驚くほど熱い蜜を溢れさせていた。

(こんなになるなんて珍しい……)

熱いぬかるみの中に指を沈め、別の指で膨らみきった秘核を刺激する。

「うっ、あ……はあっ」

熟れた肉体が痙攣《けいれん》し、たちまち夏美はめくるめく快美な感覚に溺れた──。

＊

翌朝、夏美は少し寝坊してしまった。

（いけない……！）

あわてて飛び起きた。悠也《ゆうや》の食事と弁当の仕度をしなければならない。ギリギリ間に合うかどうかの時刻だった。

顔を洗うのもそこそこにキッチンへ行くと、すでに身仕度をした息子が、食卓について牛乳を飲んでいた。自分でトースターにパンをいれて焼いている。

「悠くん、ごめーん。ママ、寝坊しちゃった。起こしてくれればよかったのに」

十五歳になる少年は、

「かまわないさ。お昼だってパンを買って食べればいいんだから」

いつものようにぶっきらぼうな口調だが、だからといって母親を責める様子ではない。

ひとり息子の悠也は心のやさしい子供で、甘えん坊で、小学校低学年の頃まではいつも彼女にまとわりついていた。

しかし人並みに反抗期を迎え、中学校に入る前後は、それまで「ママ、ママ」と言っていたのが「おい」とか「おばさん」とか傲慢に呼び捨てるようになった。

その反抗期もどうやら峠を越えたようで、最近はあまり母親と口論することもなくなった。しかしもとのように「ママ」と呼ぶのはさすがに照れくさいのか、夏美を「ママさん」と呼ぶようになった。それに対応して夏美も「悠ちゃん」から「悠くん」と呼ぶようになった。

（ま、いいか。これも大人になるための通過点なんだから……）

「ママさん」と呼ばれるたびに、ちょっと抵抗を覚えるのだが、そんな母親の目にも息子の発育していく体は眩《まぶ》しい。

幸い、名門と言われるS——大学の付属中へ入ることができた。よほど成績が悪くないかぎり、高校、大学へとエスカレーターで上がれる。受験勉強でキリキリ舞いしなくてもすむ。

（成績だっていいほうだし、グレたりする様子もない。「ママさん」と呼ばれるぐらい、我慢しなきゃ……）

そう思ってもみるのだ。

「じゃ、ママさん」

「行ってらっしゃい」

息子を送り出したあと、食卓の椅子に座りこんで、夏美はハアッと大きな欠伸をしてしまった。睡眠不足なのだ。

ふつうなら、オナニーで一度達したら、それで満足してしまうのに、昨夜だけは違った。

——火照りを鎮めるために秘部に指を伸ばした夏美だったが、その部分は何度も何度も強い刺激を求めてやまず、ネグリジェもパンティも脱ぎ捨てた人妻は、ベッドの上を悶え狂って、際限のないマスターベーションを続けてしまった。

ヘトヘトに疲れて眠りこんだのは、三時ちかくだった。

(こんなこと、生まれて初めてだわ。いったい、どうなっちゃったのかしら……?)

ふと、自分の体臭に気づいた。汗まみれになってシーツの上を転げまわったのだ。牝の匂いが全身から立ちのぼっている。立ち上がって浴室に行き、シャワーを浴びた。

新しいパンティを穿こうとして、また思い出した。

(そうか、モニターを頼まれていたんだっけ……)

桑原まり子から渡されたもう一枚の、白いほうのシルクショーツに脚をとおした。

(ひょっとしたら、昨夜、あんなに昂奮しちゃったのは、この下着のせいじゃないかしら……?)

脱ぎ捨てたピンクのSFショーツを見て、ふと、そんな疑惑が脳裏をかすめた。ふだん穿いたことのない高級なシルクの、それもセクシィなデザインの下着によって、彼女の粘膜が刺激されたのだろうか。秘部にあたる部分に香水がしみこませてある。その香水が何か作用したのかもしれない。

(だったら、これを穿いてるうちにまた、昂奮しちゃうかしら?)

そんな懸念を覚えたのだが、その日一日、特に性欲が強まるということはなかった。
（バカね、色っぽいパンティを穿いたら欲情するなんてこと、あるはずがないわ）
夏美は自分の疑惑を笑ったのだが……。

第二章　昼下がりの公園で淑やかなミセスに誘われて……

「よお、悠也。ちょっと、面白いものを見せてやろうか」

同級生で親友の亮介《りょうすけ》が、そう言ってにやにや笑いながら近寄ってきた。一日の授業が終わり、付属中の校門を出たバス停の所だ。

悠也はきょう一日、親友がひどくウキウキしていることに気づいていた。何か秘密のことを打ち明けて自慢したい様子だ。

「なんだよお。また、パンチラ写真の傑作かよ」

だいたいの見当はついている。

「そんなんじゃない。もっとすごいんだ」

「どんなんだよ、見せてみろ」

亮介は思わせぶりに首を横に振った。

「だめだ、とてもじゃないが学校には持ってこられない。家に置いてある。寄ってけよ」

「なんだよ、もったいぶって……」

気のない返事をしながらも、やはり悠也は昂《たかぶ》るものを覚えないわけにはいかない。

「見たら驚くぜ、すごい傑作だからな」

亮介はニヤニヤ笑う。

――元木《もとき》亮介は、駅前にある『元木フォトスタジオ』の息子である。少し前までは『元木写真館』といった。

今は写真館に記念撮影に来る人も少なく、頼まれて出かけることのほうが多い。それでも商売用のスタジオがあり、暗室にはカラー現像機など、ハイテク機器が揃っている。

カメラが何台もゴロゴロしているという環境に育ったから、亮介も自然にカメラを趣味とするようになった。

父親は、息子が写真に興味を抱いていることを喜び、中学生にしては高価なカメラを与え、暗室も好きに使わせている。ごく自然に、亮介は学校の写真部の部長におさまった。

悠也も、付属中の受験に合格した時、父親の博行からお祝いとしてかなり贅沢なカメラを贈られた。それがキッカケで写真部に入り、そこで亮介と親しくなった。妙にウマがあい、放課後に互いの家を訪ねたり、一緒に遊びに行ったりする仲だ。

亮介は特異な趣味に熱中している。パンチラ写真というやつだ。

カメラマニアの中で、盗撮にのめりこむ者は少なくない。亮介も盗撮に異常な情熱を燃やしている一人だ。

女性たちの着替えとか入浴、あるいは野外での男女交歓シーンを盗撮した写真を掲載してくれ、多額の謝礼を出してくれる投稿写真誌というのがある。

彼はそういった投稿写真誌の中でも常連だ。親に内緒で月に何万円か稼ぐ時もある。

しかし、こういう猥褻な写真は現像や焼付が問題だ。ヘタに街のＤＰＥ屋に出せば突き返されるか、最悪の場合、警察に連絡されたりする。フィルムごと投稿誌に送ることもできるのだが、それでは自分の目でチェックができない。

家で商売用の暗室を使える亮介は、そういう制約がなかった。精通を覚えオナニーに耽溺する年頃である。ふくれあがる性欲が彼を盗撮――中でも女性のスカートの下を専門に狙うパンチラ写真にのめりこませていった。

彼の武器は望遠レンズだ。「バードウォッチングをやるから」と言って、父親の商売道具の中から三百ミリとか五百ミリの望遠レンズを借りて、それで遠くから女性を撮る。

その気になれば、街の中でも女性のパンティを拝める場所は無数にある。

ある時、工事中の道路を見て、すごいアイデアが浮かんだ。

そこは、下水管を埋設するために深い溝を掘ってあって、その上に鉄板を蓋のようにかぶせて、歩行者が通れるようにしてあったのだ。彼はこっそり、その鉄板の下に潜りこんだ。鉄板と鉄板の隙間から見上げると、頭の上を何人もの女性が歩いてゆく。スカートの真下からバッチリとパンティを見ることができる。

もちろんフラッシュを焚《た》くのだが、白昼、地面の下からフラッシュを浴びせられても通行人はほとんど気づかない。

亮介は夢中でシャッターを切りつづけた。パンチラではなく、パンティがモロに見えるからパンモロと呼ばれる写真が撮れた。

この時のパンモロ写真を雑誌に投稿したところ、一ページにわたってまとめて掲載されたのだ。謝礼は一万円だった。

自分の作品が掲載されたことで、亮介は狂喜した。とはいえ親や学校にバレたらえらいことになる。安心して見せ、自慢できるのは親友の悠也だけだ。

彼のパンチラやパンモロ写真を見せられて、悠也は親友の大胆不敵さに驚かされ、しかも見事に盗撮された色とりどりのパンティに包まれた女体に魅せられてしまう。

「好きだなあ、亮介も……。こんなことに使う時間があったら、まじめに勉強したら？」

表面では揶揄《やゆ》しながらも、内心では羨ましい。

女性のスカートの中は、少年たちにとって永遠の謎を秘めた魅惑の場所である。悠也だって覗けるものなら覗きたい。しかし、彼にはそれだけの勇気がない。

「悠也だって嫌いじゃないだろう？　そんなこと言うなら、もう見せないぞ。自分で撮れ」

そう言われると、

「わかった。嫌いじゃない。おまえは勇気がある」

脱帽してしまう。

＊

「いいか、驚くなよ」

——自宅に悠也を誘い、鍵のかかる抽斗《ひきだし》からもったいぶった手つきで取りだしたカラー写真の最初の一枚は、しかし、これまでの盗撮写真と似たようなものだった。

「なんだよ。たいしたことないじゃないか」

期待を裏切られて、悠也はがっかりした。

どこか公園のベンチに座っている女性を、望遠レンズで引きつけて撮った写真だ。

若くはない。しかし、美人である。女優ではないかと思うぐらい華やかな雰囲気を持っているのだが、肝心のパンチラのほうはいま一つだ。

上は白いブラウスに淡いピンクのカーディガンを羽織り、下は黒いタイトスカートという、わりとカジュアルな服装でくつろいでいる女性は、黒いストッキングを履いた脚を高く組んで、膝の上の文庫本を呼んでいる。

カメラは離れた所から、しかもやや仰角で彼女を狙っているので、膝の後ろから腿へかけてが覗けている。しかし、スカートの奥のほうまでは見えない。

「でもさあ、この人、パンストじゃないんだぜ。ほら、ここでストッキングが切れて、黒い紐みたいなのが見えるだろ？　これ、ガーターベルトで吊ってるんだ」

亮介が指で差し示した部分は、確かに白いむっちりした腿の肉が覗いていた。

「へぇ、珍しいなあ。エロ雑誌とかじゃ、よくこういうの着けてるけど、ふだん、女の人ってこんな恰好しないもんな……」

悠也も感心した。彼が身近に知っている女性というと母親の夏美しかいないが、彼女はいつもパンティストッキングだ。ガーターベルトなど持っているとは思えない。

「だけど、パンティのほうは全然見えないじゃないか」

じっくり見てから悠也がつまらなそうに言うと、亮介はニタニタ笑いをさらに広げた。

「実はな、この写真を撮ったあと、おれ、このおばさんと親しくなっちゃったんだ。で、最後はヌード写真まで撮った」

「ええっ⁉」

悠也は仰天した。

＊

——昨日は中間試験の最終日で、学校は昼に終わった。それまで盗撮に出かけられなかった亮介は、勇んでパンチラハンティングに出かけた。

目指したのは区立公園だった。中には美術館やちょっとしたグラウンドもあり、広い芝生や林の中を散策用の歩道が迷路のように通じている。道に沿ってあちこちにはベンチが置かれていて、そのうちのいくつかが盗撮に絶好のポイントなのだ。

天気がよかったので、子供連れで散策に来たりする人々が多く、どのベンチも人が座っていた。狙いをつけていたベンチには、女性が座っていた。一瞬、胸が躍った。しかしよく見ると、若い女性ではない。

（なんだ、おばさんかよ……）

少し落胆した。盗撮の一番の対象は、やはりミニスカートを穿いた若い女性だ。だが、近寄ってよく見ると、その女性は〝おばさん〟と呼ぶには綺麗すぎるほど上品なミセスだった。

（着ているものも高そうだしセンスもいい……。ひょっとしたら、女優かタレントかなあ？）

亮介は、すぐにこの淑《しと》やかな年増美女に魅せられてしまった。

年齢は三十代後半、まだ四十にはなっていないだろう。公園で陽光を浴びようと思ったのだろうか、薄いピンクのカーディガンに白い、襟の大きなブラウス、それに黒いタイトスカートという恰好である。

片手に文庫本を持ち、背もたれに深くよりかかって、すっかりリラックスした姿勢で脚を組んでいる。スカートの丈はそんなに短くないのだが、読書に熱中しているためか裾が少しずつまくれていくのに気がつかない。

（いけるぞ、こりゃ……）

亮介はたちまち獲物を発見した猟師のように目を輝かせ、胸の中で舌なめずりした。

ベンチに向かいあってちょっとした広さの池がある。池の対岸には四阿《あずまや》が立っていて、そこからベンチを見ることができる。四阿からの視線は見上げる角度だから、よけいスカートの内側が覗きやすい。その距離は十五メートルほど。望遠を使って四阿の中から撮れば被写体の女性はまず気がつかない。盗撮マニアのために誂《あつら》えたような絶好のシチュエーションである。

（しめしめ、バッチリだ……）

四阿の柱に身を隠すようにして、望遠レンズを向けた亮介は、ファインダーの中に拡大された熟女の下半身を眺め、昂奮した。

自分が盗撮されている——などとは夢にも思っていない熟女は、熱心に本を読み耽《ふけ》っている。組んだ脚をときどき組みかえるのだが、そのたびにスカートの裾はずり上がって、膝小僧のずっと上まで見えてきた。

ハイヒールを履いたスンナリとした脚線だが、腿のほうはムッチリと肉がついている。黒いストッキングを履いているのだが、五百ミリの望遠レンズで拡大すると、その腿の上のほうに白いものが見える。

亮介は目を疑った。

（パンストじゃないんだ。太腿までのストッキングだ……！）

そういうセパレートのストッキングを履く女性は少ない。パンチラ写真をずいぶん撮ってきた亮介にしても、これまで一度だってお目にかかったことがない。虫にでも刺されたのだろうか、無意識に美女が内腿に手をやり、掻《か》くようなしぐさをした時、白い剝き出しの腿の、つけ根のほうまでがハッキリ見えた。黒い色の三角形。同じ色の紐が腿の曲面に沿って伸び、ストッキングの上端を吊っている。ガーターベルトだ。

（うーん、そそられるなあ……！）

賛嘆しながら夢中になってシャッターを切った。

バシャッ。

その時、

「おい、おまえ！」

背後から声がかけられ、亮介は飛び上がった。

「わ」

振り返ると、カーキ色の作業衣を着たゴマ塩頭の男が睨《にら》みつけていた。この公園の事務所に詰めている管理人だ。

施設を汚したり壊したりする不心得者がいないか、しょっちゅう鋭い目で四方を見回しながら巡回している。いつもはその姿を認めると逃げるようにしているのだが、今という今は、艶麗な熟女に気をとられて、彼が接近するのにまったく気がつかなかった。

（しまった……！）

亮介は青くなった。

「何を撮っているんだ？　あそこにいる女の人のスカートの下を狙っていたな！」

「ち、違うよ、そんなことはしてないよ！」

「嘘つけ！」

管理人は傲慢な顔をして睨みつけた。

「おまえはスカートの下ばかり狙ってたじゃないか。ここは、そういう奴が集まってくるんで苦情が出ている。痴漢にイタズラされた女の子もいたんだ。犯人はおまえじゃないのか？　さあ、事務所に来い！」

腕をグイと掴まれた。老人のくせにすごい力だ。とても逃げられない。悪いことに、カメラバッグの中には買ったばかりの投稿雑誌が入っている。

（警察なんかに連絡されたら、えらいことになる……）

亮介は目の前が暗くなった。その時、

「どうしたんですか？　うちのリョウちゃんが何かしたの？　乱暴に捕まえたりして」

咎《とが》めるような女の声がした。管理人と亮介は同時に声のしたほうをふり向いた。

いつの間に近づいたのだろうか、ベンチに座っていた女性が管理人を睨みつけていた。

「えっ、あの、奥さん……、この子の……？」

管理人は驚いた表情で二人を見比べる。

「ええ、私の息子ですよ。リョウちゃんが私の写真を撮りたいっていうから、池の向こうから自然な姿で撮ってもらおうって、私が頼んだんです」

彼女の態度は、自分の息子を庇《かば》う母親のそれだった。

「そ、それは……。ああ、うー……」

　管理人は真っ赤になり、喉の奥から言葉にならない唸り声を洩らした。あわてて亮介の腕を放す。相手は上品な身なりをした、教養もありそうな淑女だ。凛《りん》とした態度に人を疑わせる何ものもない。

「し、失礼しました……。いや、何、このあたりにはカメラを持っていやらしい写真を撮ろうという男の子が多いので、てっきりそうだと思って……。それならそうと、息子さんも早く言ってくれればいいのに……」

　バツが悪そうにモゴモゴと口の中で謝ると、そそくさと立ち去っていった。

(どういうことだよ、これ……!?)

　亮介は呆気にとられて淑女を見つめた。彼女は少年が捕まったのを見て、救いにきてくれたのだ。それも、自分の息子だという嘘までついて。

　女はツカツカと少年のところに歩みよるとポンと肩を叩いた。悪戯《いたずら》っ子のような愉快そうな笑いを浮かべている。

「さあ、キミ、ついてきて。ここで離ればなれになったら、また疑われちゃう」

　軽く腕をとるようにして、出口のほうへ向かう。

「は、はい……。でも、どうして……？」

一緒に歩きながら、亮介はおそるおそる尋ねてみた。何がなんだかサッパリわからない。

「私ね、管理人が現れる前から、キミがスカートの下を狙っていたことに気がついてたのよ」

ミセスは微笑を浮かべながら、こともなげに言ってのけた。

「えっ、じゃ……？」

亮介は赤くなった。自分はそれと知らずに無遠慮なレンズを向けていたのだ。女はケラケラとおかしそうに笑った。

「そうよ。あんまり熱心に私のスカートの下を撮ってるから、こっちも面白くなって『どこまでやる気かしら？』って、わざと高く脚を組んでみたりしてたら、あの管理人に捕まってしまって……。男の子が女の人のスカートの内側に興味を抱くのは、自然なことじゃない？キミはいい家の子みたいだし、おとなしそうだし、もとはといえば私も挑発したんだし、そんなことでひどい目にあうのは可哀相だと思ったの。……ところでキミ、いまいくつ？」

「えっ？　はい。十五です……」

「じゃ、中三ね？　そっか、うちの坊やより二つ年下なんだ。体が大きいから高校生かなあと思ってたけど」

このミセスは高校生の息子がいるのだ。とてもそんな年齢には見えない。亮介の母親よりずっと若々しく見える。そして、盗み撮りされているのを知りながら、それをかえって面白がっている。ちょっとふつうの母親とは違う。

「だけど、おばさん……。どうしてボクの名前を知ってたんですか？　亮介という……」

女は弾けるように笑った。

「まあ、キミは亮介というの？　偶然ねぇ、うちの坊やは良一《りょういち》というの。良いイチね。呼び馴れた名前をとっさに口に出したまでよ」

「えーっ、そうなんですか……」

公園の駐車場のところに来た。彼女はスタスタと一台の車のところに行き、運転席のドアに鍵を差し込んだ。亮介はまた目を丸くした。

（すげえや、これ、ベンツだぜ……）

3ナンバーではなく5ナンバーの、Bクラスというやつだ。それにしたってそこらへんのサラリーマンが持てる車ではない。

「乗りなさい」

美しい人妻に言われるまま、亮介は従順に助手席に乗りこんだ。とにかく彼の窮地を助けてくれた人なのだ。

女はエンジンをかけたが、すぐには動かさず、亮介を見つめながら言った。

「キミは私に借りがあるのよ。だから、少しつきあいなさい。それぐらいの時間はあるでしょう？」

「ええ……」

「それじゃ、質問をするわ。正直に答えなさい」

「はい……」

気を呑まれて人形のように頷くばかりの亮介だった。

「キミは、パンチラ写真を撮って歩くのが趣味らしいけど、そのフィルムをどうするの？ふつうのDPE屋さんに出すの？　そんなの現像してくれる？」

「いいえ。あの……、ぼくの家は写真館で、暗室があるんです。だから自分でこっそり現像してるんです」

亮介は、問われるままに父親の職業と、自分がどのようにフィルムを処理しているかを正直に答えた。

「おやおや、そうなの……。なーるほど、写真屋さんの息子かあ」

感心したように、自分の息子よりまだ年下の少年を眺めて、唐突に尋ねた。

「キミ、ヌード写真を撮ったこと、ある？」

亮介はびっくりした。

「えっ⁉　いえ、ありません」

「どうして？　今じゃ一般から参加者を募集したヌード撮影会だって、あちこちでやってるじゃないの」

「そうですけど、いくらなんでも中学生が参加できませんよ」

「だったら、ガールフレンドとか撮らせてもらえば？」

「そんなガールフレンドがいたら、パンチラ写真なんか撮りません」

「おやおや、じゃ、きみはまだ、女性のヌードをとっくり見たことがないんだ。ひょっとしたら、まだ童貞？」

「はあ……。そのとおりです」

亮介は頭を掻いた。彼らの学校は男子校で校則も厳しい。ガールフレンドはなかなかできない。童貞を捨てるのはさらに難しい。

「ヌードに興味はないの？」

亮介は首を横に振った。

「いえ、あります。もちろん」

「ふーん……」

女性はしばらく黙っていたが、ふいに声をひそめるようにして、言った。

「じゃ、おばさんがヌード写真を撮ってくれ、って言ったら、どうする？」

「う……⁉」

亮介は今度こそ言葉を失った。閉めきった車内に、年上の女のつけている官能的な香水の匂いが充満して、息ぐるしいほどだ。亮介のジーンズの下で、男性の器官が膨張した。

＊

「えーっ、そのおばさん、おまえに『ヌードを撮ってくれ』って言ったの？　本当かよ⁉」

亮介がそこまで告白すると、悠也は耳を疑って叫んだ。美しく優雅な気品を漂わせる上流婦人が、亮介のような少年にどうしてそんなことを頼むのだ。

「おれだってびっくりしたよ。最初は聞き間違えたかなと思って、ポカンとしてたら、そのおばさん『まだ自分の体が美しいうちに、誰かにヌードを撮ってもらいたいと思ってた』って言うんだ。だけど、知った人だと恥ずかしいし、かといって知らないカメラマンのところに行って『私のヌードを撮影してください』って頼むのも難しいし、どうしようかと考えていたんだそうだ。そこにたまたまオレがカメラを持って歩いてたし、現像も自分でできるってわかったもんだから、それじゃちょうどいい、って……」

「へぇー……。そのおばさんって、亮介のママぐらいの年齢なんだろう？　まだヌードを撮ってもらいたいなんて言うんだから、自信があるんだなあ」

「そうだよ。体つきはスラッとしてるんだけどおっぱいもお尻もブワンと出てて、色っぽいんだ……。うちのおふくろなんか、腹なんかボテッとして、ケツのあたり見ると牛みたいだぜ。全然違うもんな。そうだ、感じとして悠也のママに似てるわな。うん……」

亮介は力をこめて頷いた。

＊

――カメラ小僧でヌードに関心がない奴はいない。それは亮介だって同じだ。

「ぼ、ぼくでよかったら、撮ってあげます」

熱意をこめて答えたのは言うまでもない。

「そう？　自信ある？」

熟女はあいかわらず悪戯っぽい笑顔を浮かべながら尋ねる。

「ええ、まあ……。人物写真の撮りかたは、スタジオでおやじが撮るのを見て、だいたいわかってますから……」

「ふーん、門前の小僧、習わぬ経を読むわけね……。じゃ、これから撮ってくれる？」

「これから……。本当ですか？」

亮介は夢を見ているのではないか、という気になった。ピンチを助けてくれた美女があろうことかヌードモデルになってくれる——というのだ。

「いろんな機械が必要なの？」

「えーと、本格的に撮るんなら、ライトとか必要になりますけど」

「ストロボは持ってるんでしょう？」

「はい」

「じゃあ、それでいいわよ」

成熟した女性の妖艶なエロティシズムをムンムンと発散させているような麗人は、ベンツを動かした。

車の中で、彼女は言った。

「私、光恵《みつえ》っていうの。これからは名前で呼んで」

「光恵……さん、ですか」

「うふふっ。キミが光恵さん、というのも何かヘンねぇ」

亮介のぎこちない言いかたに、光恵と名乗った熟女は、笑いだしてしまった。

結局、彼女は亮介を、自分の息子と同じように「リョウくん」と呼び、彼のほうは「光恵ママ」と呼ぶことになった。

彼女が車を駐めたのは、とある高層マンションの地下駐車場だった。一階と二階にはファース
《ハイタワー・ユーノス》というのが、そのマンションの名前だ。
トフードなどの商店が入り、三階から上が雑居ビルになっている。

「ここ、おばさん……光恵ママが住んでるマンションですか？」

駐車場からエレベーターに乗る時、亮介は訊いてみた。場所は商店街に近いし、オフィスも入っている。このミセスが住むには、少し場違いな感じがする。光恵は説明した。

「ううん、違うの。私のお友達がちょっと事務所に使っているお部屋があるの。ふだんはあまり使っていないから、時々使わせてもらってるのよ。ほら、集会とかパーティとかに……」

その〝事務所に使っている部屋〟というのは、十三階にあった。

表札には「ＭＡＳ西東京支部」と書かれていた。ＭＡＳ《エムエーエス》というのが何の略なのか、亮介には見当もつかなかった。

鍵を使ってドアを開けると、廊下を挟んで左手がダイニングキッチンで、右手が絨毯を敷きつめた居間だ。ベランダに出る窓から午後の日差しがサンサンと降り注いでいる。

マンションの中はシンと静まりかえっていた。誰もいないのは確かだ。

（なんか、ガランとしているなあ……）

写真少年特有の観察力ですばやく周囲を見渡した亮介は、奇妙な印象を受けた。

ダイニングキッチンにはひととおりの台所用品が置かれているが、何か殺風景だ。人の気配というか匂いが希薄なのだ。

「こっちで会議とかパーティとかするの」

光恵にそう言われて入った居間の印象も、同じだった。

ゆったりしたソファに肘掛け椅子が数脚。骨董品らしいチークの丸いテーブル。その上には横たわった仏像が置いてある。金色に光っているが、まさか純金ではないだろう。

サイドボードには洋酒が何本か入っているし、大型画面のテレビにはビデオデッキが接続されている。かなり高級なオーディオ装置もある。しかし、機械にくわしい亮介の目には、どれも買ったばかりの状態で放置されているように見える。使いこなされた様子がないのだ。

一見、富裕な家庭の居間の感じではあるが、家具も調度も、とりあえず部屋の体裁を整えるために置かれている――そんな印象が強い。

変わったことに、窓と反対側の壁に黒一色のカーテンが天井から床まで垂れ下がっていた。

(映画のセットみたいだ……)

亮介はそう思った。実際に仕事に使われているのなら、もっと生活感のようなものが感じられるはずだ。

光恵という女は、たびたびここに来ているのだろう、入った時から自分の家のようにリラックスした態度になった。馴れた様子で冷蔵庫からビールとコーラの缶を取り出し、グラスに注いだコーラを亮介にすすめ、自分は缶のままビールを飲んだ。

「喉が乾いたから」

うまそうにゴクゴクと飲んだ。案外、光恵も亮介をここまで連れてくるのに緊張していたのかもしれない。

「ふーっ、おいしい」

ひと息ついてから亮介に向けて、ドキッとするような色っぽい視線をよこして訊いた。

「さあ、どこで、どうやって撮ってもらおうかな……？　実はこうやるとベッドルームになるの。私としてはベッドの上のほうが落ち着いていいかなあ、と思ってるんだけど」

そういって垂れているカーテンのところに行き端の紐を引いた。劇場の幕のように真ん中から割れて、奥のもう一つの部屋が現れた。

「え、こんなふうになってるんですか」

亮介はびっくりした。

八畳ほどの、やはりカーペットを敷きつめた寝室だった。しかし、インテリアは居間のほうとは全然違う。カーペットの色は赤で、壁紙は濃い紫色。そして真鍮《しんちゅう》のパイプにロココ調の飾りがついたダブルベッド。

　亮介はラブホテルというものに入ったことはないが、もし知っていたら、この寝室がラブホテルそっくりの淫靡な雰囲気を醸し出しているのに気がついたはずだ。

「ね、どう？」

　亮介は息苦しさを覚えた。このマンションの寝室に、自分は今、光恵という色っぽい熟女とたった二人きりなのだ。

「そうですね。暗いけれど、天井の照明とそこのスタンドがあるから、それを補助光に使って、何とかやってみます」

　亮介は膝が、手が震えているのを何とか押し隠そうと努力しながらカメラのレンズを標準に取り替えた。盗撮用のフィルムは高感度のものだから、まあ手ぶれの心配もないが。

「ふうん、やっぱり写真屋さんの息子ね。プロの手つきだわ」

　光恵という女は、励ますように声をかけて、

「じゃ、私、こっちで仕度するから……」

　寝室に入って向こうからカーテンを閉めた。サラサラと衣《きぬ》ずれの音が聞こえた。

（服を脱いでる……）

　亮介は喉がカラカラになっている。あわててコーラを飲んだが、むせてしまった。

（落ち着け……）

言い聞かせるけれど、心臓のドキンドキンという鼓動は室内に響き渡るようだ。

一分もしないうちに、彼女が声をかけた。

「お待たせ。リョウくん。開けていいわ」

少年は震える手でカーテンを開けた。

「あ……」

バカみたいに口をポカンと開けて立ちすくんでしまった。

衝撃的な下着姿が、ふたたび亮介の網膜を灼《や》いたのだ。

「うっ」

亮介は呻いた。ジーンズの下でエロティックな期待に燃えていた男根が、突然に膨張したから、痛みを覚えたのだ。

「あらあら、どうしたの……。初めて見るわけじゃないでしょう？　こういうの？」

挑発的な笑みを浮かべ、光恵は挑発的なポーズをとってみせた。

光沢のある黒いナイロン製のパンティに包まれた、張りきったヒップ。ウェストを締めつけている同じ色のガーターベルトが腿の曲線に沿って伸び、やはり黒いストッキングを吊りあげている。

「どう？」

「す、すごい……」

「じゃ、最初は下着姿から撮って。順々に脱いでゆきましょう」

熟女は豊満なヒップをベッドの上に沈めた。掛け蒲団はいつの間にか片づけられて、光沢のあるサテンの白いシーツだけになっている。

白い肌と黒い下着が凄艶なコントラストを形作り、むせるような芳香と熟女のエロティシズムが、寝室いっぱいに充ちた。

夢中でシャッターを切る亮介の動きがぎこちない。手脚の震えはおさまったが、今度は股間だ。ジーンズの下でペニスが猛然と自己主張しはじめたからだ。

「大丈夫、リョウくん？　下着を見ただけでそんなに真っ赤になって、ガチガチして……」

純情な少年の反応を楽しむように、エロティックにヒップを揺すりたててみる熟女。今の今まで優雅な貴婦人だったのが、娼婦のように淫らな、妖しいエロティシズムだ。

＊

「おい……、じゃ、その写真は……」

悠也は、まだ亮介が手に持っている残りの写真の束を見て、息を詰めるようにして訊いた。

「そうさ。光恵ママは、一時間ぐらいポーズを撮ってくれたからね。持っていた六本のフィルム、全部使ってしまった。二本目からはオールヌードだぜ」

「本当か⁉　おい、それを早く見せろよ」

亮介はニヤニヤ笑って残りの写真を差し出した。

「す、すげぇ……」

亮介の話は嘘ではなかった。悠也は、自分の母親とほぼ同年代の熟女が見せる、ハレンチなポーズに息を呑んだ——。

第三章　報告します。美少年の精液の味は……

MAS通信第二十三号
今月のハントレポート
レポーター　松永　光恵（西東京支部）

二十号でDBSのレポートを書かせていただいた松永《まつなが》光恵です。

今回は、かわいい中学生の男の子を首尾よくハントDBSした顚末《てんまつ》を、皆さんの参考になればと思い、ご報告させていただきます。

彼の名はリョウくん。中三の、なかなか美少年です。家は写真館をやっているそうで、彼もカメラを趣味にしています。

彼はよく、Ｓ——区の区立公園に行きます。というのは、そこのベンチというのが、座ると膝が持ちあがり、自然にスカートの内側が見えるようになってしまう形をしているからです。中でも池に面したベンチがリョウくんのお気に入りだとわかりました。池の向こうから狙うと一番パンティが見えやすいのです。つまり彼は、パンチラ写真の盗撮が趣味なのですね。

私も家が近いので、その公園でよく彼の姿を見かけました。彼が何を狙っているのかわかった時、ハントの計画が自然にできあがりました。

決行したのはある晴れた日。気温もあがってきました。街は薄着の女性が目立ちます。「こういう日は絶対にカメラを持ってやってくる」と思い、私も仕度をして出かけました。もちろんタイトスカートの下は黒いストッキングにガーターベルト。ブラジャーもパンティも黒。パンティはミレーヌの新製品、ＳＦシリーズのものです。

ハント作戦は完璧にうまくゆきました。

思ったとおりリョウくんがカメラをぶらさげてやってきたのです。私は挑発するように脚を高く組んで、ガーターベルトが見えるまで、むきだしの太腿を見せてあげたのです。

リョウくんが私のスカートの下を撮影していると、管理人に見つかって連れてゆかれそうになるというハプニングがあって、私もあわてました。とっさに私が母親になりすまして、彼を救出してあげました。

リョウくんは私に助けられたこともあり、考えていたよりずっと簡単に「ヌード写真を撮って」という申し出を受け入れてくれました（ハントを考えていられる方は、こういうトリックも応用されるといいと思います）。

連れていったのは、西東京支部オフィスです。

素直なリョウくんは、「体の線が醜く衰えないうちに、記念のヌードを撮っておきたい」という私の言葉を信じてくれました。

カーテンごしに服を脱ぐときは、さすがの私も胸はドキドキ、スカートのジッパーを下ろすのに手間どりました。

私の黒いランジェリー姿に、リョウくんは目を丸くして、しばらくは息をするのも忘れていたようでした。きついジーンズの股間がムクムクふくらんで、はちきれそうになるのがよく見えました。

ベッドの上に横たわってポーズをとると、ずっと落ち着きました。私の息子の良一にも、よく撮影させた経験があるからです。

そのときの写真をリョウくんが仕上げてくれたのを貰いましたので、ここに発表します。

「1」から見ていただくと順々に一枚ずつ脱いでゆく経過がわかると思います。

「3」のあたりでリョウくんも落ち着いてきました。私のほうはほうで、見られる快感が湧きあがって、クロッチの部分が濡れてきました。「4」ではパンティ一枚の大股開きですが、濡れてシミになっているのがおわかりでしょうか？

「5」のオールヌードになるまで二十分ぐらいでしょうか。リョウくんは、前を隠した私の手の指の間からはみ出るヘアーを見て、鼻血が出そうな感じで、かなり興奮してきました。

かなり大胆な注文を出して、私も快く応じてあげました。オナニーをするようなポーズのときは、指でラビアを広げて、一番の秘密地帯を全部さらけ出してあげたのです。彼はしばらくシャッターを切るのも忘れて、愛液で濡れた粘膜の部分を見つめていました。

そこで、休憩をとることにしました。いよいよDBS作戦の開始です。

私はコーラをごくごく呑んでいるリョウくんに言いました。

「ねえ、リョウくん。きみ、動きにくいでしょう、股のところがコチコチになって」

リョウくんはかわいそうに真っ赤になりました。

「撮影の前はセックスは絶対ダメと言ったけど、かわいそうだから、出させてあげようか？」

と言うと「セックスさせてくれるの？」と顔を輝かせました。

「セックスはダメ。ここは（私の性器を指さし）ダンナさまのものだもの。でも、口でしてあげる」と言いました。彼は投稿写真の雑誌などでフェラチオの写真もよく見ているそうで、「えっ、おしゃぶりしてくれるの⁉ すごいや」と大喜びです。

「いいわ。だけど、その前にペニスをきれいにしなくちゃ。一緒にお風呂に入りましょう」と、彼をバスルームに連れてゆきました。

全裸になったリョウくんのペニスは、もうビンビン！ 下腹にくっつくばかりです。まだ童貞のそれは先っちょの皮も完全に剝けていません。

私は全裸のまま浴槽に座り、彼をタイルの床に立たせた恰好で石鹼の泡をなすりつけ、丁寧に洗ってあげました。亀頭はきれいなピンク色で、まるでさくらんぼうのよう。オナニーも毎日しているとかで、恥垢も少ないのです。発育ぶりは中三の標準より大きいのではないでしょうか。

「じゃあ、ママがお口で気持ちよくしてあげるわね。そのままイッてもかまわないわ。ママ、全部吞んであげる」

そう言うとびっくりして「汚くないの！」と心配そうな顔。「全然。男の子の精液は、ママの栄養にもなるの。だからたっぷり出して吞ませてね」と安心させて、大きく口をあけて咥《くわ》えてあげました。

「あー、光恵ママ、すごく気持ちいい！」

背をのけぞらせてリョウくんが叫びます。まだ完全に発育しきっていませんから、夫や息子のように私の喉から口いっぱいに塞ぐ感じではありませんが、鉄のような固さでは負けません。ズキンズキンと脈打っているのがわかるそれを含み、鈴口に舌を這わせますとトロトロと甘い、カウパー腺液が溢れています。

（この調子じゃ、すぐイキそうだわ）

そう思って、最初はゆっくりと静かに舌をからめ、吸ってあげたのですが、思ったとおり一分か二分ぐらいで、

「ああっ、ママ、イク！」

叫んで思いきり私の頭を下腹へ押しつけるようにして、腰を前後に打ち揺すりました。ぶわっと先端がふくらむようなあの瞬間が訪れ、一瞬後にビュッと熱いドロドロの迸《ほとばし》りが私の口の奥に放出されました。

苦いけれど甘い、言い尽くせない美味なエキスを夢中で呑みました。

「ママー、ママー……」

赤子が母親を求めるような泣き声で、リョウくんはドクッドクッと精液を放射しつづけ、やがてぐったりとなります。私は濃厚な少年のエキスを最後の一滴まで、むさぼるように呑

み干してから、ようやく口を離しますと、

「あー、最高！」

満足した声をあげ、リョウくんは私の腕の中にとびこんできました。思いきり抱き締めてあげました。

お風呂から出ると、また撮影続行です。

彼も腰にバスタオルを巻きつけただけの裸で、ずっとリラックスした雰囲気で私の淫らな姿を撮りまくります。「8」「9」「10」がそれです。

彼は四つん這いにさせて後ろからの眺めが気にいったらしく、「9」では両手で尻たぶを開くように言われ、アヌスもバッチリ撮られました。内股が愛液でぐっしょり濡れて光っているのが見えますね。

「ダンナさまはここにもペニスを入れて愛してくれるのよ」

そう言ったらびっくりして本当にしません。信じさせるためにゼリーを塗布してから指を挿入して見せました。それが「10」です。バスタオルが落ちて、目を丸くして見ているリョウくんのペニスが元気を回復して、また下腹にくっついています。若いって素敵ですね。

「ママは、こうやって前と後ろに同時に指を入れてオナニーするのが好きなの」と言うと、

「見たい。やって見せて」と頼むので、実行してあげました。最初は少しだけと思ったのですが、そのうち気持ちよくなって本気で指を動かし、大きな声をはりあげてしまいました。

「あーっ、ママ、イキそうよ。リョウくん、まださせるの？」

「そうだよ、ママ。ボクをイカせたんだから自分もイカなきゃ。しっかり撮ってあげるから、思いきりイッて！」

リョウくんも興奮して、レンズをギリギリのところまで近づけて私の指が私の前と後ろの肉孔を辱めているシーンを撮影します。

シャッターとストロボの音の中で、私は甘美なオルガスムスを味わいました。

ぐったりとしてシーツの上に伸びているとリョウくんが跨《また》がってきました。

「ママ、またこんなになっちゃった……」

「わかったわ、リョウくん。お口で楽しませてあげる」

彼のお尻をかかえこむようにして、仰向けの体位でペニスを喉まで受けいれました。

「あー、ママ！　こんなに気持ちいいの初めてだ。すごい……」

感激しながら喜びの声を張り上げるリョウくん。私も激しく興奮して愛液を溢れさせます。

二回目は十分ぐらい耐えることができました。トロトロした芳香液を噴きあげてリョウくんは絶頂しました。量は一回目とそんなに変わりません。さすがに粘りは薄くなっていますが。

二度目の放出を遂げたあとのリョウくんは仰臥した私の上に倒れこんで、おっぱいの谷間に顔を埋めるようにしてハアハアと荒い息をついています。汗に濡れた体をすりよせあう快感。愛しさがこみあげて、きつく抱き締めてやります。

「精液を呑んで、毒じゃないの？」と最後まで気にしていました。

「ううん、毒じゃないのよ。ママのような人には美容のお薬なの」と言っても、半信半疑の様子でしたが……。

時間があれば、三度目のドリンクも……、と思いましたが、私も家に帰らねばなりません。熱い接吻を交わしてから車で家の近くまで送って別れました。

「今度また会おうね。連絡はここにして」と伝言ダイヤルの暗証番号を教え、別れぎわに穿いていた黒いSFショーツを脱いでリョウくんに手渡しました。クロッチのところには糊のように私の愛液がべっとりついています。もちろん匂いもたっぷり。彼はうれしそうにその匂いを嗅ぎ「毎晩、ママのことを思い出してオナニーするよ」と誓ってくれました。

三日後、彼からここに掲載されている写真を受けとって、またヌード撮影をしました。このときは三度のドリンクで、彼も私も満足しました。また、もっとスリリングなプレイもありました。その時の詳しい報告は、また次回の『ＭＡＳ通信』で報告させていただきます。

第四章　絹の下着から女のふくらみを視姦され……

毎週、金曜日の午後に、夏美は夕貴子ライアンの邸を訪ねる。

彼女のアトリエでモデルをつとめる日なのだ。

――夕貴子ライアンの名は「アメリカで才能を認められ、里帰りした中堅具象画家」という形容で、日本のマスコミでも時々、話題になる。

美術とか画壇のことに疎《うと》い夏美も、五年ほど前、帰国して間もなくの夕貴子が具象画の秀作に与えられるY――賞を受賞したことを雑誌などで見て、知っている。

覚えているのは、まだ十歳かそこらの少年が裸で野原に立っているという受賞作を背に、インタビューに答えている彼女の姿だ。その時夕貴子は、「モデルは自分の息子に頼んだけれど、この絵を描いている時にちょうど反抗期を迎え、なかなかモデルになってくれなくて困りました」と語っていた。同じように反抗期の悠也に手を焼いていた夏美は共感を覚え、その絵から強い印象を受けたものだ。

夕貴子の旧姓は香山《かやま》。日本の高校を卒業するとニューヨーク芸術大美学科に留学し、在学中からソーホーのアトリエで絵を描きはじめた。もともと父親が陶芸家で、その資質は最初から備わっていたのだろう、画家がひしめくニューヨークで頭角を現し、画廊で何度も個展を開き、マスコミでも注目されるようになった。

その時に知り合ったのが、夫のロドニー・ライアンである。彼はニューヨーク大学の薬学科で学ぶ学生だったが、夕貴子に頼まれてモデルをつとめたのが縁で恋仲になり、大学在学中から結婚、すぐに息子のアキラをもうけた。

ロドニーは博士号をとったあと、ミシガン大の助教授に招かれ、一家はデトロイトの近郊で暮らしていた。

二人が日本で暮らすことになったきっかけは、ロドニーが日本の製薬会社から誘われたからである。

ロドニーは専門が向精神薬の研究で、多くの論文を発表していた。その分野では遅れをとっている日本の製薬企業では彼のように優秀な研究者を求めていた。

日本の大手製薬会社であるフェニックス製薬が、高額の報酬と向精神薬研究部門の長の椅子を用意して彼を誘うと、ロドニーは一も二もなく了承した。夕貴子と結婚する前から、彼は日本という国に関心を抱いていたからだ。

夕貴子も母国で息子を育てたいと願っていたから、転職はスムーズになされた。それが五年前のことだ。

来日するとすぐ、ライアン家は芹沢家のある住宅団地の近くにある地所に家を建てた。妻はそこで子供を育てながら画業にいそしみ、夫は電車で三十分ほどのところにある製薬会社の研究所に通うようになった。

ロドニーはかねてから取り組んでいた大脳神経系賦活物質の研究にうちこんだ。おりから老人問題が深刻化してくるにつれ、ロドニーが開発に成功した老人性認知症治療薬『フェニロン』が脚光を浴び、フェニックス製薬はこの薬のおかげで多額の利益をあげたといわれている。

二年前、フェニックス製薬の研究所は筑波研究学園都市に移転した。ロドニーはフェニックスの取締役兼開発研究部長という要職に昇進していたから、週末は家に帰ることにし、ウィークデイは研究所の近くに借りたマンションで暮らすことになった。つまり週単位の単身赴任というわけである。

だから、たびたび夕貴子のスタジオを訪ねている夏美も、この邸の主にはほとんど会ったことがない。彼女が好きな俳優、レイ・ミランドによく似た渋い英国紳士タイプなのだが。

年齢は夕貴子より一歳上。ということは四十一だ。

夕貴子がカルチャーセンターで教えられるのも、ロドニーがふだん家にいないからだろう。

彼女ぐらい名の売れた画家になれば、そのようなサイドビジネスは必要はないのだが、「アマチュアに基礎を教えることによって、自分の絵にも新しい発見が生まれるのではないか」と言い、カルチャーセンターが進出してきた時、自ら望んで水彩画教室の講師になった。

夕貴子には、十六歳になった息子アキラのほかに、もう一人、八歳のナオミという娘もいる。しかし二児を生み育てたとは思えない、瑞々しい若さを保った美人である。体つきは夏美などよりもっとスリムだ。動きはキビキビとしてムダがなく、しゃべり方も活発だ。教室での教えかたも明快で、生徒たちの評判はいい。実際、短期間のうちに教え子たちの中から二人が有名な美術展で入賞している。教室で教えているのはほとんどが三十代から四十代にかけて、子育てから解放された主婦たちである。

その彼女が、同じカルチャーセンターでエアロビクス教室に通っていた夏美に声をかけてきた。半年前のことだ。

「あなた、芹沢夏美さんね。私の絵のモデルになってくれないかしら？」

この地域では名士的な存在である夕貴子に呼びとめられ、夏美はドギマギしてしまった。

「私が描こうと思っている絵のモチーフに、あなたのムードがぴったりなの。ぜひお願いしたいわ」

「あの、それはヌードですか……？」

「できたらそう願いたいんだけど、ダメ？」

同性であっても裸身をさらけ出すのには抵抗があった。

「それはちょっと……。自信がありません」

夕貴子はあっさりと妥協した。

「そう、残念ね。私が探し求めてた理想の体型なんだけどなあ……。じゃ、コスチュームでもいいから、お願いできないかしら？」

彼女が一番ヒマな時に、一時間かそこら、アトリエに来てポーズをとってくれればいい、という。椅子に座ったり、ソファに寝そべったりするだけだ。それで一万円の謝礼を申し出た。

(週に一時間で一万円。悪くないわね……)

よぶんに月四万円の小遣いが入るというのは心強い。カルチャーセンターに通うと、レッスンの後にお茶を飲んだり、何かと金がかかるのだ。

結局、夏美は毎週土曜、ライアン家を訪ねて夕貴子のモデルをつとめることになった。

＊

その週の金曜日、夏美はいつものように自転車でライアン邸を訪ねた。

ロドニー・ライアンと夕貴子の住む家は、チマチマとした現代ふうの家が立ち並ぶなかでひときわ目立つ。斬新というのではない。クラシックな建築だからだ。

日本の文化に興味を持ったロドニーと、過度にアメリカナイズされたものを嫌う夕貴子は、自分たちの家を建てる時、大正時代に建てられたある繊維商の邸宅を買い取ってここに移築した。

正面には玄関に車回しのついたスペイン風ファサードの洋館が聳《そび》えたつ。内部には広い玄関ホール、応接間、食堂が階下に、二階に客室と息子のアキラの個室がある。

洋館の裏手は芝生の庭に面して、渡り廊下がLの字に突き出し、日本ふうの母屋に通じている。昔は広い土間にカマドが置かれていた台所や浴室などは近代的設備を導入して改築されたが、庭に面して縁側を配したかつての茶の間は、板張りにされて夕貴子のアトリエに改造された。あとの主人の間、仏間は、それぞれロドニーの書斎、夫婦寝室として、畳敷きのまま使われている。

この地所は陶芸家である夕貴子の父親のを相続した。税金を払うために半分の土地を売ってもなお三百坪の広さがある。二人は、多額の金を移築と内部の改造につぎこんだ。夏美が聞いた話では、新築するのより何倍も金がかかったらしい。

夏美は、ライアン邸につくと、自転車を降り、いつものとおりに洋館の横手の木戸を開けて庭へと入っていった。

芝生の向こうに、自分のアトリエにいる夕貴子の姿が見えた。

洋画家というと白いスモックにベレー帽という先入観があるが、夕貴子ライアンは、仕事中はいつもジーンズにTシャツというラフなスタイルを好む。畳を剝がして板張りにしてあるアトリエの床を、裸足で歩きまわる。髪は後ろで束ねただけ、ほとんど化粧らしい化粧はしない。それでいて、ごてごて厚化粧した有閑マダムたちよりずっと若々しく潑剌《はつらつ》として見える。年齢は夏美より五つも上なのに。

美術関係とか、要職にある夫の仕事に関係したパーティなどに盛装して出かけていく時があるが、そういう時は一転して、まるで女優のように華やかな雰囲気になる。このあたりの有閑マダムたちがどんなに着飾っても、足もとにも近よれないほどの優雅さと気品を漂わせる。

アトリエでの泥遊びをしている子供のような夕貴子と、ドレスアップしたハイセンスな貴婦人——夕貴子はまるで違った二つの顔を持っていて、その落差に夏美はいつも驚かされる。

アトリエの開けはなした縁側の窓から、少女の泣き声が聞こえてきた。

「痛ーい、ママ、許して！　ごめんなさい！」

夏美は微笑した。

（あらあら、ナオミちゃんたら、またママにお仕置きされている……）

縁側から覗きこむと、八歳の娘を膝の上に載せて、ショートパンツを下着ごとひき下ろしてお尻を剝き出しにして、パンパンと小気味よい音をたてながら掌で打ち叩いている夕貴子の姿が見えた。

「あーん、あーん……」

泣きじゃくるナオミのお尻は、もう真っ赤に染まっている。

最初に見た時は動転した夏美だが、最近は驚かなくなった。この家では、こうやって息子と娘を躾《しつけ》ているのだ。

「あら、早かったわね」

夏美の姿を認めると、夕貴子は娘を膝からおろした。

「まだ、こんなものじゃすまないけど、夏美さんが来たから、今日はここまでで許してあげる。でも、今度またあんなことをしたら、今の倍、叩いて、ひと晩中お縛りするからね。わかった？」

厳しい口調で言うと、

「ウン。わかったわ、ママ……」

グスグス泣きじゃくりながら、西洋人形のように愛らしい、日米ハーフの美少女は立ちあがった。パンティやショートパンツを足首のところにからませたまま、ひとしきり赤く染まったお尻を撫でている。

「よかったわね、ナオミちゃん。おばさんのおかげで軽くすんで……。いい子でいるのよ」

夏美は彼女の頭を撫でてやった。下着とショートパンツを膝のあたりにからめたままで、

「うん」

恥ずかしそうな顔で夏美を見上げた少女は、おぼつかない足どりでアトリエを出ていった。

「ナオミちゃん、今日はいったい何で怒られてたの？」

夏美が尋ねると、描きかけの絵を片づけてデッサン帳をとりあげた女流画家は、こともなげに答えた。

「最近、アメリカンスクールの友達と道草をして、なかなか家に帰ってこないのよ。時々あやって懲らしめてあげないと、ますます遅くなるから」

ちょっと気になったので尋ねてみた。

「ナオミちゃん、お縛りもされるの？」

「そうよ。玄関ホールに階段の支えになっている柱があるでしょう？　あそこに縛っておくの。縛るったって柱を抱かせて手首をくくっておくだけど、お客が来た時見られるのが恥ずかしいのね。夜なんかは、あそこはガランとしてるから怖いし、お仕置きの効果は一番あるわ。スパンキングぐらいじゃ、もう効き目がなくなって……」

夕貴子はアメリカ暮らしで身についた、肩をすくめる動作をしてみせた。

「まあ、スパンキングなんていっても、母と子のスキンシップ・コミュニケーションよ」

「でも、お縛りなんてかわいそう……。私なんか縛られたことはないけど、押入に閉じこめられただけで死ぬほど怖かったわ」

「そうね。私だってしょっちゅうというわけじゃないわ。実を言うとね……」

夕貴子は悪戯っぽい顔をして秘密を打ち明けるように声をひそめた。

「ロドニーが金曜の夜、車で帰ってくるでしょう？　その時、玄関にナオミをお縛りしておくのよ。帰ってきたパパが彼女を解放して慰めてやるの。それで、いつも不在のロドニーに点数を稼がせてやるのよ」

「なるほど……」

夏美は感心した。

アメリカなど西欧社会では、子供の躾はそうとうに厳しい。その伝統は、この邸の中でも守られている。アキラも、十歳ぐらいになるまでは両親にお尻をぶたれていたという。

息子の悠也に手をあげたことなど一度もない夏美だが、最近の母親たちの甘やかすだけ甘やかす育てかたを目にすると、夕貴子がやっているような体罰も必要ではないかと思う。

「さて、と……。今日もこの前の続きのポーズをお願いするわね」

夕貴子は母親の顔から、対象を鋭く分析する女流画家の顔になった。

夏美と自分の息子を組み合わせて、母子像を描こう——というのが夕貴子の意図だ。

「私とアキラが並んでも、母と子に見えないのよ。だから、もっと母親母親した感じの女性でゆきたいの。そういう女性を探しながらエアロビの教室を覗いてみたら、あなたがいたってわけ。『この人だ』ってピンときたわ。母親のもつ美しさ、豊満さ、慈愛に充ちたやさしさ、そして——これが一番大事なんだけど——母親のもつエロティシズム、……それが全部兼ねそなわっているのよ」

夕貴子はそう言って、夏美の個性をいつも褒めそやす。そう言われて悪い気はしないけれども、夏美にはピンとこない。自分より若く美しく、豊満でやさしそうな母親はたくさんいる。なんで自分が夕貴子の眼鏡にかなったのだろうか。

その絵にかかるための基礎的なデッサンだけで、もう半年が過ぎた。そろそろ、夕貴子の頭の中では絵の構図がまとまりかかっているようだ。

別なデッサン帳には、息子のアキラのヌードがぎっしり描きこまれている。彼がまだ幼児の頃から、この母親は彼の裸体を描きつづけている。アキラはハーフだが母親の血が濃いのか、いわゆる外人臭さが薄い。

反抗期の時に一時、モデルになることを拒否したアキラだが、十六歳になった今は、またこのアトリエで母親のためにモデルをつとめている。

これまで彼女が描きあげた、油彩のアポロ的な裸像は壁ぎわに何枚も並んでいて、ときどき夏美は目のやり場に困ることがある。どれも陰茎や睾丸、性毛まで緻密に書きこまれているからだ。

(画家を長くやっていると、息子の裸を見てもなんでもないのかしら……)

不思議に思うことがある。自分は息子の悠也が性毛が生えてきた頃から、彼の裸身を直視できない。

一度、そのことを告げたら、夕貴子は笑いながら答えた。

画家――特に夕貴子のように人物画を専門に描く画家は、修業時代から何千枚というおびただしいヌードを描く。ニューヨークで通っていた美術学校では、教室で生徒たちが交替でモデルをつとめたものだ。もちろん全裸になって、だ。

夕貴子は一番安あがりのモデルとして、若い頃から自分のヌードを描きつづけてきた。

鏡に映したり、写真家に写真を撮ってもらい、それを大きく引き伸ばして、見ながら描くのだ。

「今でもときどき、描くのよ。そうすると年齢によってどこに脂肪がつき、どこの筋肉が変わるか、よくわかるの」

ある日などは、息子が入ってきたのも気づかずに真っ裸で画架に向かっていたこともある。

「さすがにその時はあわてたわね。だって、自分の臀部は後ろから見たらどう見えるか、それを知りたくて鏡にお尻を向けながら描いてたんだから」

一番の被害者はやはりアキラだろう。遊びたい盛りの子供時代からずっと母親のアトリエに閉じこめられていたのだから。

モデルというのは、それでなくても退屈なものだ。言葉をかけても熱中している母親の耳には入らないし、体を動かしたり居眠りすると叱られる。一時は「絶対にモデルなんかやらない」と宣言したというのもわかる気がする。

「私なんか、まだマシなほうよ。ユトリロっているでしょう？　ほら、パリの町並みを描いてる……。彼の母親っていうのもシュザンヌ・ヴァラドンっていってやっぱり画家だったんだけど、私と同じように息子をずっとモデルにしたのよね。真冬のさかりも寒いスタジオで真っ裸にさせて……。ユトリロが寒さを訴えると、ワインを飲ませて酔わせ、それで寒さをしのがせながらヌードを描きつづけたのよ。おかげでユトリロは十歳になった時は、もう立派なアル中になってたの。すごい情熱よねぇ。母親としては悪い母親だったんだろうけど……」

夏美にしてみれば、夕貴子だってユトリロの母に負けず、偏執的なところがあると思うのだが、少なくとも息子をアルコール依存症にはしていない。アキラは素直な子供で、夏美に会うといつもはにかんだような笑顔で挨拶する。

西洋と東洋の血を分け与えられたために、色白のうっとりするような美少年だ。父のロドニーはラテン系の血筋なのか髪は黒く、瞳も黒に近い茶色で、彼もその特徴を受け継いでいる。そのせいで日本人の同じ年頃の少年たちと一緒にいるとさほど差異は感じられないのだが。

＊

「じゃ、今日もこれを巻いてそこに座ってくれる？」

夕貴子は白い紗《しゃ》を取り出してきて、アトリエの壁に押しつけられたカウチを指さした。このところずっと、夏美はそのソファに横たわったり、腰かけたりさせられている。

「ヌードはいや」という夏美を、夕貴子は最初のうちこそ、コスチュームでのモデルとして描いていたが、粘り強く説得を続けて、だんだん彼女の態度を軟化させるのに成功してきた。ゆるやかなサマードレスからタンクトップにショートパンツ、そしてエアロビ教室で着けているレオタード、さらに白いゆるやかなスリップ……と、彼女に肌を露出させることを慣れさせていったのだ。

そして先週からは、新しいアイデアで迫ってきた。裸の上に薄い紗の布を巻きつける——ということになった。

確かにそれで乳房やヒップが覆われる。ヌードではないが、下着をとらされる。ヌードなのかコスチュームなのか、難しいところだ。ギャラは一万五千円になった。

（困ったな、この調子じゃ、最後にはオールヌードにされちゃう……）

夕貴子は、夏美が押しに弱い、頼まれたらイヤとは言えない性格であることを見抜いているようだ。結局、パンティは脱がないという条件で、紗を巻きつけるポーズを承諾したのだが、

（これ以上、肌を露出するように要求されたら断ろう……）

そう決心している。だが、また新しいアイデアで説得されたら、断れる自信はない。

アトリエの片隅に用意された衝立《ついたて》のかげで服を脱ぎ、パンティ一枚になって紗を体に巻きつける。心なしかこの前のより、薄く、透けるような気がしてならない。

衝立から出てきた夏美を見て、年上の女はプッと吹き出した。

「なあに、夏美さん。そんなにガチガチに巻きつけて……。これ、包帯じゃないのよ。まるでミイラじゃないの」

カウチに座らせて、薄布をフンワリとさせる。

「ほら、ボッティチェリの『春』の女神たちのようにね……。おやおや」

布のたるみ具合を調節している拍子に、夏美の穿いているパンティが一瞬、まる出しになった。あとで考えたら意図的にそうしたのかもしれない。

「すてきなパンティじゃない？」

桑原まり子から渡されたSFショーツの一枚だ。今朝、白いのに穿きかえている。

「あっ、これ……？　先生に紹介されたって、ミレーヌのセールスレディが昨日やってきて、モニター用にと置いていったんです。謝礼もくれるっていうから、ちゃんとモニターのために穿かなきゃと思って……。ふだんは、こんなのちょっと着けないんですけど」

「そんなことないわ、チャーミングよ……。そうか、ミレーヌの新製品なのね……」

夕貴子は目を細めて、夏美の女らしいふくらみを包んでいる薄い絹の、レースをふんだんに使ってある下着を視線で愛撫した。

「まりちゃんが私のところに来て『新製品のモニターを頼みたいので適当な人を紹介してく

ださい』って頼むのよ。私の知ってるかぎりじゃ、このあたりでセンスのいい奥さんってあなたぐらいでしょ？　だから夏美さんの名前を教えてあげたんだけど、迷惑じゃなかった？」

「いいえ、まだ何か買わされたわけじゃないので……」

「でも、ミレーヌの製品はいいわよ。特にファンデーション系がね。あそこは採寸して、特注で作ってくれるでしょ？　私のブラは市販のやつだとなかなかぴったりというのがないけど、ミレーヌのあの子に頼んで作ってもらったら、なかなか具合がいいの」

「でも、ミレーヌのは高いでしょう？」

「いいものなら下着にお金をかけてもいいんじゃない？　絹の下着なんて、ヨーロッパでは母親から娘、娘から孫娘……ってふうに何代も伝えられるから、ひとつの財産よね。私もパーティドレスや何かの下に着けるのに、ドレスの色と形に合わせたのを何種類か、ミレーヌに特注したの。ショーツでも一万円したかしら。でも、それだけのことはあるみたいよ。ロドニーが『日本のランジェリーにも、こんな高級なのがあるのか』って驚いてるくらいだもの」

ふだんはデッサンを始めると無口になる夕貴子だが、今日は気分がよいのか、鉛筆を走らせながら断続的に話しかけてくる。夫のことが、特に彼女の下着についての話題に関連して彼女の口から出てくるなど、珍しい。

　彼女も自分の軽口に気づいたのか、

「あらあら、何だか私がミレーヌのセールスレディになってしまったみたい……。別に押し売りしてるわけじゃないのよ。必要がなければ買わなくてもいいんだし」

「でも、あの桑原っていう娘さん、素朴で献身的なタイプだから……。弱いんですよね、あいった子に」

「そうね、どっか迷い犬がクンクン鳴いているのを見てるみたいで、突き放すと悪いような気がするでしょ？　それが曲者なのよ。あのイメージで、彼女はここらへんで一番の成績をあげているんだから」

　夏美は驚いた。

「そうなんですか？　へぇー……」

「そうよ。とにかく熱心なの。一枚のショーツを買ってあげただけで、飛び上がって喜ぶもんだから、こっちも悪い気はしなくて、ついつい必要ないのまで買ってしまったり……。まあ、彼女は彼女でたくさんお金を稼がなきゃいけない理由もあるんだけれど……」

　そういう噂話みたいのはあまりしない夕貴子が、どういうわけか桑原まり子のことについては、妙に思わせぶりな話し方をする。つい夏美もひきこまれてしまった。

「どういう理由ですか？」

「うん、ちょっとかわいそうと言えばかわいそうなの。彼女、ふつうの家のお嬢さんで、二年前までは短大に通っていたんだけど、家が焼けて両親が焼け死に、弟さんは大やけどを負ったのよ。無事だったのは彼女だけなんだけど、身寄りがいないから、その弟さんの面倒を彼女が見なきゃいけないの。しかも大やけどの跡を治療するには大変なお金が必要なの」

あの可憐な娘がそんな重荷を背負っているとは知らなかった夏美は、ズンと胸を抉《えぐ》られたような衝撃を受けた。もともと涙もろい性格なので、もう目が潤んでくる。

「それで彼女、ミレーヌの販売員になって捨身で働きだしたのよ。あなたも知ってるとおり、あそこのセールスレディは、売れば売るほど歩合があがるから、みんな猛烈に働くみたい」

週刊誌などで、ミレーヌのトップ・セールスレディは年収一億円近くを稼ぐ、という記事を読んだことがある。

「そうなんですか……。無邪気そうな屈託のない顔をしてる人だけど、そういう事情があったんですね」

夕貴子はまた苦笑した。

「いけない、こんなこと言うと、また夏美さんは断りにくくなるわね。……でも、あの子から買うとちょっとしたサービスが受けられるのよ」

「割り引きしてくれるとか？」

「それもあるけど、景品というか、おまけをつけてくれるの。それが案外評判よくて、彼女を指名して注文するお客が絶えない——っていう評判よ」

「景品？　どんな景品なのかしら？」

「そうか、夏美さんはまだ一枚も買ってないんだものね。……まあ、試しにスリップの一枚か二枚、買ってみたら？　そうしたらどんなおまけがつくか、彼女が説明してくれるわよ」

そう言って、ふふっと含み笑いした夕貴子だ。なんとなく謎めいた言い方に夏美はひっかかるものを感じた。しかし夕貴子は、それからデッサンに没頭しはじめて、桑原まり子の話題はそれで終わってしまった。

（どういうことなのかしら？　景品とかおまけがつくっていうのは……）

その疑問は、家に帰って少し解けた。

＊

居間を片づけているとマガジンラックにほうりこんでいた〝ミレーヌ〟のランジェリーカタログが目にとまった。

昨日、桑原まり子が置いていったものをそのままラックの中に入れておいたのだ。

(こんなセクシィなランジェリーの写真を、悠也が見たらまずいわ)

そう思って取りあげ、何げなくまたページをめくっていると、パラリとページの間から紙片が落ちた。拾いあげると商品番号に対応させた価格表だった。定価が改訂されてもカタログを替えなくてもすむように、定価表は別に刷ってあるのだ。

その最後の部分に、いくぶん子供っぽい丸い文字が書きこまれていた。

(これ、あの桑原まり子の字だわ……)

手書きで、セールスレディがメッセージを書いたのだ。

> お客さまへ。
> 以上の価格は、本社の指示による標準価格です。お求めになる時期、在庫量、および一度に注文いただく枚数によって出精値引が可能の商品もございますので、詳しくは桑原までお問い合わせください。

(なるほど、定価よりさらに安くしてくれるわけね……)

文章はさらにつけ加えられていた。

また一回につき二万円以上の商品をお買いあげいただいた方には、桑原より独自のプレゼントを贈呈させていただきます。次の中からご希望のものをお選びください。
①ベッドメイト・ランジェリーギフトセット（おしゃれなシースルーネグリジェ、ペアショーツ、ブラ、ガーターベルト、ストッキングの五点セット。色は黒、赤、白）
②ベッドメイト・アクセサリーギフトセット（ショッキングパンティ、健康バイブレーター大小二本組）
③ベッドメイト・ファンタジーギフトセット（海外と国産の成人向けビデオ二本組）

（ふーん、これがおまけか……。大人のオモチャとかアダルト・ビデオをつけて買ってもらおうってわけね）

夕貴子が、奥歯にモノが挟まったような言い方をした理由がわかった。

女性が高級なランジェリーを買うという場合、やはり恋人や夫に見せて性的な関心を惹きたいという願望があるはずだ。その願望とセックスを楽しむための商品とは無縁ではない。こういったものが欲しくて、ランジェリーを余分に買う——ということも充分考えられる。

（でも、わからないものね。あんな純情そうな子が、こんな景品をつけてまでランジェリー

を売ろうっていうんだから……。夕貴子さんが言うように、競争が激しいんだわ）
少し不憫さえ覚えながら読み進んでゆくと、最後にもう一つ文章が出てきた。

なお、三人様以上で集まってのホームパーティで商品を選ぶというのはいかがでしょう？　個人宅、会議室などでも出張販売いたしますので、遠慮なくお申しこみください（但し男性の方の参加はお断りいたします）。

パーティの際には、お飲物、軽食等の実費は桑原が負担します。また、桑原自身がモデルをつとめて、ミレーヌ製品のランジェリーショーをごらんになっていただけます。


夏美は眉をひそめた。

（ホームパーティ、出張……、それに「男性の方の参加はお断り」という但し書き……。なによ、これ？）

特に奇妙なのは、一番最後の「桑原自身がモデルをつとめて、ランジェリーショー」という部分だ。夏美だってパーティ形式というセールスのやりかたを知らないわけではない。何人かの主婦を一堂に集め、その前で製品のデモンストレーションを行なう。まず魅力的な商品をどんどん叩き売りして客の昂奮を誘い、一種の集団催眠にかけて、最後には不要で高額の商品を売りつけてしまうテクニックだ。ランジェリーの分野でも、そういうことが行なわれている。

しかし、桑原まり子の言うパーティ形式というのは、それとは少し違うようだ。

第五章　ママの下着の甘やかな匂いを嗅ぎながら……

元木亮介が近づいてきて、あのニヤニヤ笑いを浮かべながら、悠也に囁《ささや》いた。

「あのママさんから連絡があってな、明後日、できあがったヌード写真を渡すことになったよ……」

光恵と名乗った美しいミセスは、亮介と伝言ダイヤルで連絡することにしていた。言われたとおり、毎日、教えられた暗証番号にかけていたら、昨日、光恵の伝言が入っていた。

「明後日の午後なら都合がつくから、また会えない？　公園の中じゃまずいから、外の駐車場で落ち合うことにしましょう？　キミの都合がいい時間を吹き込んでおいてね……」

もちろん亮介はＯＫだ。三時に駐車場で待っている、と返事を吹き込んでおいた。

「電話で聞いても、色っぽい声してるんだ……。それだけで立ってしまったよ。それにな、最後に『今度も呑んであげるから、前の晩はオナニーしないで、溜めておくのよ』って吹き込んであるんだ。電話を切ったあとたまんなくなってさあ、この前貰ったパンティの匂いを嗅ぎながら、思わず二回も抜いてしまったよ。そのパンティって、すごくいい匂いがするんだ……」

「ちきしょう、うまくやってるなあ。せいぜいガンバレよ……」

悠也としては羨望の念を隠しきれない。

＊

——月曜日、夏美はエアロビクスの教室に行った。

カルチャーセンターのエアロビ教室は月曜と水曜の二回、午後の一時二十分に始まる。七十分のレッスンが終わると、レオタードはまるで水を浴びたみたいに汗でぐしょぐしょになる。

シャワーを浴びてから着替える。化粧を直し、スタジオを出るのが三時ごろ。

レッスンのあとはいつも、近くの喫茶室で気の合った仲間とおしゃべりする。いろんな情報を交換したり、家庭での愚痴《ぐち》を打ち明けることでストレス発散の場にもなる。カルチャーセンターに通う主婦たちの大多数は、教室よりもこういった場でのおしゃべりを楽しみに来ているようなところがある。

アッという間に一時間ぐらいが過ぎる。四時ごろから商店街で食料品など日常の買物だ。

というわけで、エアロビ教室のある日は五時半ごろに帰宅する。腹を空かせた悠也が学校から帰ってきても、おやつを用意してあるから大丈夫だ。

——その日だけは、いつもと違った。

異変はレッスンのあと、いつもの仲間とコーヒーショップに入ってから起きた。

ボーッと全身が火照りだしたのだ。

特に下腹がカッと熱くなり、秘部全体にむず痒《がゆ》いような感触が湧きおこった。

(アラ、どうしたのかしら……!?)

ヒップを椅子の上でもじもじさせると、下着が股のところで擦れ、ツーンという電撃的な感触が走った。

「う」

思わず呻き声を洩らし、おしゃべり仲間が皆、彼女のほうを見た。

「どうしたの、芹沢さん？　生理痛？」

「そんなんじゃないけど、少しおなかが痛いのよ……」

とっさにごまかしたものの、熱い疼きは下腹から全身へと広がってゆく。

「ごめんなさい。私、調子が悪いので今日は早めに帰ります」

「なんかずいぶん具合悪そう……。ついていってあげようか？」

親切そうな近所の主婦が言ってくれたが、無理に笑顔を作って断った。

「大丈夫よ、すぐそこなんだから」

店を出て、ショッピングセンターの自転車置き場に行き、自分の自転車に乗ろうとして、夏美は全身からどっと汗が噴き出すのを覚えた。

「あうっ！」

サドルに跨ったとたんズウンという重苦しい快感が子宮で爆発して、思わず声を出してしまった。

（こんなんじゃ、自転車にも乗れない……）

白昼の自転車置き場で、三十五歳の主婦はハアハア喘ぎ、顫《ふる》えながら立ちすくんでいた。下着がお洩らししたように股間に貼りつくのを自覚した。愛液が溢れているのだ。これまで経験したことのない、急激な発情だ。

（これじゃ、歩いて帰るしかないわ……）

自転車を押しながら家に辿りついたのは、三時二十分だった。

悠也はいない。用意しておいたおやつがなくなっているから、学校から帰ってきて友達の家にでもいったのだろう。

（いなくてよかった……）

夏美はかえってホッとした。とにかく、肉体の疼きを何とか鎮めなければ。彼女は駆けあがるようにして階段を上り寝室へ飛びこんだ。

服を毟《むし》りとるようにして脱ぐ。センターで穿きかえたピンクのSFショーツは、股布の部分がまるで失禁したようにぐっしょり濡れそぼり、パンストまでが肌にひっついている。むうっと発情した牝の匂いが立ちのぼった。こんなことは生まれて初めてだ。

（ああ、たまらない……）

濡れた繁みを掻き分けて指を秘められた谷間へと進めると、そこは熱泥を滾《たぎ》らせた温泉谷のような状態だった。敏感な肌は指を迎え入れて激しく反応し、ズキンという快美な衝撃がよく熟れた女体を、まるで感電でもしたかのようにうち震わせた。

「お、おうっ。む、むうっ、はあっ……！」

獣のように呻き、全裸の火照った体をベッドカバーの上に擦りつけるようにして転げまわった。乳房を揉みしだくと、驚くほど膨張して、ピーンと尖り立っている乳首からまたビビッと快美電流が走る。

ジワッジュルッと溢れ出す熱い蜜。

「むう、あはっ、うむむ、むぐ、くうっ……、あーっ、アウアウ」

片手で乳房を揉みしだき、もう一方の指で自分の性愛器官を無我夢中で弄りまわし、これまわす。いつものように人差し指だけではもの足りなくて、もう一本の指を埋めこみ、まるで自分の肉体を懲罰するかのように激しく抉りまわした。

「おー、おおうっ、あーっ……！」

弓なりにのけぞった艶熟した裸身。夏美は生まれて初めて、失神するようなオルガスムスの爆発を味わった。

――二十分後、三十五歳の熟れた人妻は、真っ裸のままキッチンに下りてゆき、冷蔵庫を開けた。全裸でいる時に息子が帰宅したらどうなるか、という考えはまったく浮かばなかった。

震える手で取りあげたのは胡瓜《きゅうり》だ。

自分を慰めるために器具を使うことなど、これまで一度も考えたことのなかった夏美なのに、今日という今日は、指だけでは荒れ狂う肉欲の嵐を鎮めることができないのだ。

窓のカーテンを引くことなどまったく考えもしないで、夏美はふたたび激しい自慰行為に耽溺していった――。

＊

悠也が家に帰ると、母親はキッチンでせっせと夕食の仕度をしていた。

「あら、悠くん、遅かったのね……。どこに行ってたの？」

そう尋ねる夏美は、いつものやさしい、慈愛に充ちた母親の顔であり態度だ。

「うん、亮介のところにいたから」

「元木写真館の？　キミたちは仲がいいね、ほんとに。毎日何をやってんだか知らないけど……」

「何もやってないよ。写真部だから写真の話をするだけだよ」

わざと拗《す》ねたように言い、母親の体にぴったりと身をすり寄せた。石鹸の匂いがした。シャワーを浴びて自瀆《じとく》行為の汗と罪悪感を洗い流したのだ。

（うーん、こうやって見ると、魅力的なヒップだな……）

見下ろす角度だと、ヒップの張りだしが強調される。無意識のうちに悠也の手が伸び、スカートの上から母親の豊饒な曲線を撫でていた。

「おやおや、悠くん。何をするの？」

ちょっとびっくりしたような表情を見せた夏美が、彼を睨んだ。

「うん。ママさんのお尻、魅力的だと思って」

夏美は怒ったような表情になり臀部をよじって彼の手を払いのけた。

「いやね、悠くん。痴漢みたいな真似、やめてよ」

「何が痴漢だよ」

ふいに怒りにも似た感情に駆られ、悠也は母親の臀部を叩きたくなった。その衝動をグッと抑えつけ、彼はクルッと身を翻すと階段を駆け上っていった。背後から母親の声が追いかける。

「悠くん、すぐにご飯よ！」

――その夜、悠也は真夜中に目を覚ました。オナニーをしてからトロトロッと眠ったのだがモヤモヤとした奇妙な悪夢に魘《うな》されたのだ。目が覚めてみれば、どんな夢だったかもう忘れている。

（あれ、もう立っている……）

ブリーフの下で、さっき萎えたはずのペニスが硬直しているのを自覚して、悠也は吐息をついた。光恵の痴態を思い出しながら二度も放出したのだ。

（うわ、寝汗をかいてしまった……）

パジャマがべっとりと汗で濡れ、気持ちが悪い。寝汗をかくというのは珍しい。悪夢で魘されたせいだろうか。

(風呂場で体を拭こう)

悠也はベッドから起きて部屋を出た。二階は北側に廊下があって、階段を上がったところが悠也の個室、その隣が父親の書斎。といっても父親が不在なのでめったに使われることがなく、発電機に関した技術書や文献が埃をかぶっているだけだ。

夫婦の寝室は廊下の突きあたりになって、書斎を挟んでいるから物音や話し声はあまり聞こえない。

いま、廊下に立って耳を澄ましても、母親の眠っている部屋からは物音ひとつしない。

悠也は足音を忍ばせて階段を下りた。浴室の脱衣所は階段の下にある。

浴室でシャワーを浴びて汗を流してから脱衣所に出てバスタオルで体を拭く。その時、ピンク色のものが視界の端に見えた。

(えっ、これ……)

脱衣所は洗濯機置き場を兼ねている。洗濯機の横には汚れた下着などを各自で入れておく籠が置いてあるのだが、その蓋から淡いピンク色の布きれがはみ出している。

母親の穿いていたパンティだ。

(へぇー、上等なパンティだな……)

一緒に暮らしているから母親の下着は見慣れている。パンティはいつも木綿の無地で、簡素なものだ。いま見るのはレースが多い。布地も光沢があり、木綿ではない。悠也にはナイロンとシルクの違いはわからないが、それにしても高価なものだろうとは見当がついた。

（ふーん、こういうのも穿くのか……）

しばらく見つめていた。意識は、二階の寝室に向けられている。

シンと静まりかえっている家の中で、居間の掛け時計が二時を告げた。

少年はフーッと吐息をついた。籠の蓋からはみ出ている薄い布から視線を逸らして体を拭くことに専念した。

その手がとまった。

（どんなのか、ちょっと見るだけだ……）

自分に言い訳しながら蓋を開け、一番上にのっていたパンティを取りあげた。

（う。すげぇや……）

母親の下着は、庭の物干しに干してあったりするから、これまで見慣れている。だいたいが木綿の、ごく当たり前のパンティを穿いていた。

それが、これは全然違う。

（これじゃ毛がはみ出るんじゃないか）

心配になるほど股のところが鋭角にカットされたハイレグカットのパンティだ。

(うわ、スベスベして肌ざわりがいい。絹かな……)

肌に吸いつきそうな感触だ。悠也はこんな艶めかしい布きれを着ける女の特権を、その瞬間、羨ましいと思った。

(ちょっと待てよ……)

色は違うけれど、亮介が見せてくれたヌード写真の、光恵ママという女性が穿いていたパンティにデザインがよく似ている。

全体に大きな花弁を散らしたようなレースの網目模様といい、裾まわりのフリルといい……。

もっとよく見ようと広げた瞬間、少年は激しい衝撃を受けた。

むうッという芳香がたちのぼり、鼻腔を襲ったからだ。

(ん……！)

何かの香水のようだが、そればかりではない。酸っぱいような甘いような、そしてチーズかヨーグルトを思わせるような匂いも混じった、今まで嗅いだことのない不思議な匂い。十五歳の少年は眩暈さえ覚えて、思わずよろめいてしまったほどだ。

(えーっ、なんていう匂いなんだ……)

もっとよく嗅ぐために、裏返しにして股布の部分を広げてみた。

母親の秘部が当たっていた部分には、白い糊のようなものが一面になすりつけられたようになっていた。触ってみるとゴワゴワする。それは悠也が夢精したあとブリーフに粘りついた精液と似ていないでもない。しかし、匂いは全然違う。

（おしっこでもないし……。ママの体の中から、こんないい匂いのする糊みたいのが出てくるんだろうか？）

性の知識がまだ充分ではない悠也には、愛液と呼ばれる子宮と膣からの分泌物のことなど、まだ理解できていない。そして、このパンティには別の芳香物質がマイクロカプセルという形で織りこまれていることも……。

ただ、おぼろげながらも、この下着の汚れは、いつもの母親の汚れとは違うものではないか——という気がした。

もう一度、布地に鼻を押しつけてふかぶかと匂いを吸い込む。

「う」

思わず呻いてしまった。ブリーフの下で彼の若い欲望器官が、ムクムクと膨張して、限度いっぱいまで下着を押し上げてきたからだ。

「いてて……」

思わず股間を押さえてしまう。

（どうしたんだろ？　ペニスがこんなに立ってきた……。ううっ、たまんない）

少年は自分の体の突然の反応に、恐怖さえ覚えた。

顫える手でパジャマと下着をひき下ろす。彼の器官は天を向いてそそり立った。いつも指で剝いてやらなければいけなかった包皮は、今は自動的に翻展して、赤く充血した亀頭は驚くほどの大きさに膨張している。

（ええっ、こんなになったのは初めてだ……）

しかも尿道口からは透明な液がトロトロとしみ出て糸を引いてしたたり落ちている。

（くそ、こうなったら……）

少年はドキッドキッと脈打っている肉茎を握りしめ、荒々しくしごきたてた。最後の瞬間、母親の秘密の部分を覆っていたエロティックな薄布を巻きつけた。

「あうっ！」

叫んで、勢いよく大量の白濁液を噴きあげたのは、三十秒もたたないうちのことだ。若牡のエキスはシルクの布きれの中に弾け溢れた。

「ママ……」

母親の性愛器官の匂いを嗅ぎながら、少年は腰をうち揺すりながら、啜り泣くような声を洩らした。これまで何度もオナニーをしたが、こんなにすさまじい快感は生まれて初めてだった。

第六章　すいません、シャワーを使わせてもらえますか？

桑原まり子にＳＦショーツのモニターを依頼されてから、二週間が過ぎた。

この前と同じ午後の早い時間に、純朴そうなセールスレディはピンク色のキャロルに乗って、ふたたび芹沢家にやってきた。

夏美はすでに記入してあるアンケート用紙を手渡すと、まり子はバッグから謝礼の入った封筒を出した。今日の彼女はパステルカラーのポロシャツにゴルフミニ、白いハイソックスという恰好だ。

「ご協力いただいて、どうもありがとうございました。ＳＦショーツは何回、ご試着いただきましたかしら？」

まり子に尋ねられて、夏美は嘘をついてしまった。

「どちらも三回ずつ穿いたわ」

実際にはピンクのほうには二回しか足を通していない。最初の晩に入浴したあとと、そのあと、エアロビ教室で着替えた時だ。どちらの時も、穿いて少ししてから激しく昂奮した。欲望は一度や二度のオナニーでは鎮まらず、狂ったように悶えてしまった。

それ以来、ピンク色のSFショーツに怖じ気づいてしまった。

白いほうはまったくそういうことがない。夏美は不思議でならなかった。思いきって尋ねてみた。

「あの、ちょっと訊きたいんだけど……」

「はい、なんでしょう？」

「あのショーツのクロッチの部分につけてある香水だけど、どっちのショーツにも同じ香料を使っているのかしら？」

「そうだと思いますよ。何か違った匂いがしますか？」

まり子は邪気のない表情で聞き返した。

「いいえ、私が嗅いでも同じように思うんだけど、ひょっとしたら違うのかな、と思って……。いいのよ、大したことじゃないんだから」

夏美は内心の狼狽を押し隠して笑いにごまかした。片方のショーツを着けるたびに猛烈に性欲が昂進する——と口に出すのがはばかられた。

（ということは、パンティのせいじゃなく、私の生理的なものが原因なのかしら……）

またしても内心、首をひねってしまう。

「ところで、カタログを見ていただけましたでしょうか？　お気に入りのものがありましたら、勉強させていただきますけど」

まり子が問いかけてきた。

「始まったわね、いよいよ本格的な売り込みが……」

夏美がおどけた口調で言うと、

「いいえ、そんなんじゃなくて……、これもまあ仕事ですので」

ちょっと困った顔になって泣きべそをかいたような笑顔を見せるまり子。その態度が夏美の母性本能のようなものを掻き立てた。

「いいのよ、あなたを入れた時から、もう売りつけられるのは覚悟してたんだから……。ちょうど私も、シルクとか少し高級っぽい下着を欲しいとは思ってたのよ。でもね、あんまり高いのは買えないわよ、やっぱり」

「そんなこと気になさらないでください。ショーツ一枚でもお届けしますから」

まり子は真剣な、セールスレディの表情に戻っている。

「じゃあ、このレジーナ・シリーズのスリップをもらおうかな……。価格表で見ると、ちょうど一万円ね。お値段も手頃だし」

「あ、それはとてもいい製品です。体にぴったりフィットするんです。モニターにもご協力いただいたことだし、これ、一万円ですけれど、八千円にさせていただきます」

「まあ、八掛け？」

「ええ。それだけ値引きするのは、芹沢さんだからですけど……。これ、あんまりほかの人には言わないでくださいね」

うれしそうな顔で注文票にサイズを記入するまり子。またもや何かすごくいいことをしたような気分になる。

「ところでまた訊きたいんだけど……」

夏美は好奇心を押さえきれず、少し声のトーンを落とすようにしてまり子に質問してみた。

「二万円以上買った人につける、という景品のことだけど、皆さん、どれを選ぶ？　下着セットとかいろいろあるけど……」

まり子ははにかむような笑顔を見せて答えた。その口調は、案外ハキハキとしている。

「ああ、プレゼントですか？　そうですねぇ、ミセスの方には、アクセサリーギフトっていうのが一番人気があります」

「それ、バイブレーターよね？」

「ええ、ショッキングパンティという、股の部分が割れたパンティと、大小二本のバイブレーターセットなんですけど、まあ、皆さんバイブレーターが目的でしょうね。それが欲しいからって、二万円以上買ってくださる人もけっこういらっしゃるんですよ」

「まあ」

「ほら、ああいうのって大人のオモチャ屋さんにしかないので、女性が買いにくいものですから……」

「そりゃそうだわね」

言ってしまって、思わず頬を赤らめた。ピンクのSFショーツを穿いて昂奮したあと、胡瓜を用いて自分の火照りを鎮めたことを思いだしたのだ。あの時、こういった自慰用のバイブレーターが欲しい、と思った。

夏美が感心していると、心安さを覚えたのだろう、まり子は景品についての話をしはじめた。

——彼女がミレーヌのセールスレディになってからそろそろ二年になる。

最初の一カ月はなかなか売れなかった。ミレーヌの製品は高いからだ。訪問しても軒並み門前払い。話も聞いてもらえない。思い悩んだまり子は、親しくなった先輩のセールスレディに尋ねてみた。彼女は苦笑しながら教えてくれた。

「まりちゃん、本社の販売教習で教わったとおりにやってたら、お客さんは見向きもしてくれないわよ。何かプラスアルファのメリットがなきゃ」

「え、何ですか、それ？」

「プラスアルファってのは、要するにおまけのこと」

「おまけだったら、カタログやカレンダーを無料で進呈しています」

「そんなんじゃないの。販促材料を貰ってもお客はありがたがらないわよ」

　キョトンとしているあどけない顔の娘に、先輩女性は耳打ちした。

「セックスに関連したものよ。あるいは、そのものズバリのセックス……」

「えーっ!?」

　純情な娘は目を丸くした。

「南東京支社でトップ賞をとった人、いるでしょう？　あの人なんか女性にほとんど売ってないのよ」

「あの年間売上げ一億円って人ですね？　誰に売ってるのかしら？」

「男性よ。これと狙いをつけたビジネスマンの会社を訪ね、堂々と女性の下着を買わないか、ってセールスするの」

「だけど……売れます？」

「売れるのよ、それが。独身の男性だってバンバン買うんだから」

「そんな……。どうしてかしら？」

先輩のセールスレディは苦笑してみせた。

「鈍いわね、あなたも……。買ってくれたら一回抱かれてあげるの」

「えーっ⁉」

今度こそ本当に、うぶな娘は叫んだ。

「シッ、何をびっくりしてるの⁉　そんなことで驚いてちゃ、セールスレディなんてやってらんないわよ」

先輩は怒った顔で睨みつけた。

「それじゃ、先輩も……？」

「私はそこまで落ちてないわよ」

苦笑した彼女が教えてくれたのが、大人のオモチャやアダルト向けビデオの景品をつけることだった。

「ミレーヌのランジェリーを買えるのは、だいたい三十代後半から四十代の、子育てを終えて生活にも余裕のあるミセスよね。ようやくラクになって時間をもてあますようになった頃、彼女たちの亭主はくたびれ果ててセックスもまともに応じてくれなくなっている。あるいは女房に飽きて他の女と不倫しているか……。いずれにしても、有閑マダムは肉体的にも精神的にも欲求不満が渦まいている。そこを狙うの」

そう忠告してくれたのだ。

「本当なの？　その、男性に売ってるって……」

まり子の告白を聞いて、夏美は絶句した。訪問販売という職業が、それほど激烈な競争を繰り広げているとは思わなかった。

「ええ。ですから私も何とかしなくちゃと思って、先輩から大人のオモチャの卸売り店を紹介してもらって、そこから景品を仕入れることにしました。そうしたら、皆さんに買っていただけるようになったんです……」

「だけど、その景品ってあなたが自腹を切るわけでしょう？　取りぶんがそれだけ少なくなるんじゃないの？」

「でも、売り上げが増えると歩合の率が上がりますから、景品のぶんはすぐ取り返せます。バイブレーターにしろビデオにしろ、原価は安いんですよ……」

案外ケロリとした顔で答えるまり子の顔を夏美は驚いて見つめた。

（このひと、見た目はすごい純情そうだけどセールス競争の中でしっかり鍛えられたんだわ……）

「でも、最近は困ってるんですよ……」

セーラー服を着せればそのまま女子高生になってしまいそうなセールスレディは、あいかわらず無邪気な口調で、続けて告白した。

「皆さん、バイブレーターもビデオも手に入れてしまうと、今度は別なプラスアルファをつけなきゃいけなくなって……」

「そりゃそうよね。バイブレーターなんか何本も必要じゃないし」

「それで、ランジェリーショーというのを考えたんです」

まり子は自分から話題をそのことに持っていった。

「ああ、三人以上のホームパーティってやつね……」

「ええ、ホームパーティ形式って、ミセスたちが互いに見栄を張りあうので、案外、売れるんです。向こうもそれを知ってるから、かなりの値引きも要求するし、景品なんかも高価なものとか珍しいものでないと納得しなくて……。それをエスカレートさせてくと私の取りぶんが減ってしまうんですね」

「つらいところね」

「だから、私自身がランジェリーショーという形でサービスすることにしました。私のギャラならタダですみますから」

「サービス？　よくわかんないわ？　下着を着てみせるだけじゃないの？」

まり子は少し俯《うつむ》いた。声のトーンが落ちる。

「だって、私みたいなコロッとした娘がランジェリーショーやっても、なんにも面白くないでしょう？　買ってくれたお客さんが楽しめるような、特別な演出をしなきゃ……」

「特別な演出って、なに……？」

「それは……」

セールスレディは口ごもった。

「あ、そうか。それはホームパーティで商品を買ってくれたお客さんじゃなきゃ、言えないわよね」

夏美があわてて遮《さえぎ》ると、まり子は急に真剣な表情になって年上の女を見つめた。

「いえ、秘密でも何でもないんです。ただ、ちょっと恥ずかしいことをするから」

「恥ずかしい……？」

急に夏美の胸の内側で何かが波立った。嵐の日の海のようにどうっと押し寄せる感情の荒波。息をするのが苦しくなった。

「ええ……。だってオナニーショーなんですもの」

かわいい顔をした娘の口から、夏美の意表を突く言葉が飛び出した。

「オナニー……ショー⁉　あの、それ……、あなたがやるの？」

「ええ」

コクリと頷く。

「ホームパーティのお客さんの前で？」

「ええ」

「……」

夏美は二の句が継げなくなってしまった。

「最初は、もののはずみだったんですけど……」

まり子は、自分が特別なショーを客にやってみせるようになった経緯を、夏美に打ち明けた。

——そのホームパーティは、手芸教室の主宰者の家で行なわれた。こういう稽古ごとの教師やお師匠さんを押さえると、何人もの教え子を紹介してもらえる。まり子も必死になって食いこんだのだ。

パーティには手芸教師と教え子が三人集まった。いずれも暇をもてあました四十歳前後のミセスである。

簡単な軽食と飲物を用意しての、セールスのためのパーティが始まった。

この年代の女性の下着に対する関心は、ガードルとかオールインワン式のコルセットなど、中年太りをいかに隠すかという体型補正用の下着――ファンデーションに集中する。ランジェリー類よりも高額だから、セールスレディもファンデーションを売るのに躍起になる。まり子の場合もそうだ。

こういったファンデーションは実際に着用した効果を目で見せたほうがわかりやすい。幸い、まり子は肉づきのよいふっくらとした体型である。醜く肥満してしまったミセスほどではないが、ムチムチと脂肪ののった肉がはりつめて、女性でも食欲をそそられる肉体である。実験台としてはうってつけだ。

（えい、こうなったら……）

まり子は服を脱ぎ、ブラジャーとパンティといった姿になり、ミレーヌのガードルを着けるとどのようにヒップが補正されるか、実際に自分が着けてみた。

「あらあら、この方、色白で餅肌ね」

「ほんと、ふっくらして、食べてみたいぐらい……。羨ましいわ」

「若いわねぇ、さすがに……。パンと張り切っていて……。ぜんぜんたるみがないもの」

中年の女たちは、口々に羨望と嫉妬の言葉を吐きながら、ガードルの効果を確かめるようにしながら、必要以上にまり子のヒップや腹部を撫でさすった。

やがてミセスたちも服を脱ぎだした。実際に買うとなると試着が必要だし、オーダーする場合は正確なサイズが必要だからだ。

一人の若い娘を囲んで四人の中年女性が下着姿でワイワイやるという形になった。ここまではどこのホームパーティでも同じだ。

雰囲気が淫靡なものになっていったのは、それぞれが希望の景品を申し出てからだ。

「この、健康バイブレーターって何に使うのよ……」

もちろん用途は知っているはずなのに、まり子の娘ざかりの若さに嫉妬したのか、一人の客が意地悪くそう尋ねた。

「そうよ。健康って、どこの健康？　形からして肩こりのためじゃなさそうね……」

四人の中年女性たちが口をそろえてまり子を揶揄《からか》いはじめた。

「あの、それは……つまり……」

オナニー用だとは言えないまり子は立ち往生した。

「なあに、あなた？　どこにどうやって使うためのものか、説明できないの？　よくそんなものを景品につけるわねぇ」

まるで嫁をいびる姑のようにネチネチとからんでくる。

（こうやって彼女たちもストレスを解消してるんだわ。こうなったら、ひと役買ってあげるしかない……）

まり子は覚悟を決めた。

「じゃ、口で言いにくいですから実際に使うところをお見せします」

まだ女子高生のようなあどけなさを持つセールスレディが、ふいに毅然とした様子で宣言したので、一瞬、女たちは気を呑まれて沈黙してしまった——。

「すみません、シャワーを使わせてもらえます？」

まり子が訊くと、手芸教室の主宰者である四十代のミセスは「はいはい」とあわてたように立ちあがり、彼女を浴室に案内した。

浴室で湯を浴びたまり子は、パンティ一枚の上にバスタオルを巻いただけの姿で、皆の集まっている部屋に戻った。彼女がシャワーを浴びている間に、部屋の中央に人間が一人横たわれるぐらいのスペースが作られていた。

窓のカーテンが引かれ、昼ひなかだというのに電球をつけて、淫靡な雰囲気が充ちている。

「本気、あなた……？」

女たちの中で一番、温厚そうなミセスが心配そうに訊いた。彼女は、この内気そうに見える娘が、座の雰囲気で追い詰められたと思っている。

「本気ですよ。皆さんが知りたがっているのですから、やっぱり実地に教えてさしあげるのが私の義務です」

まり子は開きなおった気分で景品用のバイブレーターを一本とりあげた。

バスタオル一枚の裸身が横座りになった。取り巻く形の下着姿の女たちは、桜色に上気したつややかな肌を見て、ごくりと唾を呑みこんだ。

自慰という行為は、性交と同様に他人の目に触れないようにして行なわれる。ひとそれぞれに方法は違うだろう。異性の場合はもちろん、同性の場合でも、他人の自慰行為とは好奇心をそそるし、昂奮を喚起するものだ。

手にしたシリコンゴムの棒はピンク色だ。表面には愛らしいコケシ人形のような顔が描かれている。できるだけグロテスクでないもの——と思い、まり子が自分で選んだ。

「これが二本セットのうちの大のほうです。直径は一番太いところで四センチあります。これはV——ヴァギナ用ですね。細いこっちは直径二センチ。A——アヌス用です。健康バイブレーターというのは、女性の欲求不満を解消して、気分をスッキリさせるからですね。つまり精神の健康のためのバイブレーターっていう意味……」

まり子の声は落ち着いていた。まわりにいる、倍も年上の女たちのほうが気を呑まれて緊張している。

「この中に単三の電池が二本入っています。上のスイッチは単純なバイブレーションです」

ビーンと振動音がして、ブルブルとコケシ人形が震えた。

「下のスイッチを押すとこんなふうに回転します……」

彼女がスイッチを入れると、ウィーンという振動音がして、肉質ゴムの棒はクネクネとうごめくようにして回転を始めた。

「いやー、ヘンなの」

「なんかワイセツ」

女たちは笑い、嬌声をあげた。ようやく緊張が解けた。

「こっちにスライドさせると、どっちの動きも強くなります。最初はバイブレーションだけで、弱いほうから徐々に強くしていったほうがいいと思います。では、失礼します……」

二十歳そこそこの娘は、バスタオルを解き、白いパンティ一枚を身に着けただけの姿をさらけだした。

「グラマーね」

「まあ、本当にきれいな肌……」

羨ましそうに女たちが呟く。

肉づきのよい体は肥満の一歩手前で健康的なエロティシズムを発散させていた。それはルノワールの描く若い裸婦のようにピンク色に輝いている。若々しい肌は艶があり、滑らかで、もちろんシミもたるみもない。

乳房は見事に半球型に盛り上がり、大きめの乳暈の中心部には、乳首が半分突起をのぞかせていた。勃起しないかぎり陥没している形の乳首である。乳首も乳暈も汚れのない、美しいピンク色を呈している。

女たちの目は、どうしても下腹部へと注がれる。今はまだ薄布に包まれている、悩ましい盛り上がりを見せた部分に。

まり子は彼女たちの視線をはねつけるように、少し挑戦的な表情になった。それから俯くようにして、スイッチを入れた。

ビィーン。

振動するシリコンゴムの先端を近づけ、乳嘴《にゅうし》にソッと押しつける。

「あ、……」

まり子のぽってりした唇が半ば開き、そこから熱い吐息がこぼれた。目は薄く閉じられる。睫《まつ》毛《げ》が顫える。

コケシの先端をゆっくり押しつけ、離し、また押しつけ……。さらに乳嘴をめぐるようにして移動させる。

「あーら、乳首が出てきた」

「ホント、固くなってる」

陥没気味の乳首がまるで筍《たけのこ》のようにせり出してきて、すっくと立ちあがった。女たちは、あたかも自分の乳首がバイブレーターで刺激されたかのような錯覚を覚えた。

「はあっ、あ……、う……」

もう一方の乳首にも押しつける。同じ反応が魔術のように起きる。

「…………」

手にしたバイブレーターが腹部を滑り下ってパンティの上から秘部にあてがわれた。

「あっ、はあっ、う……、む……」

若い娘は押し殺した呻きを洩らしながら、目はしっかり閉じ、その表情は陶酔の色が深い。みるみるうちに股布の部分に広がるシミ。女たちはやがて言葉を失った——。

＊

「うそ」

まり子の告白の途中で、夏美は思わず叫んでいた。

「あら、本当ですよ」

「だって、あなたみたいに無邪気な、内気そうなお嬢さんが、中年オバンたちの前でオナニーをしてみせるなんて、信じられないわ」

　夏美は、自分でもおかしいと思うぐらいムキになっていた。年下の娘は、やや上気した頬に微笑を浮かべた。

「嘘じゃありません。私、生きてゆくのに夢中な、ただのセールスウーマンです。どんなお客さんにでも気にいられて、一枚でも多くの下着を売らなければいけない身の上なんです。お嬢さんじゃありません……」

　珍しくキッパリした口調だ。夏美は我に返って悄気《しょげ》てしまった。

「ごめんなさい。そういうつもりじゃないの。ただ、あなたがそんな大胆なことをするのが、信じられなくて……」

　まり子の微笑が広がった。

「私だって信じられませんでした。なんであんなことまでやったのか、と……。きっと、おばさんたちにワアワア言われて、理性を失っていたんでしょうね。小娘って見られるのが頭にきたのかもしれません」

「だけど、バイブレーターは、その……、それまで使ったこと、あるの？」

　まり子はこっくり頷いた。

「ええ。卸屋さんから仕入れたのがお部屋の中にはいつもありますから、一人でいる時なんか、使っていましたから……」

「そう……。でも、手芸教室の人にはどこまで見せたの？」

「最後までです。といってもパンティは着けたままで、布地の上からクリトリスを刺激して、気が遠くなって……」

まり子はさすがにそこまで言うと、頬をうっすらと染めた。

「我に返ったら、ものすごく恥ずかしくてみじめで、思わずワアワア泣いちゃったんです。そうしたら、お客さんたちが大あわてでタオルをかけたり慰めたりしてくれて……。ふふっ、すごく狼狽してたわ。よってたかっていじめてしまった――って気が咎めたんでしょうね。そのあとでまた下着をずいぶん買ってくれて……。その時のホームパーティでは三十万円ぐらい売れました……」

「そんなに……!?」

「ええ。その時は『もう二度とするもんか』って思ってたんですね。でも、そのことが手芸教室のほかの生徒さんたちの耳に入って『私も見たい』って人が何人も出てきて、一週間したら先生がまたパーティを開いてくれないかって頼みにきました。また三十万円も売れたら……って思って、ＯＫしました」

*

二回目は、手芸教室の生徒が十人も集まった。

高価な下着類がわりあい安く手に入り、しかもかわいい娘がバイブレーターを使ってオナニーをして見せてくれる——それは、退屈しきっているミセスたちの好奇心をそそらずにはいられないニュースだった。

そのほかにバイブレーターやポルノビデオ、それにエロティックな下着もプレゼントしてくれるという。すべてミセスたちが欲しいと思いながら、なかなか手に入れられないものだ。

今度は、ショーの前にビールを飲まされたせいか、まり子は前回より大胆にふるまった。パンティを脱ぎ捨て、秘部を指で広げて勃起したクリトリスを露出させ、そこにバイブレーターをあてがってみせた。

しだいに羞恥を忘れ、観客を忘れ、孤独な悦楽の世界に嵌まりこんでいた。

十分後、二十歳の娘は汗まみれの裸身をのけぞらせ、下半身を痙攣させてオルガスムスを味わい、気を失ったようにぐったりと伸びてしまった。

「ほーっ……」

十人の女たちはいっせいに吐息をついた。

その時の売りあげは四十万円をこえた。

まり子のことは口コミで広がり、あちこちでホームパーティをやりたいという誘いがぞくぞく舞い込んできた。

——半年後、まり子の成績は西東京地区のトップになった。

＊

「なんだか、頭がボーッとしてきたわ。あなたみたいなかわいい人が、そんなオナニーショーをやって下着を売ってるなんて……」

夏美は両手で頬を挟んだ。カッカと熱い。桑原まり子の告白を聞いて、彼女は間違いなく昂奮している。その証拠にパンティの底が熱く、じっとりと湿っている。

「恥知らず、だと思います？」

まり子が薄く笑いながら尋ねてきた。年上の女の心理的肉体的動揺を察知して、それを楽しんでいるかのようだ。

「さあ……、世の中にはいろいろな人がいるもの、私にはわからないわよ。あなただって成績をあげなきゃいけないいんだろうし……」

「成績もありますけど……、一度、そういうことやっちゃうと、クセになるんですね」

「クセ？」

「ええ……。何て言うか、見られる歓びっていうか……。恥ずかしいんだけど、何か昂奮してしまう——露出症の人っていますでしょう？　『ひょっとしたら、私も露出症かなあ』って、最初はひどく悩みました。最近は割りきって、楽しみながらやってますけど」

「ふうん……。わかるような気もするけど……。だってストリッパーなんて商売は、そういう快感みたいなのがないと成り立たないものね」

「ストリッパー……。私は女の人専用のストリッパーかもしれないですね。アハッ」

まり子はケロッとした顔で、白い歯とピンクの歯茎を見せて笑った。例の、目が糸のように細くなる、無邪気な笑み。

「あら、女の人専用？　男の人にはしないの？」

夏美は意地悪く問い詰めてみた。

「いいえ。男性の前では絶対にやりません。『主人がそういうの見たいって言うから、家に来てやってみせて』って注文もありましたけど、断りました。ホームパーティの席に男性が加わることも断ってます。でないとすごく淫らになってしまうでしょう？　私のショーだって、女性がストレス解消のために、罪悪感を持たずにオナニーを楽しんでもらえたら……っていうのが根本にあるわけで、それ以外の目的がまざるとヘンな方向に進んじゃいますからね」

「そうよねぇ、セックスが目的になったら、売春婦と変わらないわけだし……」

「でも、私って、年上の女性から可愛がられるっていうか、弄んでやりたいとか、ちょっといじめてやりたいっていう感情を刺激するタイプみたいなんです。違います？」

　そう言われれば確かにそんな気がしないでもない。

「ショーの最中に、『私がやってあげる』とか『私にもやらさせて』って名乗りでる人が多くて、ストリップで言うとナマイタっていうらしいんですけど、観客が参加して私を責めるようになったりして……」

「責める、って……つまり、バイブレーターを操作するってこと？」

「ええ。イッたあとでもかまわずに何人でも私を押さえて、ひどい時は何回も失神するまで……。まあ、いじめられている時は気持ちいいんですよ。だけどあとでガックリきて……」

　夏美はまた火照る頬を押さえた。

「そんなことする人がいるの⁉　バイブレーターであなたをいじめるなんて……」

「ええ。多いですよ。一人がやると『私も、私も』って出てきて。一度は七人のホームパーティだったんですけど、私は全員にイカされて、七回失神しちゃいました。その時はお金持ちの奥さんばかりだったから、百万円は売れたかしら……。でも、車を運転して帰るのがやっとで……、次の日なんか腰が抜けたみたいでした」

夏美は眩暈を覚えた。この娘は口から出まかせの嘘ばかり言っているのではないか、そんな気がした。

「じゃ、夕貴子さん——夕貴子先生は知ってらっしゃるの？」

ふと、彼女を自分に紹介してくれたのが誰かを思い出して、夏美は訊いてみた。この前アトリエを訪ねた時、夕貴子はこのセールスレディについて、何か思わせぶりなことをしゃべっていたのではなかったか。

「ええ。ご存じです。あの方は私がホームパーティをやった時に顔を出していらして、ショーも見ていましたから」

「そうなの……。そんなことチラとも言わなかったわ」

「ショーの時はすごく冷静に見てたんですよ。そのあとで、『ランジェリーを買うから、一度来てくれ』って言われて、あのお邸に呼ばれたんです」

「で、いっぱい買ってくれた？」

夕貴子のプライバシーに関わることを尋ねるのは気が咎めたが、夏美は質問してみた。

「ええ。かなりの額を……。わりとセクシィなランジェリーが多いですね。ドレスに合わせるっておっしゃって、黒とか赤とかのランジェリーセット——ガーターベルトまで合わせた四点セットとか……」

　まり子は特にこだわらない様子で、夕貴子のことをしゃべった。

「へぇー……。じゃ、上得意のお客さまね。それにくらべたら、私なんかダメよ。お金だってそんなに余裕があるわけじゃないし……。景品を貰えるほど買うこともできないんだから……」

「あら、景品がご希望でしたらおっしゃってください。どうせいっぱいあるんですから」

「だって二万円以上のお客、って書いてたじゃないの」

「あれは強欲なお客さんを牽制するためなんです。どうぞ気になさらないで」

　持参してきた小型のスーツケースを開けると、ビニールの袋やら紙の袋に包まれたランジェリーの類がギッシリ詰まっている。

「ええっと……、やっぱりアクセサリーギフトがいいですか？」

　二本組のバイブレーターセットが入っている箱を取り出して、夏美の顔を窺った。

「え、それは……」

　一瞬、言葉に詰まった。自慰用のバイブレーターを欲しいと口にするのは躊躇《ためら》われた。しかし、夫の博行がマレーシアに長期出張していることは、まり子も知っているのだ。

「まあ、ね」

頷いてみせた。

「じゃ、使い方をご説明しますね。私のショーを見ていただきますわ」

まり子は箱を開け、ピンク色をしたシリコンゴムの棒を取りあげて言った。

「えっ、あの……、あなたが……？」

夏美はドキッとした。狼狽した。

「だって、私、一万円以下のものしか買ってないのよ。景品をいただくのさえ気が咎めてしまうのに……。それにショーってホームパーティでやるんでしょう？　私一人だけじゃ……」

二十歳の娘はとことん落ち着いている。

「いいんです。このところSFショーツのモニターキャンペーンで、ずっとパーティをやってないんですよね。クセになるって言ったでしょう？　なんか、たまに変わった雰囲気で、芹沢さんひとりにショーをお見せするのもいいかな、と思って」

「えーっ、それは、その……、どうしましょう……？」

夏美はドギマギしてしまい、言葉が喉に詰まってしまった。このかわいい娘が客たちの目の前でオナニーの実演をしてみせた――という話を聞かされただけで、心臓が激しく動悸を打ち、秘部がじっとり濡れた。

もちろん、まり子が自慰をする姿を「見たくない」と言えば嘘になる。しかし「あら、うれしいわ。見せてくれるの？」と言うほど、夏美はすれっからしではないのだ。

まり子は美しいミセスの内心の葛藤をとっくに見透かしているように、なだめるような笑顔を見せた。

「そうですね、見苦しいものをごらんに入れるのも気分を害されるだけでしょうから……」

「そ、そんなこと、ないわよ。あー……」

腰を浮かせた夏美は、また頰を両手で押さえてペタンと椅子に腰を落とした。膝がガクガクして力が抜けてしまったのだ。ヤケ気味に答えた。

「わかったわ。見せていただくわ。ええ、一度、見たかったのよ……」

まり子は、あのうれしそうな笑いを満面に浮かべて、スーツケースを手に立ちあがった。

「シャワーを使わせていただけます？」

第七章　ごらんになって、恥ずかしいオナニーショーです

その日、悠也は部活で遅くなる日だった。とはいえ居間では何かの時に具合が悪い。かといって二階の寝室というのも、雰囲気がひどく淫猥になりそうな気がする。

夏美は少し考えて、居間の隣の客間——六畳に床の間つきの和室を使うことにした。そこは時たま訪れる夫の両親を泊めるぐらいしか使われていない。

(いったい、何てことになったのかしら……)

まり子が浴室でシャワーを浴びている間に、和室に置いてあった掃除機などを手早く押入にしまいこみながら、夏美は夢でも見ているのではないかと疑った。

いかにも純情そうに見えたセールスレディが、実はオナニーを実演して見せることが好きな、たぶん一種の露出癖が強い性格の娘で、自分は誘惑されるまま、そのショーを見せられる——。まったく信じられないことだ。しかもあの娘は見返りを求めていない。

（どういうことかしら？　何か悪だくみをするような子には見えないけど……）

庭先から覗かれるとは思えなかったが、一応カーテンをひいた。

裸の上にバスタオルを巻いたまり子が、紙袋を手に入ってきた。

「失礼します……。あら、立派な和室。床の間も素敵ですね」

まり子はそんなお世辞を口にする余裕がある。夏美のほうはまだオタオタしている。

「ええっと、どうしたらいいのかしら？　何か必要なもの、あるの？」

「そうですね、できればシーツかタオルケットみたいなものがあれば……」

「はいはい、じゃ……」

寝具の入っている押入を開け、タオルケットを取り出して部屋の中央に敷く。

「じゃ、始めますね」

床の間を背にするようにしてまり子は横座りになった。

立っていた夏美も座った。年下の娘が自慰をするのを正座して見るというのもおかしい。

やはり横座りになった。

「なんかヘンな雰囲気ね……」

照れ臭さを隠すように笑ってみせる。

「ちょっとした秘密ショーですから……」

まり子は悪戯っぽく笑い、タオルケットの前をはだけた。

若々しい、薄桃色に上気したなめらかな肌が露わになった。

「まあ、本当にすてきな肌ね。みずみずしくて……。うらやましいわ」

まり子も思わず嘆声をあげてしまったぐらいだ。

「それに、おっぱいも大きくて……」

昔の人なら安産型と表したに違いない。ヒップがどっしりとして乳房も豊かに突きでたふくよかな肉体だ。あどけない顔とよく発達した肉体が一種のアンバランスの美を形成している。

やや陥没気味の乳首とそれを取り巻く乳暈は、出産経験のあるミセスには望むべくもない鮮やかな珊瑚《さんご》の色だ。

ヒップをビキニのパンティが包んでいる。ごくシンプルなデザインの白いパンティだがシルキーコットンの布地は薄く、よく見ると秘毛がうっすらと透けて、それが女の目にもなまめかしい。

ジージー。

薄暗がりの中に淫靡な振動音が響き渡った……。

「どうぞ、ごらんになって。桑原まり子の恥ずかしいオナニーショーです……」

乳首にバイブレーターを押しあてて、「はあっ」と熱い吐息をついたまり子が目を閉じた。睫毛が顫える。

（感じてる……）

横座りの姿勢からタオルケットの上に仰臥した娘の、あられもなく投げ出された両足のつけ根——白い布が覆い隠している羞恥の部分にみるみるうちにシミがひろがっていくのを、夏美は目をみはって眺めていた。バイブレーターで片方の乳首を刺激し、もう一方の手は別の乳房を揉みしだいている。まだ秘部への刺激が行なわれていない段階で、穿き替えたばかりの下着をべっとり濡らすのだから、このまり子という娘はそうとうに性感が豊かに違いない。

「あ、はあっ……、う……」

陶酔の表情を深めながら、しだいに全身の力が抜けてしどけなくなってゆく豊満な裸身。ショーと自分では言っているものの、そこにはもはや〝演技〟は感じられない。明らかにまり子は夏美の目の前で無心に自己刺激を楽しんでいる。

（なんて淫らな……）

呆然として年下の娘の裸身を眺めていた夏美だが、やがて別な感情が湧いてきた。

（かわいい……）

小さな少女が、ひとりで秘密の遊びを楽しんでいる——そんな無邪気さが感じられる。

オナニーは幼女でも無意識のうちに行なう。性的な刺激を自分に与えることを「淫ら」とか罪深い行為のようにとらえるのは、常識でこり固まった大人の考えることだ。セックスのことを知らない幼女に対して「いやらしい」とは言えない。

そういう常識を超えたようなところが、この娘にはある。彼女がこうやって何もかも忘れたようになって自慰に耽っている姿を目にしても、淫猥とか猥褻という概念からはほど遠い。

（かわいいし、それにきれいだ……）

羨望の念さえこみあげてくる。

若い肌がじっとり汗ばみ、やるせないような匂いが立ってきた。健康な若い牝の発情する匂い。牡を昂奮させるその匂いは、同性である夏美をも刺激した。

（いやだ、私まで感じてきた……）

あられもなく悶える瑞々しいヌードを前にして、夏美はパンティの底がもうお洩らしをしたみたいになっているのを自覚した。肌はカッと火照るようで、子宮の疼きはたえがたい。

「あっ、あっ、ああーっ。む、う……」

まり子のバイブレーターは、今やなめらかな腹部を這い下り、思いきり割り広げた両腿のつけ根に当てがわれた。パンティの股布はピンと張って、濡れそぼったその部分が秘められた亀裂に食いこみ、深い谷間を作っているのがモロに見える。

クリトリスの上からブルブルと振動するバイブレーターの先端を押しあて、

「うっ」

のけ反り、

「はあっ」

熱い吐息を洩らし、

「む……」

ぐぐっとまた力をこめて押しつけ、

「あーん……」

甘く泣きむせぶような声をふり撒く。

(この調子じゃ、パンティの上からでもイキそう……)

息を詰めるようにして、密室の中で繰り広げられる秘戯を見つめていた夏美の予想を裏切って、まり子は途中で体を起こすと、パンティをひき下ろし、すばやく片足から抜きとった。

白い下着は一方の太腿にからみつく形で残された。

いまや覆うもののない女の秘部は、完全に夏美の視界にさらけ出された。

秘丘を覆う秘毛は濃密に繁茂しているわけではない。肌が透けて見えるぐらいの感じだ。

しかし一本一本はとても黒々としていて、縮れは弱い。全体の形はややお臍へと伸びた、菱形を呈している。

秘裂に下った繁茂は、谷間の中央部分ぐらいで消滅している。その両脇の部分は驚くほどの愛液でベットリと濡れ、肌に貼りついたようになっている。そのせいで充分に突起した秘核も包皮を押しあげているのが見えた。真珠色した敏感な肉芽は、この内気そうな娘の肉体が豊かな性感に恵まれていることを教えているように、クッキリと尖《とが》って自己主張している。

夏美は、成人した女性の秘部――しかも激しく昂奮している――をこんなに間近に見るのは初めてだった。

（うわ、酸っぱい匂い……）

夏みかんを剝いた時のような、酸味にほんのり甘味の入りまじった――さらに何かの醗酵食品の匂いを加えたような匂いだ。食欲をそそる、魅惑的な匂い。

（うーん、きれい……）

クリトリスから秘裂に沿って花びらの内外へバイブレーターを滑らせゆくと、膣前庭から膣口へ至る鮮烈なコーラル・ピンクの粘膜が露呈されて、夏美は目をみはった。女は皆そうなのだろうか、それとも若い娘だけが、このように美麗なのだろうか。夏美は訝《いぶか》った。

片方の指を花びらにあてがったりクリトリス包皮を剝きあげたりして、まり子は秘裂の内側に、亀頭に似せたバイブレーター先端部をあてがい、その淫靡な振動を充分に楽しんでいる。膣口からは蟹の噴くような小粒の泡を交えたやや白濁した愛液が、ひっきりなしにトロトロと溢れて会陰部を濡らしタオルケットまで滴り落ちている。

「あー、うっ、うう……。あ、ヤーン」

時には苦痛をこらえるように、時には甘美な肉の歓びに耽溺するように、可憐な娘の表情は変化してゆく。ハアハアと荒い息をつきしばらくバイブレーターを離していたかと思うと、新たな苦痛を求める殉教者のように決然として濡れそぼった肉芽に押しつける。

「う、うは……っ。あ、むむ……」

ぐっと反りかえり、ぶるぶると内腿を顫わせ、いまやまり子は汗まみれだ。

（じゃ、このままイク気ね……）

夏美はそう思った。女性の大半はクリトリス刺激だけでも充分な快楽を得られる。ましてや性交経験の乏しい――はずの――この娘が、夫の博行のより太いと思われる肉質ゴムを挿入するのは、無理なようにも思えた。それぐらいまり子の秘部は可憐に見えたからだ。

仰臥したまり子がフト瞼を開いた。身を乗り出すようにして秘部を覗きこんでいる年上の女を見つめ、甘えるような声で頼んだ。

「奥さま……、これ」

手にしたバイブレーターを、スイッチを切ってからさし出した。

「えっ」

反射的に受けとったものの、夏美は困惑した。それでどうしろというのだろう。

「入れて、ください」

うわずっているものの、ハッキリと夏美の耳にも聴き取れる声で、裸の娘はそう頼んだ。

「これを……？　あの、私が……」

驚愕している美しいミセスを見上げて、まり子は微笑して頷いた。その微笑はどこかいたずらっぽい。

「ええ。ここに……」

指で広げてみせた。濡れてきらめく真珠貝のような淡い桃色の粘膜。その奥で膣口が腔腸動物の口のようにひくひくと息づいている。まったくまり子とは別の生物のように。

「そんな……。大丈夫？」

夏美は当惑し、懸念した。彼女自身、出産を経験している。膣は産道だ。赤子が通過できるほどの伸縮性を備えていることはわかっているが、それにしてもまり子の膣の入り口は、バイブレーターのおぞましい先端部に較べて、とても小さく見えた。

「大丈夫です。充分濡れてますし、ゆっくり押しこんでいただけば……」

両方の手を割り開いた下肢のつけ根に伸ばし、左右の花びらを指で広げた。ほぼ左右対称に整った形をした、いかにもちんまりした性愛器官だ。

「ほんとにいいのね……。じゃ……」

ふいにサディスティックな衝動が湧きあがった。このグロテスクな道具で思うさまこの娘を貫き、抉り、悲鳴をあげさせてやりたい――男が抱くのに似た衝動が彼女を駆り立てた。

「いくわよ」

夏美はやや膝を曲げるようにして、下肢を開き、両手で花びらを展開させたままのまり子の脚の間にうずくまる姿勢になって、右手に持ったバイブレーターを花芯へとあてがった。

「はい。……あ、う！」

ぐっと圧力が加わると、さすがにまり子は顔をのけ反らせるようにして目を閉じた。愛液で充分に潤滑されているとはいえ、やはり挿入は無理――と思ったが、

「もっと……」

まり子に促されて、ねじるような動きを加えて力を増すと、

ズブリ。

そういう感じでコケシの首をかたどった先端部がめりこんだ。

「あっ……！」

ひくんと白い腹部をうち顫わせ、ヒップが跳ねる。腿がひくつく。

「痛い……？」

　夏美は心配になった。膣口は限界までいっぱいに拡張しているように見える。

「いえ、大丈夫です。もっと奥に……」

　泣き笑いするような薄目を開けて、さらに挿入を要求する娘。夏美のサディスティックな感情がさらに昂った。

「それなら……」

　ぐぐっとねじこみ、押しこむ。

　ズブズブ……。

　急に抵抗が失せた。巨大なペニスを仮想した肉質のゴム棒はいともやすやすと桃色の粘膜通路に埋没してゆき、ピチピチと若鮎のような生気を漲《みなぎ》らせている娘は、

「あー、あうっ、うー……！」

　快感とも苦痛ともつかぬ叫び声と呻きを洩らし、ぐぐっと全身をそらした。処女喪失の瞬間を思わせる反応だったが、驚いたことに自分の手を侵入してくるゴムの杭にあてがい方向を誘導しながら、さらに侵略をすすめるのだ。

「もっと、……そう、いっぱい奥までください……！　あ、あーっ」

　女子高生のような可憐さをもつ娘は、醜怪な肉根を思わせるシリコンゴム製のバイブレー

ターを、ほぼ三分の二ほどまで呑みこんでしまった。

「まり子さん……、痛くないの……」

夏美もさすがに心配になって、手をとめて尋ねたほどだ。

「だいじょうぶ……です。もっと、突きあげて……、スイッチも両方……」

喘ぐような声で訴えた。

「驚いたわ。こんなのを簡単に呑みこむなんて……」

これに較べたら、この前自分が使った胡瓜など、太さでも長さでも全然及ばない。夏美は感嘆しながらスイッチを入れた。バイブが振動し、くねりだした。

「お、おおお……、あっうう、うっ、うー……！」

まり子は驚くほど悩乱した声を張りあげ、頭を左右に激しく打ち振った。ヒップも上下左右にくね躍る。すっぽり呑みこんだバイブの動きに完全に反応している。すさまじい快楽を味わっていることは、バイブの根元を摑んでいる夏美にもわかる。

「やだ、あっ、ああーっ、はあっ！」

仰臥した娘は喘ぐような咳きこむような、叫びとも悲鳴ともつかぬ声をあげたかと思うと、いきなり夏美の、空いたほうの手を摑んだ。強い力で自分の胸へと引き寄せた。

「何、どうしたの……？」

びっくりした夏美だが、すぐに乳房を揉んでほしいのだと理解した。熱く火照り汗でじっとり濡れた白い丘を摑んだ。

掌でくるむには大きすぎる、弾力に富んだ肉の丘を揉んでやると、小指の先ほどにも膨らんだ乳首がコリコリとしている。

「ああっ、もっと……うっ、気持ちいい……、あっ、奥さま……っ！」

いかにもうれしそうな声を張りあげるまり子。

「ねえ、いいの？　これ、もっと強く？」

夏美のほうもバイブの動きをどうしたらよいのか、確かめたくなる。

「ええ、もっと強く、押しこんで、突きあげて……、もっと……」

「こんなに……、大丈夫？」

今や濡れた肉質ゴムは淫靡な摩擦音をたてながら激しくピストン運動をしている。

「だいじょ……ぶです。もっと強くても、あうっ……ああー、気持ちいい、出そう」

夏美は驚いた。

「出そう、って？　何？」

「Gスポット……。潮吹き……。あう、うっ……。もっと強く、あっ……」

ぐいとこねあげるようにした時、温かい——というより「熱い」と思ったほどの液体が膣

口の上からビュビュッと断続的に迸り、夏美の手首に当たって飛沫をはね散らかした。夏美の腕をググッと強く掴み、

「うあっ。あーっ！」

まり子はきれぎれの鋭い叫びを液体と同時に噴きあげ、ひときわ強くグウンと背を弓なりにのけぞらせ、ヒップを高々とはね上げた。激烈なオルガスムスの到来である。

「まりちゃん、まりちゃん……！」

夏美は、まるでこの若い娘が死ぬのではないかと恐れた。それほど断末魔の痙攣にも似た絶頂だった。

＊

まり子は一時的に失神したようになり、ぐったりと伸びてしまった。

彼女がオルガスムスの直前に迸らせた液体は、尿のような特有の匂いがない。尿失禁とは明らかに違う。

（だとすると、これがGスポット刺激による女性の射精なの……？）

夏美は眉をひそめるようにして、サラサラした無色透明の液体を調べてみた。

すべての女性が、というわけではないが、そのうちの何割かは膣内のGスポットと呼ばれ

る部分を強く刺激されると、激しい快感を得て最終的に「女性の射精現象」と呼ばれる無色透明な液体を尿道から射出する。

そのような知識を女性誌から仕入れた時、夏美は好奇心に負けて、図解に従って自分の膣に指を入れて刺激してみたことがある。確かに他の部分より快感の質が違うような気がしたが、透明な液を射出するほどの絶頂感を味わうことはなかった。

もともと彼女はC感覚――クリトリス感覚は人並みだが、V感覚――膣感覚はあまり敏感ではない、と思っている。挿入されてある程度の快感は得られるが、それで絶頂するということはない。博行との行為でも、挿入されながらC感覚を同時に刺激されて――という形で達することが多い。

(私には、どうやらGスポットはないみたい……)

そう思っていた。もちろん他人の性行為や自慰を見たことがないから、「潮吹き」といわれるような壮絶な絶頂の姿など想像もできなかった。

(そうか、これが「潮吹き」なのね。確かにビューッとすごい勢いで液体が出てきて……。すごかった……)

徐々に意識をとり戻してきたが、まだハアハアと荒い息をついているまり子を見つめながら、夏美は強い羨望を抱いた。自分には欠けている特異で豊かな性感を、この若い娘はどうして持っているのだろうか。

夏美は浴室に行き、濡れタオルを持ってきて汗まみれのまり子の顔から体へと拭ってやった。下腹も、赤ん坊のおむつを替えるような姿勢をとらせて丁寧に拭い清めた。

「あ、すみません……」

ようやく意識が戻ってきたのだろう、まり子は恥ずかしそうな表情になって言葉を口にしたが、まだボーッとしていて、立とうとしても体が自由にならない様子だ。

「圧倒されちゃったわ……。でも、きれいだった。〝潮を吹く〟なんて言葉のうえだけのことかと思ってたけど、あなたみたいに実際にビュッと出る人がいるのね……」

夏美はまり子の脚の間、タオルケットの上にひろがったシミを指で示した。

「出ました？　あ、ホントだ……。出る時と出ない時があるんですけど、今日はずいぶん昂奮しましたから……」

「いつも、こんなに出るんじゃないわけ？」

「ええ。最初は自分でもGスポットなんかないと思っていたんですけどね……」

まり子の説明したところでは、彼女が初めて「潮吹き」を経験したのは、客たちの前でオナニーショーをやりだしてから、しばらくしてのことだったという。

嗜虐的なミセスたちが、ショーの途中でまり子を押さえつけ、交替でバイブを操作してい

る時、

「そんなにヤワヤワ動かしてもダメよ。バイブはね、こんなふうにズコズコやるの」

一人の中年女性が、かなり手荒にゴムの棒をピストン運動させた。それも四つん這いにさせた姿勢で後ろからやや下方へ突きたてるように、しかも抉るような動きを伴いながら。

その時、まり子は下腹部で何かが爆発して五体がバラバラになったかと思うオルガスムスを味わった。

「ひーっ！　あうっいいいい」

絶叫と同時にジャバジャバと透明な水が秘裂から噴き出し、床にあたって飛び散った。

「きゃっ、洩らしたわ、この子！」

観客たちが思わず腰を浮かすと、なおも荒々しくバイブを往復運動させていた中年女性は得意そうな顔になって、

「バカね。潮吹きよ。ツボに当たるとそうなるの。実は私もなの」

そう言いながら二度、三度と彼女の秘裂から透明な液体を放出させた。まり子は二回目の途中から頭の中が真っ白になったようで、失神したようになった。

――それが、彼女の最初のGスポット刺激による射精現象だった。

「ホームパーティをやりたい――っていう依頼も、それからますます増えて……。みんな私

の潮吹きのことを聞いて、それを見たくて申し込んでくるんです」

　彼女の成績がトップになったのは、そういった特異体質のせいでもあったのだ。

　夏美はただ驚くばかりだった。

「私、それまで自分にGスポットがあるなんて、全然知らなかったから、自分でもびっくりしました」

「そんなこともあるのね、ふーん……」

「私に教えてくれた方は、Gスポットがないと思っている人の半分は、探しかたが悪いんだ、って言ってました。問題は角度と強さなんですね。擦りながら膣の上壁をグンと強く突きあげるようにすると感じるんです。もちろん充分に昂奮している、ってことが必要ですけど」

「そうなの、へぇー……」

　夏美が考えこんでいると、まだパンティを片方の腿にからみつけたままの裸の娘が、ふいに起き上がって年上の女の肩を抱くようにした。

「え!?」

　夏美がたじろぐと、彼女の耳に熱い息が吹きかけられた。むうっと甘い汗が香る。

「私が奥さまのGスポットを探ってあげましょうか……？」

　背筋がゾクゾクした。

「ダメよぉ。私はないもの」

夏美は笑いに紛らわして逃げようとした。しかし真剣な表情の娘はしっかりと彼女に抱きつくようにして放さない。

「なくてもともとじゃありません？　気持ちよくなることは間違いありませんから」

誘惑しながら耳朶を噛むようにして項《うなじ》、頬の後ろのほうにキスしてくる。

「やめて、くすぐったい。あっ、何を……。ねぇ、ダメだったら……」

夏美は畳の上に押し倒されてしまった。いい匂いのする熱い裸がのしかかってきた。

「やめて。む……」

唇に唇が押しつけられた。スルリと舌が侵入してきて夏美のにからみつく。強く吸われた。舌のつけ根が痺れるほどの濃厚なディープキッス。夫とも経験したことない情熱的な接吻。

「………」

薄いブラウスの上からじかに乳房をまさぐられた。カップごと揉みつぶすようにされると、夏美は乳首がギューンと勃起するのを自覚した。同時に子宮と乳房を連結する回路にビビッと快美な電流が走った。

「う」

唇を合わせたまま、年下の娘はたくみに指を動かしてブラウスのボタンをはずし、ブラのカップを押しあげて乳房をまる出しにしてしまった。

唇が離れた。

「はうっ」

今度は乳首を吸われた。片方を揉まれ、片方を吸われ、嚙まれる。

「あぁっ……」

まり子の過激な自瀆ショーに参加させられて、夏美の体はすでに発情している。

「やめて、まり子さん……」

喘ぎ、悶えた。スカートの内側へ手が侵入してくる。

(信じられない。私、自分の家でこの娘に襲われてる……)

実際にまり子の攻撃的な態度はレイプに近い。圧倒的な情熱と意志で年上の女を押さえつけ衣服を剝ぎ、急所をタッチしてくるのだ。

「うふっ、奥さま、こんなに濡れて……。あらあら、すっごーい」

勝ち誇ったようなまり子の声を聞いた途端、夏美の体から抵抗する力が失せた。

＊

——悠也が帰宅した時、芹沢家の前に三時間も駐まっていたピンク色のキャロルはすでになかった。彼には女性の客が来ていたことなど、知るよしもない。

「ただいま」

鞄を投げだすと、まっすぐダイニングキッチンへと足を運ぶ。この年頃はいつも空腹だ。

夏美はつねに、食卓の上に彼のためのおやつを用意してある。

今日は何もなかった。

「チェッ、ママさん、何か食べるものないのかよ……」

ぶつぶつ言いながら居間に入った。そこで足が止まった。

母親は眠っていた。

ソファに座りながら、干しあがった洗濯ものを畳んでいる途中で、急に眠気に襲われたのだろう。腰をかけた姿勢のまま左に倒れ、ソファの肘かけに頰をのせてスヤスヤと寝息をたてている。膝の上の洗濯ものは床に落ちている。

「なんだよ、居眠りしてるのかあ」

ひょっとしたら具合が悪くなったのかと心配になった息子は、近寄ってみて、母親が薄い微笑を浮かべているのに気がついた。

(おやおや、何かいい夢を見てるようだぞ……)

揺り起こそうとして伸ばした手を止めて、悠也はしばし、母親の寝姿に見入った。

つい最近まで、母親の保護と干渉から逃れようとする息子は、夏美と猛烈な争いを繰り広げてきた。ケンカをしている時は憎くてたまらなかった母親だが、こうやって眠っている姿を見ると、なんであんなに争ったのか、それが不思議に思えるほど夏美はあどけなく、二十年ぐらい若くなって、娘時代に戻ってしまったようだ。

悠也はまた鼻をひくつかせた。

母親はシャワーを浴びたらしく、肌からは石鹸の匂いが漂ってくる。しかし、それだけではない。もっと官能的な、少年の肉体の内奥の何かを揺すぶるような芳香を発散していた。

悠也は息苦しくなった。その場から逃げだしたくなった。でなければ、いまここで無防備に横たわっている柔らかくて温かい、いい匂いのする生き物に飛びかかってしまいそうだ。

ふいに夏美が目を開いた。

「あら、悠也くん……。帰ってたの」

母親はびっくりしたように身を起こし、それから「アーッ」と欠伸をした。縁側で日向ぼっこしていた猫のように。

「あらあら、ママ、いつの間にか眠ってしまって……。なんだか疲れたのね……」

寝乱れたような髪を掻きあげるしぐさが、まるで少女のように可憐だ。悠也は母親に覆いかぶさりたい衝動と闘った。乳房にすがりつき、サマーセーターの上からもハッキリわかる乳首にむしゃぶりつきたかった。

ようやく母親の圧制から逃れた自分が、結局はまだ彼女の魅力という絆に捉えられていることを、その瞬間に悠也は自覚した。泣きたいほど切なくなった。

悠也は混乱し、母親に無言で背を向けた。

「そういえば、おやつがなかったわね。何か食べる？」

「いいよ。カップラーメンでも食べるから」

ぶっきらぼうに息子は答えた。二階にかけ上がりながら、母親に向かってそんな乱暴な口しかきけなくなってしまった自分のことが不思議でならない。

第八章　報告します。美少年の欲望の色は……

MAS通信第二十四号
今月のハントレポート（前月より続き）
レポーター　松永　光恵（MAS西東京支部）

前回に続いて、かわいい中学生、リョウくんとの交遊を報告させていただきます。

彼をハントした経緯は前月号に書いたとおりです。カメラマニアの好奇心を刺激して、支部のベッドルームで私のヌードを撮影させるという餌《えさ》で釣りあげたわけです。

この前は時間がなくておいしいエキスは二度しか呑めませんでした。「できあがったヌード写真を貰う時にまた、ヌードを撮ってね」という約束をしておりましたので、一週間後、伝言ダイヤルで連絡をとりあい、二回目のデートを行ないました。

土曜日の午後、リョウくんは時間どおり、現像して引き伸ばした私のヌード写真を持って待ち合わせの駐車場へやってきました。

今度は大きなカメラバッグをかついでいます。「補助光が必要だから」と言って、必要な機材を持ってきたのです。ヤル気まんまんの表情です。時間も夕方までたっぷりあります。私もうれしくなりました。

私の車の中に入って、さっそくこの前撮った写真を見せてもらいました。写真館の跡継ぎ息子だけあって、ストロボの光だけでもなかなかのものです。ピントもしっかり合って、私の恥ずかしい部分の濡れて輝く様子も全部写っていました（その写真は、何点か前回に紹介しましたね）。

車を動かし支部に向かいます。

「光恵ママ、この前と同じ、あのガーターベルトしている？」

助手席に座ったリョウくんは私の脚をチラチラ眺めながら聞きます。

「こないだリョウくんがすごく喜んでくれたんだもの。ちゃんと着けてきたわよ。よかったらスカートをめくってみて」

運転しながら挑発します。今日の私は黒っぽいジャガード織りのサマースーツ。タイトスカートのサイドは深いスリットが腿の上まで切れこんでいます。

「いいの……？」

私の顔色をうかがいながら、リョウくんは左手を伸ばし、私の右の腿に触ってきます。私はハンドルを握りながらもドキドキします。

「あ、ほんとだ……！」

タイトスカートの裾を上のほうへたくしあげながら、リョウくんは喜ばしげに叫びます。黒いストッキングを吊っている赤いガーターベルトが見えたからです。

「なんなら、光恵ママがどんなパンティはいてるかも調べたら？」

私はさらに唆《そそのか》します。リョウくんの手が動き、スカートは腿のつけ根の部分までめくり上げられてしまいました。動いている車だからいいものの、誰かが窓から覗きこんだら、太腿も露わの私を見てびっくりしたでしょう。

「えーっ、今日は赤いパンティなんだね。それにスケスケだ……」

リョウくんは目を丸くしています。そうです。今日の私はストリッパーの着けるような、サイドがほとんど紐になっているGストリング型のスキャンティなのです。

運転しているので股の部分まで触らせることはできません。けれどもヒップのまわりを撫でさせながら支部までやってきました。もちろん私のカントは期待にうち震え、スキャンティはじっとり濡れてしまいます。

支部のベッドルームに入ると、リョウくんはたちまちプロのカメラマンの目になりました。ベッドの両サイドにスタンドを立て、補助のランプをとり付け、皓々《こうこう》と照らします。

「さあ、撮影開始。光恵ママ、服を脱いで……」

促されて赤いブラ、スキャンティ、ガーターベルトに黒いストッキングという恰好でベッドに上がりました。二つのライトを浴びてポルノ女優かプロのヌードモデルになった気分。たちまち露出願望はパワーアップです。写真の「1」がそれです。

それにしても、仰向けになって腰をはねあげ、濡れたスキャンティを大股びらきで見せている大胆なポーズ。我ながら顔が赤くなります。リョウくんがとらせたのです。

彼は、この前とはうって変わった落ち着いた態度で、私にワイセツなポーズを指示しました。ライトの当たり具合を調節し、ていねいに撮ってゆくのです。力強いシャッター音は、まるで鞭か何かのように私の子宮を叩きつけます。どんどん濡れて深く食いこんでゆく赤いスキャンティ。もう隠す役目はほとんど果たしていません。

ブラをとり、乳房を揉んでるのが「2」です。乳首がびっくりするほど勃起しているのがおわかりでしょう。こういったポーズはリョウくんがヌード雑誌で研究してきたものでしょう。

「3」でスキャンティをとり、いよいよ大股びらきでいちばん恥ずかしい部分の接写です。レンズを交換し、広げた股の中に顔ごと突っ込んでくるリョウくんは、なかなかの迫力です。レンズに犯される快感を私は初めて味わいました！

——それが「4」です。ごらんのように自分で花びらを広げての大サービスです。もちろん私もリョウくんを挑発します。

「さあ、ちゃんと撮ってリョウくん！　これが光恵ママの一番秘密の部分。ここに男の人のペニスが入ってゆくの。ほら、こんなにヌルヌルになってるでしょ？　興奮してる証拠。ここにペニスを入れてほしいって体が訴えているの。いい匂いをたてて……。でもダメ。ここは私のだんなさま専用の部分。ここには他の人のペニスが入るのは許されないの。ふふっ……」

そう言いながら自分の指を一本、二本と根元まで埋めこみ、「あーっ、気持ちいい……」と呻き、悶えます。ここまでくるともう、どこまでが演技かわからなくなります。

「5」は四つん這いで、お尻の割れ目を自分で広げているハレンチなポーズ。二つの穴がよく見えますね。後ろのほうは少しひずんでいますが、さんざん息子のペニスを受けいれたことを考えれば、まだまだ崩れていないと思っています。

このあたりで彼も激しく興奮して犬みたいにハアハア息を荒くしています。顔は真っ赤。

ジーンズの股間は盛り上がってハチきれそう。

「あらあら、もうそんなになって……。つらいでしょう？　じゃ、いらっしゃい。光恵ママが呑んで、ラクにしてあげる……」

彼は大喜びで全裸になり、ベッドにあがります。膝立ちの彼の前に四つん這いになり、ビンビンに勃起した若い牡の器官を手で持ち、頬ずりします。亀頭は完全に剝けて尿道口から透明な液が糸をひいています。茎からふくろまで彼の匂い、熱、硬度を頬や唇や指で確かめてから頰ばりました。

「あーっ、光恵ママ。気持ちいい……っ！」

全裸のリョウくんは喜びの声をあげながらも、そこは根性ですね、ベッドサイドの鏡に向いて、私が口で奉仕している姿までバッチリ、カメラに収めてしまいました。「6」です。

三分も舌を使わないうちに、「光恵ママ、もうダメ」と泣くような声で訴えました。

「いいのよ、我慢しなくても。思いきり光恵ママのお口の中に出して……」

声をかけてやると、頷いてしっかりと私の首根っこを押さえるようにして激しく腰をうち揺すりました。

ブワッと亀頭がふくらみました。待ち受けていた熱い粘りが口の中いっぱいに噴射されます。苦く、ブチブチして、それでいて高貴な香りのする聖なる液。私は無我夢中で次から次へと噴きあげられるそれを呑みほしました。その間も痙攣するふくろを揉んでやります。貴重なエキスを最後の一滴まで唇でしごくようにして絞りとり、舐めました。

「あーっ、死ぬかと思った……。最高に気持ちよかった……」

私がようやく唇を離すと、リョウくんはベッドの上にながながと伸びてしまいました。

「リョウくん、カメラはもういいから、これから光恵ママと楽しみましょうね……」

私はそう言って彼を拭い清めてから、仰臥したままの顔の上に、ガーターベルトにストッキングという恰好のままで、跨ります。

「さあ、先週教えたことの復習よ。女性のここはなんて言うの？」

指で開いて私の性愛のための器官を見せつけ、質問してゆきます。クリトリス、膣前庭、尿道口、膣口……。小陰唇も大陰唇も、会陰部も、みんな口で言わせて覚えこませます。指で触らせて確かめます。おいしいチーズにそっくりの、私の匂いも嗅がせます。こうやると、彼は一生チーズを食べるたびに私のことを思い出してくれるに違いありません。息子の良一がそうなように……。

それからソロソロと腰を落とし、リョウくんに囁きかけます。

「リョウくん……。光恵ママの一番秘密の部分にキスしてちょうだい……」

素直に頷くと、さっきからうっとりと見惚れていた私の女そのものの部分にリョウくんは唇を押しつけてきました。敏感な粘膜に童貞少年の接吻を受け、私の子宮は一瞬にしてカーッと燃えあがり、愛液がドッと溢れ出て彼の唇を濡らします。

「舐めて……ちょうだい」

頼むまでもなく、リョウくんは女の体から出る蜜を舐めます。おいしそうに。実際に私のレズビアンラブの体験から、興奮した女性の愛液が甘いことを知っています。リョウくんが夢中で舐めるのも当然です。

私の蜜をたっぷりと呑み、匂いをたっぷり嗅いでリョウくんは元気をとり戻してきました。

「光恵ママのここ、ペニスはダメだけど、指で触るのはいいわよ。入れてみて」

膣口に彼の人差し指を受けいれました。

「わあ、熱い。締めつけてくる……」

ひくひくと締めつける私の襞々に、リョウくんは感嘆の声をあげました。それから念入りに指の先端で子宮への入り口やGスポットの部分をタッチして、私の言うとおりの構造になっていることを確かめます。その間も愛液は溢れに溢れ、腿まで濡らします。

私はリョウくんを抱え起こし、今度は私が仰向けに横たわり、上にリョウくんをのせる恰好になりました。

「光恵ママ……」

リョウくんが困ったような声を出しました。彼の勃起が私の下腹に当たって、割れ目の部分に剝けて怒張しきった亀頭部分が入りそうなのです。

「あら、そのままだと入ってしまうわね」

そう言いながら、わざとヒップを押しつけます。リョウくんは無意識に、本能の命じるままに腰を突きだしてペニスを収めようとします。

「ダメよ、入れちゃ……。そこは光恵ママのだんなさま専用だって言ったでしょう?」

入ろうとすると腰をくねらせて、スッとそらしてしまいます。焦ってまた狙いをつけてくるリョウくん。ベッドの上で組み敷かれた形で、私は思うさま彼をじらしてあげました。童貞の少年が助けもなしに挿入するというのは、とても難しいことです。

「光恵ママぁ……」

とうとう泣き声をあげました。

「リョウくん、ここに入れたいの?」

訊くと、「うん」と切ない声で答えます。「いま指で確かめたでしょう? ここは光恵ママだって欲しいの。リョウくんのペニスを入れてほしいって、ほら……」

また指を少し入れさせて、粘膜が反射的に締めつける感触を与えてやります。

「それだったらお願い、入れさせて……」

リョウくんは真剣です。

「そうかあ、そんなにリョウくんは入れたいんだ……」

「だって、そこに入れないと本当の男にならないもの」

リョウくんは早く私の肉体に突入して、童貞を捨てたいのです。彼の力が凶暴さを増してきました。

タイミングをみはからっていた私は、ようやく根負けしたというポーズをとりました。

「わかったわ、そんなに入れたいのなら、入れさせてあげる……」

「ホント……⁉」

彼は小躍りしています。

「でも条件があるの。私もだんなさまを裏切るんだから、これは秘密にしてほしいの」

「わかった。誓うよ」

「もう一つ。光恵ママは、リョウくんがこの中に精液を出してしまうと、妊娠してしまうかもしれない。でも最初に女の人の膣にペニスを入れるのに、コンドームというのも味気ないわね……」

「うん」

「だったら、イク少し前に教えてくれない？　イク前に抜いたら、光恵ママの顔のところにペニスを持ってきて。ママ、お口で受けてあげるから……。リョウくんの精液を」

「大丈夫かなあ……」

リョウくんは、早くイッてしまうのではないかと不安そうでしたが、とにかく膣の感覚を味わえるという誘惑には勝てません。私が脚を広げて待ち受けていると、鼻息も荒くのしかかってきました。

彼の唇を吸い、舌をからめながらペニスをしごきたて、隆々とさせてから導きます。

思ったよりアッケなく、ズブッと入ってきました。やはり十五歳のペニスです。なんなく根元まで埋まりました。彼のヘアがクリトリスを擦ります。いい気持ち……。うっとりしてしまいます。リョウくんも、私の体の上で激しく腰を使いながら、

「すごいや……。これが女の人の体なんだね⁉　ああ、締めつけられる。うーん……」

驚きと喜びの声を張りあげています。

それでもカメラマニアの根性ですね、生まれて初めて女性の体と交わっているのに、枕もとのカメラを取り上げ、鏡に映ったセックスしている二人の写真を撮ったのです。それが「7」です。かわいいお尻でしょう？

リョウくんは二度目は長く保ちました。しかしやっぱり未経験な亀頭は敏感なのでしょうね。五分ぐらいで限界に達しました。

「ああ、光恵ママ……、もう……！」

　せっぱつまった声を張りあげた瞬間、私は腰を引いて彼のペニスを抜きとらせました。

「来て、光恵ママのお口に……！」

「うん、イクよ……！」

　愛液で濡れたペニスを片手にして、半身を起こした私の顔に突きつけます。大きく口を開けたとたん、ビュッと最初の噴射が飛びこんできました。グッドタイミングです。

「あーっ、光恵ママ！　ううっ、あーっ」

　私に咥えられながら、リョウくんはガクガクと腰を打ち揺すり激しくエキスを噴射しつづけます。栗の花の香りの強い、まだ濃厚な精液を私は呑みこみます。唇でしごきたてるようにして一滴も余さずに。

「うーん……、気持ちよかった……」

　二度目も私のお口の中で果ててくれて、ベッドに伸びてしまったリョウくんです。

　私に言わせれば、ここまではオードブル。メインディッシュはこれからです。

　彼を誘ってバスルームに行き、互いの体を洗いながら戯れます。リョウくんは私の体のなめらかさとふくよかさに感嘆の声をあげながら、指示されるまま膣の中から肛門のほうまで丁寧に洗ってくれました。

「イヤじゃなかったら、アヌス——肛門のほうも洗ってくれない？　指を入れて……」

「うん、いいよ」

　ちっともイヤな顔をしないで、泡まみれの人差し指をさし入れてきました。

「光恵ママ。肛門の中ってツルツルしてゴムみたいだね。膣のほうと全然違う……」

　感心しています。彼はタイルの床に片膝をつき、私は浴槽のへりに両手を突いて後ろへお尻を突きだしています。

「だけど、ここでも男の人のペニスを受け入れて楽しめるのよ。光恵ママも大好き。あー、感じてきちゃった……」

　私は熱い吐息を洩らします。実際、オルガスムスをまだ味わっていない私の子宮は、直腸壁を通じて突きあげられる感覚でジンジンと痺れ、蕩《とろ》けるような快感を生みだします。

「へぇー、お尻の穴で……？」

　リョウくんは目を丸くしています。

「そうよ。男の人だって気持ちいいの。ほら、締めつけるでしょう？」

　私が括約筋を締めてやると、リョウくんは指が動かせなくなります。

「ホントだ……」

　リョウくんが驚きの声をあげます。彼のもう一方の指を前に導き、膣口に触れさせます。

洗い清めたばかりなのに熱い蜜がトロトロ溢れてきているのを確認させてあげました。

新しい発見が彼の興奮を呼び起こしたらしく、萎えていたペニスがムクムクと膨らんできます。この調子だと、まだまだ精液の泉は涸《か》れていません。

「そうだ。おもしろいビデオがあるの。光恵ママと一緒に観て、勉強しない？」

あらかじめ立てていた計画に従って、そう誘いました。

「えーっ、そんなビデオがここにあるの？」

「うん。このお部屋はリョウくんもだんだんわかってきたと思うけど、暇なおばさんたちが交替でいろんなことに使っているから、そういったものも置いてあるの」

浴室から出ると、彼にはバスローブを、私は赤いミニスリップを着けます。裾が短いのですぐ性器が見え、タッチできます。

「光恵ママ、ガーターベルトを着けて」

リョウくんは執着します。もちろん私も好きですので、赤いガーターベルトに黒いストッキングを履いてあげました。その姿を鏡に映してみると、我ながらセクシィだと思わずにはいられません。

彼にはコーラを、私はビールを、お互いに口移しで飲み、互いの体を触り興奮を高めながら、居間のビデオでMASビデオの鑑賞に入りました。

この時見せたのは、アメリカ版の『バッド・マザー・マスト・ビー・パニッシュト』でした（カタログ番号はＡＶ―〇一二です）。

国内版の作品もと思ったのですが、あまりにリアルですとリョウくんがショックを覚えるといけないと思い、より現実感が少ないアメリカ版にしたのです。これは古い作品で八ミリフィルムからビデオに複写したものですが、なかなかよくできています。

ストーリーは、これまでお仕置きする側だったお母さんが、自分の軽い浮気の現場を発見されて、実の息子にスパンキングされる――というものです。母親役の女性と息子役の少年は、実際にも母と息子の関係であることは言うまでもありません。母親は三十代、息子はどう見ても十二、三歳です。

リョウくんは目の玉が飛び出しそうな顔になりました。

「えっ、これ本当のママと息子？」

ビデオのストーリーを簡単に説明しますと、舞台は郊外の家（面白いのは、室内装飾がなんとなく東洋調なんですね。浮世絵があったり寝そべったような仏像があったりして）。

その家のプールの掃除にやってきた青年と美しいママのセックスから始まります。学校から帰ってきた息子が寝室を覗き、母親の浮気を知ってしまいます。青年が帰ったあと、疲れて眠ってしまったママを、彼は縛りあげてしまいます。

目を覚ました母親は、浮気がばれてしまったことを知り、嘆願します。

「もうしないから、このことはパパだけには黙っていて！　ママ、殺されちゃうわ」

どうやら父親はすごいタフガイのようです。息子は条件を出します。

「それだったらママはぼくにお仕置きされなきゃ……」

最初は首を振っていたママも、結局は受け入れざるを得ません。

後ろ手に縛られたママは、壁の大きな鏡に向かって立たせられます。今の私のようにガーターベルトとストッキング、それにハイヒールという恰好。向こうの人の好むスタイルですね。

息子はママの左側に立って、豊満なヒップをスパンキングします。同時に叩いたり交互に叩いたり、そのうちへアブラシを持ち出し、その背で叩きます。次はスリッパです。

「やめて！　痛い！　許して！」

泣き叫ぶママは、やがて床にくずおれます。無理やりに立たせてベッドに寝かせ、息子は真っ裸になって、ママの股間や乳房をいじりまわすと、美人ママは半狂乱。次にママの口を犯し、最後に脚をいっぱいに広げたママにのしかかり、子供とは思えないほど怒張したペニスを埋めこみます。一度犯しただけでは満足しません。四つん這いにされたママは後ろから犯されながら、そのあと、またペニスを口に押しこまれます。

少年はすぐに元気を取り戻します。ママをバスルームに連れてゆき、ハンガーフックに両方の手首を縛りつけて吊るしたママのお尻を、濡れタオルでビシビシ打ちます。真っ赤に腫れるママのヒップ！

戸棚の中から何かを取りだしてきました。イチジク浣腸を三倍も大きくしたような家庭用浣腸薬です。

「やめて！」とママは泣きべそをかきながら哀願しますが、やめるわけがありません。

ママを押さえつけ、お尻の谷を割って、金髪のヘアに囲まれた丸いアヌスに浣腸器がつき立てられます。

ママはたちまち苦しみだします。「縛るのを解いて、便器に座らせて」と哀願しているのでしょうね、脂汗を流して悶えるママを冷やかな目で眺め、自分の勃起したペニスをしごく息子。なんて背徳的なシーンでしょう！

ようやく限界に達したママは便器に座らせてもらいました。排泄している時も息子はママの口を犯し、たっぷりの精液を呑ませてしまいます。

最後のシーンはふたたびベッドです。

疲れを知らない少年は、母親をふたたびベッドに追い立てます。スパンキングを受けるママ。

その姿勢で腰を持ちあげますとママのお尻も宙を向いて広がり、アヌスがまる見えになります。ベビーオイルのようなものをたっぷりと塗ったペニスを握りしめ、息子が挑みかかります。強制的に排便させられたあとの肛門は、いともやすやすとペニスを受けいれます。根元までぶちこんで激しく腰を使う少年。前のほうには指が入っています。私も同じ経験をしていますからわかります。本当におしっこを洩らしてしまうほどの快感なのです。

最後はベッドの上にぐったりと横たわったママのヌードです。肛門から、息子に注がれた精液がタラタラと溢れ出てシーツを汚しています。さんざんぶたれたお尻はまだ赤く腫れています。それでもママは幸せそうです。

——リョウくんは最初から最後まで興奮のしっぱなしでした。ビデオを見終えたときには亀頭はこれまでの倍以上もふくらみ、しごきたてる私の掌はもうヌルヌルです。

「信じられない……！　すごい……！」

「最後の見た？　お尻に入れてセックスするところ。ちゃんとやってるでしょう？」

「うん。それにしても、あのママも気持ちよかったみたいだね」

「そうよ。前も後ろも可愛がられる——っていうのが、女性は最高ね」

そう言いながら、また言葉巧みに誘いかけます。

「ああやって楽しんでみない？　今みたいなことして……」

「今みたいなこと……？」

　リョウくんは絶句してしまいました。

「そうよ。光恵ママもね、ああやって肛門を犯されたいの。その前にスパンキング——お尻をぶたれてね。興奮するのよ……。それにセックスとかの写真も。肛門だったら中に思いきり出してもいいわ」

「抜かなくてもいいの？」

「いいのよ。お尻だと妊娠する心配もないから」

「そっかあ。うーん……」

　さっき指でさんざん弄ったときのことを思い出したのでしょう、リョウくんは肛門性交の誘惑に負けました。

「よし。やってみようか」

「うれしい。じゃあ、光恵ママのここを好きにしていいわ」

　私はミニスリップの裾をまくりあげてお尻をまる出しにして、ベッドに四つん這いになりました。鏡の中に映った姿はワイセツそのものです。

「リョウくん、手始めにぶってくれない？　素手で……」

「えっ⁉　だって痛いよ……」

リョウくんはスパンキングという遊びをまだ知りません。

「うん、そりゃ痛いけど傷がつくわけでもないし、たいしたことじゃないわ。光恵ママ、ぶってもらうととっても気持ちいいし、興奮してくるの。ほら、今のビデオのママだって、ぶたれながらもあそこをベトベトに濡らしていたでしょう?」

「うーん、わからないな……。それ、SMみたいだね」

「そうね、SMっていうと変態みたいだけど気持ちいいことを追求してゆくと、SMみたいなことになるのよね。光恵ママ、縛られていじめられることも好きだし、恥ずかしいことをされたり、見られたりするのも好き」

「それで、そういうガーターベルトなんか着けて歩くんだ」

「そうよ。露出願望っていうんだけど、人に見られてゾクゾクするの」

「いるんだよね、女の人で……。盗撮されてることがわかっても、かえって平気で見せまくる人が。パンチラ撮ろうと思ったらノーパンだった女の人もいたからなあ。顔を見るといいとこのお嬢さんとか奥さんって感じで……」

「そうなのよ、そういった欲望ってどんな女の人も持っているの……」

「ふーん」

リョウくんはひとしきり感心していましたが、お尻をぶつことに同意してくれました。

「あんまり加減しなくてもいいのよ。平手でパーンとぶってくれれば。そうね、バチャッと肌に垂直に打ちつけるんじゃなくて、横っ面を平手打ちする感じで、こう……」

自分で、ミニスリップを腰のところまでたくしあげ、パチンと打ってみせます。音は大きいけれど、これだとあまり痛くありません。実際、爽快感さえ感じられます。

「ええっ、ホントにいいのかなあ……」

人をぶったことはおろか、これまで母親にもそうやってぶたれた記憶はない、というリョウくんは、それでもそそられたらしく、私の背後にまわります。

「いきなりお尻をぶつというのもやりにくいから、何か理由をつけようか。……そうねぇ、私って見かけによらず、すっごくイヤらしいことが好きなおばさんだってこと、リョウくんもよーくわかったでしょ？　だから、それをお仕置きの理由にすればいいわ」

そう提案しますと、リョウくんもノッてくれました。

「そうだね、光恵ママはほとんど変態に近いものなあ」

〝変態〟という言葉を聞いたとたん、ジーンと子宮が痺れたようになりました。

「そうよ、変態よ。変態おばさんをお仕置きするの。さあ」

私はベッドの上で四つん這いの恰好になりました。お尻は斜め後ろに突き出されます。リョウくんがミニスリップの裾をめくりあげて、パンティを着けていないお尻をまる出しにしてしまいます。彼の目に、欲情に濡れた割れ目がよく見えるように、わざと両足の間隔を広げてやります。

「うわ、すごくワイセツ……」

撮影意欲をそそられたリョウくんは、まずスパンキング前のお尻を中心に何カットか撮影しました。そのうちの一枚が「8」です。何もされていないのに、もう淫らな唇が開いて涎が流れているのが映っていますね。

「よし、懲らしめてやるぞ。淫らな光恵ママを……。男の子の精液を呑むのが好きだなんて、本当に変態だよ。そのクセを治してやらないと」

リョウくんは案外、演技がうまいのです。私を叱りつけながら、ビシビシとお尻をぶちはじめました。やはり馴れていませんから、苦痛も大きいのが来たり、叩きそこねてあまり感じないのが続いたりしますが、私はすごく感じてしまい、大きな声を張りあげてしまいました。

「リョウくん、許して……！　痛い、痛いよう……！　光恵ママ、あなたの言うことを何でもきくから……」

最後のほうの叫びは本気でした。リョウくんの力は案外強く、お尻は火のように熱く、燃え上がっていました。前のほうに触ってみますと、お洩らししたような状態。したたり落ちた愛液でシーツにおねしょのようなシミがひろがっています。

「よし。お尻の穴に入れさせるのなら、許してやる」

「いいわ、入れても」

「そのまま出すぞ」

「出してもいい、だから許して……」

「それじゃ、許してやる」

ぶつのをやめて、私が用意したゼリーをビンビンの勃起になすりつけて、後ろからのしかかってきました。

「お願い、ゆっくりね……。リョウくんの硬いので一気に抉られたら、裂けちゃう。ああっ……あーっ！」

鉄の槍か何かのようなのが、アヌスの襞をグーッと押し分けて侵入してきます。ギュウッとこじ開けられ、亀頭がめりこんできました。

「あーっ、入ってくる……！」

私は叫び、背中をつき上げてしまいます。「ほら、入ったぞ。根元まで……」

ズップリと埋めこんできたリョウくんは、勝ち誇った声をあげ、腰をつかいはじめました。

はげしい被虐の喜びが湧きおこります。息子よりまだ若い少年にまる出しのお尻をさんざんぶたれて、その鉄のようなペニスで肛門を犯されるのですから。

「あーっ、もっと抉って……！」

大声をあげて、私もヒップを揺すりたてながら、右手の指でクリットを刺激します。

「す、すごく緊《きつ》い……。いい気持ち！」

リョウくんは私の肛門と直腸の感触をたっぷり楽しみながら抽送しつづけます。私もすさまじい快感が湧き起こります。試しに指を膣へと滑りこませてみます。膣壁をとおして、ズンズンと擦りたててくるペニスの運動が伝わってきます。

「たまらない。もう……、あーっ！」

私は頭の中が白くなりました。リョウくんもさすがに限界に達しました。

「あっ、イク、イクうっ！」

私の汗まみれの背につっぷしながら、悲痛な叫びをあげて射精しました。ドクドクと注ぎこまれるのがピクピクという震えとともに子宮に伝わります。私も指を激しく動かして達しました。自分ではわかりませんが、リョウくんによれば「締め殺されるけだもの」みたいな絶叫でした。

終わったあと、伸びてしまった私の後ろからリョウくんが最後の一枚を撮ってくれたのが「9」です。アヌスがめくれて、内側の洞窟がポッカリ口を開けています。トロトロと流れてきているのがリョウくんの噴きあげたエキスです。

　こうやって私は、かわいい中学生とハントＤＢＳを楽しむことができました。ご参考になりましたでしょうか。また新しい体験をしたら、レポートさせていただきます。

第九章　美少年の逞しい裸身に子宮を火照らせて……

　翌週の金曜日、夏美がライアン邸を訪ねると、いつもと違ったことが一つあった。今日は、夕貴子の息子、アキラがアトリエにいたのだ。

アメリカンスクールに通う十六歳の少年は、悠也より一つ上なのに、ずっと大人びて見える。アメリカ人の父の血をひいて体格は大きいが、黒い髪と黒い瞳を持ち、鼻はツンと上を向き、ギリシア的な気品のある端整な美少年だ。

　そろそろ本格的な夏の到来を思わせる、蒸し暑い日で、アキラはタンクトップにショーツという恰好で、腕と腿を剝き出しにしていて、それが夏美の目には眩しく映った。

「だいたい構想ができあがったから、今回からアキラと組んでポーズをとってもらいたいの」

　夕貴子は息子がいる理由を告げた。そのことは最初からの約束だ。

「ちょっとこれを見て」

女流画家は書棚から一冊の画集を取り出した。題は『世界の裸婦』。

「このとおりじゃないけど、今度描こうと思っている絵のコンセプトは、これにヒントを得ているのよ……」

広げたページの絵は、夏美も目にしたことのある裸体画だった。

真ん中に臈《ろう》たけた美女がいる。彼女は一糸もまとっていないが、王冠をかぶり右手には矢、左手には林檎を持つ。クッションに横座りの姿勢で画面の左を向き、端整でありながら妖艶な横顔を見せている。

全裸の美少年が、彼女にすがりつき肌を押しつけている。少年の唇は美女の薄く開いた唇の端に接している。左手は王冠をかぶった彼女の頭部にまわされ、右手は彼女の胸に伸びて左側の乳房をくるみ、人差し指と中指で乳首をつまんでいる。少年の臀部は後ろに突き出されて、やや不安定なポーズだ。背中には羽根が生えている。

この二人の周囲には老人、老婆、女神、若い娘、天使、それに鳩といった人物や動物が、とり囲むように描きこまれていた。

「このひと、ヴィーナスかしら？」

夏美が訊くと、夕貴子は頷いた。

「そうよ。手にした林檎は愛の象徴。美と豊饒の女神ヴィーナスね。じゃ、こちらの男の子は……？」

「翼があるから天使でしょう？　えーと肩からかけているのは矢筒ね。だとすると……キューピッド？」

「当たり」

「えーっ、だったら、これは母と息子の絵なの？　信じられないわ」

夏美は驚いてしまった。

「どうして？」

「だって……すごくエロティックなんだもの。母と息子の関係というより、なんて言うかな……美少年と美女の戯れ……」

「そうね。この絵を見る人は誰も、同じような気持ちになるわ。臈たけた貴婦人と初々しい小姓が性的な戯れをしているような、そんな淫らな雰囲気が立ちこめて……。若いツバメと遊ぶ年上の女――という見方をする評論家もいるし」

「だけど、この絵の意味は何なの？」

夕貴子は絵の題名を見せた。

ブロンツィーノ〝ヴィーナス、キューピッド、愚行そして時〟または〝愛と時のアレゴリー〟──英国ナショナル・ギャラリー蔵。

「後ろにいるのが〝時の老人〟。彼がヴェールを剝いで、愛のさまざまな形、快楽とか嫉妬とか欺瞞というのをあからさまにしている──という寓意だと思われてきたの。だけど、ブロンツィーノが描きたかったのは、美しく豊饒な肉体を持つ母親と、うぶな息子との性的な戯れだったと思うのよ」

それを聞いて夏美は目を丸くした。

「母と子の性的な戯れ？　すごく背徳的ね……？」

「背徳的……。まあ、そうね。でも不思議な美しさがないかしら？」

「ええ、美しいといえば、こんな美しいヌードもないわね。妖艶というか爛熟というか……。だけどナマナマしすぎる。同じヴィーナスでも私ならクラナッハのような透明感のあるヌードが好きだけど」

「ナマナマしい……。それも当たっているわ。というのは、イタリアの宮廷画家だったブロンツィーノはメディチ家のビアンカ・カッペロの肖像をよく描いていた人よ」

「ビアンカ──あの毒殺事件で有名な妖婦の……？」

「そうよ。フィレンツェ随一の美女とうたわれてトスカナ大公夫人にのしあがった女性。押しも押されもせぬ貴婦人だけど、悪女の見本みたいにも言われている。実はね、このヴィーナスは、そのビアンカ・カッペロをモデルにした——と言われているの。確実ではないけど、噂としてね。二十枚以上もの肖像画を描いているから、一枚ぐらいはヌードがあっても、確かに不思議ではないけど。ひょっとしたら、この画家とビアンカはデキていたかもしれない。この絵のナマナマしさは、爛熟した愛人の裸像を描いたせいかもしれないわね」

「じゃ、夕貴子さんが描こうと思っているのは、年上の女と年下の男の性愛……?」

「もっと直接的なものよ。ヴィーナスとキューピッドは母と息子だったんだから、ズバリ母と息子の間の性愛ね……」

「それ、近親相姦じゃないの」

二人の会話には加わらず、ソファの上で手持ち無沙汰にしているアキラに視線をやりながら、夏美はつい声をひそめてしまった。

「近親相姦でもいいわ。とにかく、母親と息子の間にはセクシィな感情が芽生えない——ということはあり得ないでしょう? 私が描きたいのはそこなの。だからあなたにモデルになってほしかったのよ。大きくなった息子を持ちながら、まだ女としての魅力をムンムンさせている美しい母親——というイメージに、あなたはぴったりだったから……」

「困るわ、そんな……。背徳的すぎる」

夏美は困惑した。そういった淫らなイメージの絵のモデルに起用されるとは思ってもみなかった。

「誤解しないでね、夏美さん。私はポルノグラフィを描く気はないんだから……。これまでの母子像とは違った、ナマナマしい感情を剝き出しにした母と息子のヌードを組み合わせたいというのが狙い。そういった例として、この絵を見せただけ」

――夕貴子が考えている構図は、午睡から目ざめた母親が、自分を見守る息子と視線をかわしているというものだった。

「いくらなんでも、このヴィーナスとキューピッドのように接吻したり乳首をつまんだりしてると、直接的すぎるものね。まあ、息子が母親の乳房に手をさし延べている――といったぐらいにして、二人の視線で感情を表現してみたいの」

デッサン帳を取り上げ、何枚かのラフ・スケッチを見せた。裸の少年が後ろ向きに立ち、母親は寝台に仰臥している。少年が少し身を屈めるようにして乳房に触ろうとして、目を覚ましたばかりの母親は息子の裸身を見上げ微笑している。

「すごく美しい絵ね……、それにエロティックだわ」

夏美は吐息をついた。この横たわっているモデルが自分だとは思えない。自分がそんなに美麗で豊熟した肉体を持っているとは思ったこともない。

「そう。美しくエロティック……それが私の狙い。少年と女のヌードでも、母と息子だと違った衝撃を与えることができるでしょう？　私、この絵に賭けるつもり。ね、協力してよ」

国際的にも有名な女流画家にそう懇願されると、夏美も断ることができない。

「でも、これだと私、まったくのヌードだわ……」

「まだこだわっているの？　紗を巻きつけているから大丈夫なのに」

溜め息をついて譲歩した。

「OK。パンティは着けてもいいわ。でも、今までのより、もっと面積の小さいやつ――Tバックの、紐で結ぶやつがあるでしょう？　あれの、後ろのほうも紐みたいになったやつだったら邪魔にならないから……。ああ、私、そういうの持っている」

夕貴子は寝室へ行き、その下着を持って戻ってきた。

「これ、ほとんど使ってないやつ。これだったらかまわないでしょ？　あなただって隠したい場所は隠せるし……」

「まあ」

手にしたとたん、頬が熱くなった。

極端に言えばストリッパーが用いるバタフライだ。ヘアと性器の部分だけを覆う三角形の布に紐をつけただけ――というシンプルな構造の、シルク製の下着だった。色は紐も含めて薄いベージュ。

「これ、シースルーのドレスの下に着けるために、デザイナーが特別に作ってくれたの。サイドに深い切れこみがあって、すごくタイトに作ってある薄いドレスだから、ヘタな下着を着けるとラインとか色が見えてしまうの。これだと一見、ノーパンみたいに見えるからね」

結局、夏美はその特別誂えの下着を着けてモデルになることを承諾させられた。

その次の問題は、アキラのことだ。

「でも、アキラくんはオールヌードでしょう？」

夕貴子に背を向ける形のアキラだが、それだと仰臥している夏美には下腹を向けることになる。いやでも彼の男性器官が目に入る。画家であり母親である女は笑った。

「大丈夫よ。あの子は小さい時からヌードのモデルをさんざんやってきたから」

「それはそうだけど、私のほうが……」

少年といっても、十六ならもう一人前だ。成熟した器官を目の前に突きつけられたら、夏美は目のやり場に困ってしまう。

「なに言ってんの。あなただって男の子を育ててきたんでしょう？　処女みたいなことを言わないでよ」

夕貴子が弱々しい夏美の抗議を一蹴しようとすると、ラフ・スケッチを見ていたアキラが、突然、口を挟んだ。

「ママ、それはまずいよ。ぼくも何か穿かなきゃ……」

「あら、どうして？　いつもは気にしないのに」

「そりゃ、ママと二人だけでモデルをする場合はいいけど、今度は別だよ。ぼくだってほかの女の人に見られるのは恥ずかしいし、第一、その、何かあったら困るだろう？」

「何か……？　ああ、そうなの」

言外の意味を理解した夕貴子は、口ごもった。充分に魅力的な年上の女の裸体を前にして視線を浴びれば、アキラだって心穏やかではない。もし勃起でもしたら、それこそ三者三様に困惑することになる。

「わかった。じゃ、キミはサポーターを着けていいわ。あなたのお尻は、あとでいくらでも描けるから……」

「じゃ、持ってくる」

アキラが持ってきたのは、水泳用パンツの下に着けるような、ごく薄手の布を使ったものだった。

素材は合繊で、伸縮性の強いパワーネットを用いている。ガードルのようにぴったりと肌を包みこみ、ペニスを押さえつけるようになっている。

「それでいい？　じゃあそこに用意したベッドに横になって」

夕貴子はアトリエに小さな寝台を持ちこんでいた。病院にあるような鉄のパイプを組み合わせただけの簡素なやつだ。マットの上には白いシーツ。

夏美は衝立のかげでいつものように服を脱ぎ、夕貴子が渡してくれたスキャンティを穿いた。本当にヘアがはみ出すギリギリのところまでしか隠せない。後ろのほうは褌《ふんどし》よりさらに細い紐になっているから、うっかりすればアヌスだってはみ出しかねない代物だ。

（ないよりはマシだけど、股にだって食いこんじゃうし……。困った下着だわ）

当惑しながらも紗を巻きつけて寝台の上に仰臥した。入れかわりにアキラが衝立のかげに入り服を脱ぎ、サポーターを着けて出てきた。

（うーん、外見はやさしそうに見えるけど、服を脱ぐと胸板は厚いし腕や腿の筋肉も逞しそう……。目の毒だわ）

わざと視線をあらぬほうへ向けながらも、夏美は息子より一つ年上の、この美少年の裸身を強く意識した。

やはり白色人種の血統なのだろうか、体臭もきつい感じがする。そしてナマナマしい。息子のに較べたら、やはり濃厚で、しかも官能をくすぐる。

「夏美さん、少し前をはだけてみて……。いいじゃないの、おっぱいは出しても。うん、そんな感じ……。アキラ、もっと近づいて、見下ろす感じね。おっぱいのところに手を伸ばして……タッチしてみて」

（え）

夏美は狼狽した。少年の指先が自分の乳首に触れた。全身がビクンと震えてしまった。

「こら、アキラ、夏美さんに強く触っちゃダメよ」

「そんな……、ちょっと触れただけだよ」

アキラは当惑した表情で弁解する。

夏美はやや横臥し、一方の腕は枕のように項のところにあてがわれ、もう一方の手は腿に置くポーズだ。下半身は前のより小さい面積だが紗で覆われている。さらにギリギリのスキャンティを着けて守られているのだが、どうしてもその部分を意識してしまう。

「そっちの手は腿の上よ。そう……。視線を少し上げて、アキラを見て」

夏美は言われたとおりにした。イヤでも少年の股間が目に飛び込んでくる。伸縮性の強い薄布に包まれたペニスは根元の翳りとともにクッキリと輪郭を浮き上がらせている。

（うーん、悩ましい眺め……）

ジロジロ見つめるわけにもゆかないし、かといって目をそむけるわけにもゆかない。夏美は全身がカアッと熱く、火照るのを覚えた。

（なんかヘンな雰囲気……。こんなふうな状況でモデルをやらされるなんて、思ってもみなかった……）

アキラも、こうやって第三者が加わってのモデルは初めてのようで、なんとなく居心地が悪そうだ。一人、夕貴子だけが昂揚した声で指示を出している。

「なかなかいいわね……。キミたち魅力的な母と子よ、ホントに……。そうだね、この絵の題は『母と子の目覚め』にしよう。ウン、意味シンでなかなかいいわ……」

夏美は苦笑した。見上げるとアキラも「しようがないな」という感じで笑みを浮かべている。これまでほとんど言葉を交わしたこともなかった夕貴子の息子だが、一瞬、心が通じあったような気持ちになった。夏美はそっと口に出してみた。

「大変ね、ママのモデルをつとめるというのも……。アキラくんだって、自分でやりたいことはあるし、ジッとしているのって嫌いでしょう？」

美少年は軽く首を傾げるようにして笑った。白い歯がこぼれる。

「もの心ついた時から、ママはぼくをモデルにしてきたからね……。まあ、最近はいろいろとアメというか餌というか、そんなので釣っているんですよ」

「アメ？　ご褒美ね。つまりモデル料みたいなものを貰ってるの？」

「まあ、そういうこと」

（なるほど……）

夏美は頷いた。モデルというのは、実際にやってみるとけっこうきつい。何もしないで一定の姿勢を保ちつづけるというのが、こんなに厳しい労働だとは思ってもみなかった。

自分の場合は、余暇を利用して臨時収入を得る――という名分はあるが、息子にしてみれば母親の犠牲だ。遊びたいざかりの子供をアトリエに縛りつけておくためには、やはり報酬が必要だろう。特に反抗期を迎えたような少年には。

――一時間後、夏美はモデルの役目から解放された。

「ご苦労さま。じゃ、来週またお願いするわね」

その声を背にアトリエを出たのだが、自転車を走らせてすぐ忘れものに気がついた。

(いけない、本を……)

来る途中の本屋で、夫の博行に頼まれた新刊書を買ったのだが、バッグだけ持ってその本をアトリエに忘れてしまった。夏美はふたたびライアン邸に戻り、木戸を押しあけて庭へ入った。

アトリエの窓から、まだ服を着ていないアキラの背が見えた。母親と何か話しているのだろう。

ロクに気にもとめず、柔らかな芝生を踏んでアトリエに近づき、窓ごしに声をかけようとした夏美は、ギリギリのところでその声を呑みこんだ。

（えっ……⁉）

凍りついたみたいに立ちすくんでしまった。

今まで姿の見えなかった母親が、息子の正面に跪《ひざまず》いているのが視界に入ってきたからだ。

アキラはサポーター一枚の裸でアトリエの床に仁王立ちになっていた。夕貴子は彼の真正面にいる。夏美はアキラの真後ろから近づいてきた。夕貴子は、息子の体が遮っているので、夏美が戻ってきたのに気がつかない様子だ。

（何を、してるの……⁉）

夏美は、ポカンとしていた。

夕貴子の手が息子のサポーターをひき上げたところだ。一瞬、クリッと引き締まった、少女のようななまめかしささえ感じさせる臀部が、モロに目に飛びこんできた。

（えーっ⁉　なにをしてるの？）

母と息子の会話が聞こえてきた。

「おいしかった？　ママ」

「うん……。これを呑んでるかぎりママは若さを保てるわ」

その意味を夕貴子は理解できなかった。

息子はシャツを頭からかぶり、ショートパンツを穿く。

「でも、あの芹沢さんの奥さん、すごく魅力的だね……」

「夏美さんが？　おやおや、あの人、アキラの好み？」

「まあね……」

いきなり母と子の会話の中に自分の名前が出てきて、夏美はドキッとして、ますます声をかけて入ってゆくタイミングを失ってしまった。

「キミも熟女好みになってきたのか……。困ったなあ……」

「熟女って言ったって、あのひと、かわいいじゃないの。おばさんとかオバタリアンとか、そういう感じが全然なくて」

「あらあら、じゃ松永さんの奥さんはどうなの？」

「比較対象にならないよ。光恵ママは貴婦人でしかも妖女という感じで、それこそブロンツィーノのヴィーナスだもの」

「じゃあ、夏美さんは何なの？」

「そうだね……、レカミエ夫人——と言ったら褒めすぎかな？」

「ダビッド描くところのレカミエ夫人かあ……。キミもママの息子だけあって、なかなか審美眼があるわね。そう、夏美さんは純真そうで茶目っ気もあるし、優雅で、しなやかな体を持ってる……。そうねぇ、シャトーブリアンと交際を始めた頃のレカミエ夫人は、あんなだったかもしれないわね……」

レカミエ夫人——ナポレオン帝政時代、社交界の花形で、ナポレオン皇帝の心さえ揺り動かしたといわれる絶世の美女。それぐらいの知識は夏美にもあったし、ダビッドや彼の弟子ジェラールが描いた肖像画も見たことはある。しかし、その美女が自分に似ているなどとは考えたこともなかった。

盗み聞きされているとは知らない母と子の会話は続く。

「あの人——夏美ママって呼ぼう——、夏美ママはね、いい体をしてるんだよね。それも若々しくて、おっぱいなんか思わず吸いつきたくなって……。もう少しでビンビンに立ってしまいそうで、困ったよ」

「あらあら、そんなに性的魅力を感じたの？　夏美さんの体に……」

十六歳の息子の声が、甘ったれてねだるような調子になる。

「ねえ……、ママ、夏美ママ、ＤＢＳしてくれない？」

「おやおや、光恵ママとたっぷり楽しんだと思ったら、今度は夏美さん？　キミもミセスばかりに夢中になったらダメよ。アキラはこれだけハンサムなんだから、そろそろ同じ年頃のガールフレンドを作らないと」

「ガールフレンドならいっぱいいるさ。だけど、ママとか光恵ママなんかを知ってしまうと、なんか小便臭いっていうか、子供っぽすぎるというか、魅力がないんだよな、今の女の子って……。夏美ママなんかだったら、すごく〝女〟っていうのを感じるんだけど」

「じゃあ、まり子さんはどうなの？　彼女だったらいつでもOKよ。それが役目なんだから」

「まり子さん……ね。あの人はルノアールの裸婦だね。田舎の少女で垢抜けなくて、それでいてかわいいっていう……。だけど、やっぱり大人の魅力には勝てない」

「もう……、困った子ねぇ」

息子は母親を抱き、軽く唇に接吻した。窃視している夏美の目には、単なる西欧風の母と子の挨拶には見えなかった。息子の手が母親のTシャツの胸を触り、揉むようにしたからだ。

「うーん、夏美ママのおっぱいには負けるね……」

「こら」

「考えといてよ、ママ。夏美ママとのDBS」

「仕方ない子ねぇ……。ま、何とかしてみようか……」

息子の姿を追いながら首を振る夕貴子。夏美の頭は混乱した。

（光恵ママって誰？　まり子さんっていうのは、あのセールスレディ？「彼女ならいつでもOK」って、どういうこと？　私と「DBSをする」って、どういうことなの？　アキラくんと私をどうする気?)

夕貴子の姿が窓ぎわから消えたのを機会に素早く邸の外に飛びだした夏美の頭は、それまで見たこと、耳にしたことがぐるぐる渦を巻いて、混乱しきっていた——。

＊

結局、本を取り戻せないままに家に帰りついても、夏美はしばらく何をする気にもなれず、ぼうっとしていた。ふと思いついて二階にある夫の書斎にあがる。

そこには夫が学生時代に買った、西洋名画を集めた画集が何冊かあった。夏美が手を伸ばしたのは〝フランス編〟。

ページをめくってゆくうちに目的の絵が見つかった。

——カウチに横たわる美女。白い、ゆるやかな寝衣を身につけ顔は正面を、体はやや向こうむき。栗色のカールした髪には黒い布を巻いてヘアバンドのようにしている。少女と思えるような女性は微笑とも真面目ともつかぬ謎めいた表情である。

絵の題名は——ダビッド〝レカミエ夫人の肖像〟。

説明部分を読むと、この絵は一八〇〇年に描かれ、レカミエ夫人は一七七七年の生まれだとある。ということは二十二、あるいは二十三歳の頃である。ナポレオン皇帝が惚れこんだのはその五年後。その時のレカミエ夫人の美しさは、さらに豊熟の度を加えていたに違いない。だからこそ〝絶世の美女〟として世界中に知られているのだ。

(私が、レカミエ夫人……?)

夏美はしばらく絵の中の美女に魅せられていた。

＊

「えーっ、すげえ……！　おまえ、ファックしてるじゃないか……」

悠也は目を剝いた。親友の亮介の部屋だ。

彼の目の前にキャビネサイズに伸ばした、カラー写真が三十枚ほど並べられている。すべて、光恵という女のヌード写真だが、今回はもっと過激だ。亮介のペニスを吸っているものから、それを挿入させているものもある。

光恵という女と二回目の〝ヌード撮影〟の結果を、親友にじっくり見せつけ、亮介は得意顔だ。

「そうだよ。この光恵ママって、すっごく淫乱なんだ。『セックスはだんなに悪いから』なんて拒否してたくせに、『この中で出さないで口の中で出せばいい』なんてコロリと意見を変えるんだからなあ」

亮介にしてみれば、確かに光恵の熟爛した肉体にペニスを突き立てて楽しんだものの、口の中で噴きあげさせられたことで、童貞を喪失したのかそうでないのか、何となくハッキリしないのが口惜しい。

悠也にしてみれば、膣の中に入れたというだけでも夢みたいなのに、肛門にも挿入させてもらって、射精するまで楽しんだ――というのだから、ただひたすら羨ましい。

亮介は一枚の写真を指し示した。鏡の中に女が四つん這いになり、背後から亮介が挑みかかりながらストロボを焚いて自分たちの交接している姿を撮っている。

「ほら、見ろ。これは肛門に入れてるところだ。こっちが抜いたあと。ポカッと穴が開いてタラタラおれの精液が出てきてるだろ？」

「ひぇーっ、亮介、おまえ肛門にも出させてもらったのかよ！」

思わず大きな声を出して、「バカ、おやじに聞こえたらどうする」と、友人に頭を小突かれてしまった悠也だ。

「膣と肛門と、両方入れたんだろう？　どっちが気持ちよかった？」

「膣はな、中がザラザラしてたり襞みたいなのがあったり、それが中間あたりのところでグニュッと締めつけてきたり、なんか複雑な感じがするんだな。そりゃ気持ちいいぜ……。肛門は、そうだな、入る時にグッと押し分けてゆかなきゃダメなんだ。中は膣とは全然違ってツルツルした感じ。締めつけるのは、肛門の入り口のところだけだけど、すごい力で締めつけられるからな、ピストン運動をしている時は膣より気持ちいい。……つまり、どっちも気持ちいい、ということだ」

それだけでは、まだ女体に接したことのない悠也には、理解できない。

「ふーん、そんなものか……」

ただ感心し、羨ましがるだけだ。

そんな悠也を見つめて、しばらくニヤニヤしていた亮介が、突然に尋ねた。

「そうだけどよ、おまえも見返りに何かしてくれないと……。少しはおまえのほうも努力して、おれみたいにすごい写真を見せてくれよ」

悠也が自分のような猥褻きわまりない女性ヌード写真などを撮れるわけがないのを承知のうえだ。

「弱ったな……おれには、おまえみたいにパンチラは撮れないし……」

「努力が足んねぇんだよ。その気になりゃ、何だって撮れるって。そうだな、おれだったらおまえのママがぐっすり寝ているところをさ、ふとんを剝いで寝衣もめくって、あそこをバッチリ接写してみるな。それぐらいの度胸がないと傑作は撮れない」

実際に、そうやって女きょうだいとか親戚の女性のヌードや秘部を盗撮して投稿写真誌に送りつける少年たちは後を絶たない。とはいっても、さすがに母親を隠し撮りしたというのはないが。

「わかった。考えて何かおまえを驚かすような写真を撮って、見せてやるから……」

「約束だぞ」

「うん……」

亮介は内心、臆病な悠也に盗撮ができるか、とタカをくっている。学業ではいつも悠也の後塵を拝している亮介にとって、威張れるのはこういう時だけだ。自分より秀才で美少年の悠也を言うなりにさせるというのもなかなか気分がいいものだ。

悠也は親友と別れて家に帰った。

（だけど、何を撮ったら亮介が満足するか……）

ヤケ気味に、

（「写真の勉強だから、ママさんのヌードを撮らせて」と頼んでみるか……）

そんなことまで考えた。光恵という気品のある淑女でさえ「自分の裸や恥ずかしい姿を他人に見られたい」という欲望を抱いているではないか。

（とはいうものの、ＯＫしてくれるわけないよなあ）

あとは、亮介が提案しているように、眠っている時にこっそり秘部を撮るか。

（だけど、ストロボだって焚かなきゃなんないし、ママの目を覚まさないようにして写真なんか撮れるわけ、ない……）

第一、この自分が母親の寝室に忍びこみ、寝ている彼女の蒲団を剝いだり下着を脱がす姿など想像もできなかった。無理に想像しようとすると、それだけで息が苦しくなり心臓がドキドキいう。

（うーむ、弱った……）

第十章　薬で眠らされた間に牝臭を放つ秘部に……

「あら、芹沢さん。それ、ＳＦショーツね……？」

そう声をかけられて、夏美は驚いて顔をあげた。

カルチャーセンターの更衣室。エアロビ教室の授業を終えて着替えをしていた時だ。

授業は七十分。その間に大量の汗をかき、レオタードもタイツもぐっしょりになる。どうせ汚れるのだからと、夏美は最初からレオタード用のアンダーショーツを穿いている。授業を終えてシャワーを浴びたあと、あらためてふつうのパンティに穿きかえる習慣だ。

その日の替えの下着は白いＳＦショーツだった。ピンク色のはずっと脚を通していないが、白のほうは愛用している。もともと穿き心地もよいし、下着のお洒落をしているという満足感も得られる。もちろん脚を通すたびに仄《ほの》かに鼻をくすぐるムスクの、官能的な芳香もうれしい。

今の若い娘たちはもっときわどいTバックを穿いているし、ミセスたちもなかなか凝ったデザインや色のを選ぶ。だから特に目立つと思ってはいなかったが。

「え⁉　あ……、高梨《たかなし》さん……？」

夏美に声をかけてきたのは高梨志保子《しほこ》だった。

志保子は同じ時間帯にもう一つのスタジオでジャズダンスを受講している。更衣室を一緒に利用しているので、何となく顔見知りになってはいたが、詳しいことは知らない。

芹沢家とはあまり遠くない住宅団地に住んでいる。年齢はほぼ夏美と同じ。夫はどこかの新聞社の記者で、やはり中学生ぐらいの息子がいるはずだ。

「私もミレーヌのそのショーツ、愛用してるのよ」

これまでにない馴れなれしい口調で、高梨志保子は声をかけてきた。彼女もシャワーを浴び終えて、夏美のロッカーと向かいあったロッカーで着替えようとしていたところだ。

「ほら……」

バスタオルの前をチラとはだけて見せた。夏美は目をみはった。

志保子は、このカルチャーセンターに通っているミセスたちの中でもなかなかの美人だった。夕貴子の見せる高貴さ優雅さとは違った、男好きのする愛嬌たっぷりの笑顔が魅力的だった。乳房もヒップも夏美より小ぶりでスリムな体型だ。

「まあ……」

夏美は目をみはった。志保子の腹部を覆っていたのは確かにサックスブルーのＳＦショーツだった。ただ、薄いレースの網目をとおして見えるはずの黒い翳りがなく、無毛の恥丘が透けて見える。

（この人、無毛症なの⁉）

察したのだろう。すぐにバスタオルを巻きつけて前を隠した志保子は、同じ年代の人妻である夏美に耳打ちした。

「うふっ。無毛症じゃないのよ。剃ってるの……。ほら私って水泳教室も受けてるから、水着を着るでしょう？　ヘアがはみ出るのがイヤだから……」

「まあ、そうなの……」

夏美は納得した。それにしてもアンダーヘアを全部剃ってしまうとは、大胆と言えば大胆な行為だ。

「ところで芹沢さん。ミレーヌのランジェリーはずいぶん買ってるの？」

志保子は何気ない様子で質問してきた。

「とんでもない……。私、そんな身分じゃないですもの。このショーツだってモニター調査を頼まれた時の謝礼だし……」

「担当は誰？」

「セールスレディってこと？　桑原まり子って若い娘さんだけど……」

「あら、偶然ね。私の地区の担当もまりちゃんよ。マメだし、明るくて、いい子よね……」

「ええ……」

何と答えていいかわからず、中途半端に頷いた。夏美はこの前、まり子の個人的なオナニーショーを見せつけられて昂奮し、逆にバイブを使われた。そして自分にもＧスポットがあることを教えられたのだ。

それ以来、週に一度ぐらいはまり子の訪問を受け、二人きりで秘密の時間を過ごす仲だ。女同士が肌と肌とを合わせる官能的な時間を……。

高梨志保子は夏美の内心の動揺など知るわけもない。ただ、同じセールスレディからランジェリーを買っているという事実を知って親近感をよけいに深めたようで、さらに馴れなれしい口調になった。

「それじゃ、あなたもＭＡＳの会員なの？」

「ＭＡＳ……？」

「違う？　じゃ若樹の会？」

「……？」

　夏美はキョトンとした。

「あら、違うの？　芹沢さんも中学生の息子さんがいらっしゃるし、魅力的な方だからてっきりそうかと……。いいのよ、いま言ったこと、気にしないで……」

　笑って自分の質問を取り消した。しかし、何か意味あり気な表情が横切ったのを夏美は見逃さなかった。

（どういうことかしら……？）

　ＭＡＳというのには、何か心にひっかかるものがあった。そのことを思い出したのは、カルチャーセンターを出てからのことだ。

（そういえば、桑原まり子の名刺に確か、ＭＡＳなんとか支部とかなんとか会っていうのが印刷してあった……）

＊

　その週の土曜日は、夕貴子のアトリエでアキラと組んでポーズをとる三回目だった。

「どうもビシッと決まらないのよね……」

　夕貴子はあれこれと悩むふうだ。

　いったんは決まったかに見えた構図だが、二人を組み合わせてみると、どうも気に入らない様子だ。夏美とアキラの位置、姿勢をいろいろ変えさせて何枚もラフ・スケッチを描くのだが、なかなか思うとおりのものにならない。

（画家ってのも、結構大変なんだ……。こういうところで人知れず悩むのね……）

創作の苦しみを目の前に見て、夏美は今さらのように芸術家というものの業《ごう》を見るような気がした。ふだんは自分の息子と同様に、やや反抗的な口をきくアキラも、母親が苦悩している時は無言で、おとなしくしている。

薄いサポーター一枚のアキラが目の前にいると、この前、目撃した光景がどうしてもチラチラと脳裏によみがえってしまう。もちろん覗き見されたことは二人とも知らないはずだし、夏美だって口にするつもりはない。

（あの時、何をしてたんだろう？）

母親にサポーターを引き上げてもらっていた光景を何度思い返したことか。

（夕貴子さんはアキラくんの下腹を観察していた。それは間違いないわ。ペニスを見てたのかしら……）

母親というものは、ある年頃まで息子のペニスを興味深く見つめるものだ。しかし六、七歳ぐらいになると息子も恥ずかしがるようになり、それ以来、性器を見つめるということはなくなる。

夕貴子は、ユトリロの母に負けず劣らず変わったところのある母親だし、息子の裸体を画家の目で見ることも多い。

（だったら、どれぐらい成長したか、ときどき観察しているのかしら……？）

その日はいつになく蒸し暑い日で、アキラの剝き出しの肌がじっとり汗ばむぐらいで、若い牡の、獣臭い体臭がしきりに夏美の鼻をくすぐる。やっぱり白人の血が入ってるからか、腋臭《わきが》だってきつい。

しかし、全体として十六歳の少年の肉体から立ちのぼる匂いは、不快な匂いではなかった。しだいに男臭くなってきた息子の匂いに馴れているせいかもしれない。

特に、カウチにやや横向きになっているため、つねにアキラの股間は年上の女の眼前にある。最初はずいぶんと目のやり場に困ったものだが、二回、三回となるとごく自然にふるまえることができるようになった。

水着の下に着けるサポーターは、女性のガードルと同じような、弾力性に富んだパワーネットで股間を押さえるようになっていて、股ぐりもけっこう深いビキニタイプだ。アキラの男性器官はすっぽりと弾力性のある合織布に包まれているが、布地が薄いから輪郭がハッキリと浮き出てしまう。特に亀頭部のあたりは包皮が剝けているのが判別できるくらいだ。性器のあたりからは青臭い精液の匂いが漂ってくるような錯覚さえ覚える。

(ふーん、この子はもう剝けているのね。悠也はどんな具合なのかしら……？)

つい自分のひとり息子のことを考えてみる。それまでは少女のような優雅な美しさを湛えていた悠也も、最近は態度にも風貌にも、〝男〟を強く感じさせるようになって、母親をドキッとさせることがある。

いま目の前の白いサポーターに包まれている雄々しい器官を眺めているうち、ふいに夏美は体が火照った。

(バカ、よけいなことを考えちゃいけない……！)

あわてて脳裏からエロティックな光景を払いのけようとした。そのためには別なことを考えるにかぎる。

(そうね、まり子さんのことでも考えようかしら……)

すると、志保子が口にしたMASという略称のことが思い出された。気になって家に帰ってから名刺を出して見たら、確かに〝MAS・『若樹の会』カウンセリング・アシスタント〟という肩書が書きこまれていた。

(ミレーヌのセールスレディと並行して何かをやってるんだろうけど、いったい、何のことかしら……？)

まり子は二週に一回、芹沢家を訪問することになっている。今度は来週の火曜日だ。

もちろん彼女が来たら尋ねてみるつもりだが、

（ああ、待ち遠しいわ……）

まり子のことを思い出すと、やるせない気持ちになってしまう。

（ヘンなの。私みたいなオバさんが、姪といっていいぐらいの年頃の子のことを考えて胸を熱くするなんて……）

ひょっとしたら、これは〝恋〟ではないかと思うことがある。

女が女を恋する——そういう同性愛的なことを、夏美は経験したことはなかった。それだけに戸惑っている。

（これは単に、夫がいないために心がふらついているだけのこと。ああやって抱き合って楽しむというのも、単なる性的遊戯。恋とか愛とか、そんなのは関係ない……）

そうやって自分に言いきかせているのだが、夜、ふと目が醒めてまり子の張りつめた肌——特にふくよかな乳房の感触、そして見るからにエロティックな性器から立ちのぼる甘酸っぱい乳酪臭などを思い出すとカッと子宮が火照り、手をパンティの下へ持ってゆかないと収まりがつかない。かつてはめったにしなかったのに、今では毎晩のようにオナニーに耽るようになった。

（いけない、こんなところでまり子さんのことを思い出しちゃ……）

夏美はあわてた。今度の火曜日、まり子が来た時のことを考えると、それだけで子宮が疼きだしてしまう。

（うーん、困ったものだわ。アキラくんが傍にいて、私も彼も薄い下着だけというのが原因なのよね……）

薄い紗を巻きつけているといっても、それは薄いネグリジェをまとったようなもので、かえって豊熟した人妻の性的魅力を誇張してしまう。アキラだって態度には出さないが、夏美のセミヌードを前にして困惑しているのではないだろうか。

前半の三十分が過ぎた。そこで十分ほどの休憩になる。夕貴子はいつも紅茶とケーキを出してくれる。それからまた三十分のポーズが始まる。この日も紅茶を飲み、ケーキを食べて後半に臨んだ。

後半に入って、夏美は急に眠気を覚えた。

（いけない……、こんな時に眠ったら……）

夏美は焦った。ジッとしていると誰でも眠くなる。しかも彼女は横たわっているだけなのだからなおさらだ。それにしても、この時の眠気は異常だった。

必死になって眠気を追い払おうとしたが、結局、夏美は急流の渦に巻き込まれたように、スウッと眠りの底に引き込まれていった——。

ハッと目を覚ました時、アキラも夕貴子の姿もなく、アトリエの中は彼女一人だった。あいかわらずカウチに横たわった姿勢だが、タオルケットが体の上にかけられていた。たぶん夕貴子がかけてくれたに違いない。

（えっ⁉　私……どうしたの？）

よほど熟睡していたのだろう。一瞬、自分がどこにいて何をしていたのかわからなくなっていた。ガバッと身を起こして、夕貴子のアトリエでポーズをとりながら眠ってしまったことに気づいた。

赤面した。

（大失敗だわ……！）

ギャラをちゃんと貰っているのだ。これでは夕貴子も仕事にならなくて、それで中断してしまったのだろう。

（起こしてくれればいいのに……）

恨めしく思いながらカウチから下りた。

時計を見ると、三十分ぐらい眠ってしまったらしい。

アトリエのドアが開いて夕貴子が戻ってきた。

「あら、夏美さん。目が醒めた……？　ぐっすり眠ってるから起こさなかったんだけど……」

「すみません……。なんだか急に眠くなって……。起こしてくだされればよかったのに……」

「いいのよ、何か疲れてるみたいだったし」

年上の女流画家は「気にするな」というふうに手を振ってみせた。

「あなたがぐっすり眠ってるポーズもなかなか魅力的だったから、いい機会だから何枚かデッサンしたの。ほら……」

スケッチブックを見せてくれた。なるほどすやすやと寝息をたてて眠りこんでいる夏美の表情と姿態が鉛筆で描かれていた。

夕貴子の口からはハッカの匂いがした。アメリカ暮らしの長かったインテリのわりには煙草を吸う。それで口臭防止剤か何かを愛用しているのだろう。

夏美はふたたび詫びて衝立のかげに入り、服を着た。夕貴子が貸してくれたバタフライショーツはそのまま穿いて帰る。絵が完成するまでずっと借りる約束だ。あまりにもきわどい形なので、このアトリエに来る時以外、着けることはないのだが……。

ひどくだるかった。頭がボーッとして冴えないので、自転車を押して家まで帰った。

悠也はまだ帰宅していない。何をする気にもなれなくて、とりあえずソファに横になった。

（いったい、どうしたんだろう……？）

不思議だった。生理が近づくと体がだるく眠くなる時があるが、それとは違う。かといって風邪をひいたとか、そういった病的なだるさでもない。

（悠也がそろそろ帰ってくる。とにかく着替えしなきゃ……）

家で、ストリッパーが着けるような下着を穿いているのは落ち着かない。寝室に行き、スカートをたくしあげて、ヒップの横で結んであるバタフライショーツの紐をほどいた。その時、

（あれ？）

奇妙な気がした。紐をほどく指がとまった。

何の変哲もない蝶結びにしてあるのだが、結び方というのは個人個人で癖がある。いつもの彼女の結び方と違うような気がする。

（こっちは、どうかしら……？）

もう一方の結び目を調べてみた。そっちはいつもどおりの結び方だ。

（錯覚かしら……？）

それとも、今日だけは何かの理由で片方だけを違う結び方で結んだのだろうか？

（そんなこと、あり得ないような気がするけど……）

とにかくバタフライショーツをとった。そこでまたハタと考えこんでしまった。

こういった紐で結ぶショーツというのは、トイレに立った時でも両方の結び目をほどく必要はない。片方の結び目をほどけばいいのだ。

たいていの女性は穿く前に片側の紐を結んで、それに脚を通して引き上げ、もう一方の側を結ぶ——という穿き方をする。

(だとしたら、絶対に片方だけ違う結び目になるってこと、ないのに……)

それなのに、一方の結び目が自分のふだん結ぶ形と逆になっていたというのは、どういうことだろうか?

(眠っている間に、脱がされた……!?)

それが一番考えられることだ。何しろ三十分ばかり熟睡してしまったのだ。何をされてもわかりはしない。

(だけど、誰が何のために……?)

アトリエには夕貴子とアキラの二人がいたのだ。

アキラが性的な好奇心から眠っている夏美の下着を脱がせることは考えられる。しかし、自分の母親の見ている前で行なうはずはない。

(うーん、やっぱり私の錯覚か結び違いかな……)

夏美は思考を中断して、ふつうのパンティを穿いた。

＊

――夏美の錯覚でも思い違いでもなかった。

アトリエのカウチの上で、突然の睡魔に襲われ、熟睡してしまった人妻を見て、夕貴子とアキラは顔を見合わせて微笑を交わしたのだ。

「よく効くね、パパの睡眠薬は……」

「効きはいいけど、醒めるのも早いのよ。だから商品化が難しいの」

夕貴子はカウチの傍へと歩みよった。自分より何歳か年下の人妻の寝顔に見入る。

「大丈夫ね、これだけ眠ってしまえば……」

「よし、じゃあ」

アキラはサポーターを脱いだ。バネ仕掛けのように膨らんだ肉根が飛びだし、天井を睨む。

「あらあら、こんなになって……」

「だって、これからのことを考えるだけでビンビンになって……。夏美さんに気づかれないかと思ってハラハラしてたよ……」

「うふふ。そんなに待ちかねてたの……」

仰臥した夏美の体から紗の布を剝ぎ取る夕貴子。ヒューッとアキラが口笛を吹いた。

「すげぇ……！　感じる！」

　自分の母親が貸し出した局部だけをわずかに隠すようなベージュ色のバタフライショーツを着けただけの肢体が母と子の眼前にさらけ出された。

「うーん、おっぱいなんかこんなに張りきって……。乳首も黒くないし……」

　少年は両方の乳房を掌でくるむようにして揉みあげた。熟睡している夏美は何の反応も示さない。

「入れるだけよ。出したらダメ。出すのはママのお口の中。わかってるわね!?」

　夕貴子はショーツのサイドリボンの片側だけをほどいた。エロティックな下着は、一方の太腿のつけ根にからみついたただの三角形の布きれと化した。

「うーん、ここもチャーミング！　ヘアの生え方も理想的だよ。見て、こんなにシナシナして柔らかそう……。それに、いい匂いだ。上等のヨーグルトだね」

　少年が夢中で舌を使い、ふかぶかと匂いを嗅ぎながら言った。

「ねぇ、ママ、かなり湿ってるよ。今日は少し昂奮してたんじゃないかな？」

「そう？　生理が近いせいかしら……。舐めてみたら？　ほら」

　母親が魂の抜け殻のような女体の股をこじ開けた。熟れた女の性愛器官がまる見えになる。

「うん」

いかにもフワフワと柔らかで縮れた毛がからみあっているヘアを掻き分けるようにして、十六歳の少年は端整な顔を濃艶な恥丘へと近づけていった。

チュッ。ピチャプチュッ。

熱心に舌を使う。濡れて牝臭を放つ美しいミセスの性愛器官の入り口を念入りに清めるように舐めてゆく。

「あれあれ、ママとする時より元気じゃないの、アキラくんは……」

ちょっと嫉妬の色をこめて夕貴子は言い、息子の股間に手を伸ばし、怒張している肉根を撫でた。

「う……」

深い眠りに落ちているはずの夏美が、低く呻いた。あわてて唇を離したアキラが母親の顔を見上げた。

「感じてるみたい……。目が醒めてしまうかな……？」

「大丈夫だと思うけど、覚醒レベルに達しないうちに入れたほうがいいわよ」

「うん。でも、その前にママの口でしてくれる？」

「いいわよ」

夕貴子は息子の前に跪いて、息子の屹立をくわえた。チュパチュパと唾液の摩擦音をたてるようにして吸い、舌で刺激を与えてやった。

「ああ、もういい」

アキラが息を荒くして母親の熱烈な口唇愛撫を制した。

「………」

夕貴子は片方の手で息子の肉根を持ち、もう一方の手で夏美の花びらを広げた。カウチの上でグタッと仰臥している年上の女の上にのしかかった少年は、グイと腰を沈めた。

「そう。そのまま……。いいわ」

亀頭先端部が膣口へとめりこんでゆくのを目で確かめながら、夕貴子が手を放した。

「う、うっ……感激！」

憧れていた人妻――母親より少し若いミセスの肉体を侵略してゆく少年は、熱い呻きを洩らしつつ収縮する器官の与えてくれる感触を味わい愉しむ。

「きつい？」

「少しね。でもキュウッと包みこまれる感じがなんとも言えない……。ああ……」

たまらなくなって腰を使いはじめた少年だ。カウチがギシギシと軋む。少年の熱くて硬い器官をリズミカルに叩きこまれながら、それでも夏美は眠りから醒める気配を見せない。

「ああ、ママ……。う……っ」

少年が喘いだ。顔が苦痛を堪える者のように歪む。

「そろそろ？」

夕貴子が尋ねる。彼女の手はジーンズのスカートの下に潜りこんでいる。足首のところにはパンティがからまっていた。彼女は下着をひき下ろして自分の指で楽しんでいる。

「うん、あっ……あー」

「抜いて、アキラ」

「……！」

少年は夏美の肉奥へ埋めこんでいた肉杭を引き抜いた。愛液で濡れそぼったそれに夢中で吸いついてゆく夕貴子。

「ママ……！」

カウチの縁に腰をあてがい両足を広く開いた姿勢の全裸の少年は、下腹部に埋められた母親の頭を押さえ、腰を突きだした。

熱い滾《たぎ》りが夕貴子の口の中に噴きあげられる。

スカートの下で激しく動く夕貴子の手。

「む……」

息子の肉体から噴射された液を嚥下《えんか》しながら、気品のある端麗な年増美女は絶頂した。

「おおー」

「あーっ……」

母と息子の淫らな呻きの交錯する中、夏美は無邪気な童女のような表情で眠りこけていた。

母親のパンティでペニスを拭ってもらった息子は、サポーターを手に浴室へと向かった。

夏美の秘部を簡単に拭い、Gストリングをもとのように穿かせてから、夕貴子も洗面所に急いだ。口を濯《すす》ぎ、トイレに入って秘部を拭った。

ふたたび戻ってきた時、ようやく夏美が目を覚ますところだった。ロドニー・ライアンが開発した新型の睡眠薬――急激に効き、短時間で覚醒する――のもたらした眠りから。

第十一章　女だけのホームパーティで悶え狂い……

毎週火曜日は悠也の部活があり、帰宅はいつも六時を過ぎる。

だから桑原まり子は火曜日に芹沢邸を訪問する。

夏美は朝からソワソワとして落ち着かない。居間の隣の八畳の客間に敷蒲団をのべ、白いシーツを掛けて待つ。

正午に電話が入る。

「まり子です。これから事務所を出ますけどご都合はよろしいですか？」

「もちろんよ、お待ちしてるわ」

「それじゃ、まっすぐ伺います。奥さま」

電話線の向こうの声も弾んでいる。

こうやってまり子が訪ねてくるようになってから二カ月が過ぎた。スケジュールはほとんどど変わらない。午後一番にやってきて、夕刻四時過ぎに帰ってゆく。

その間に、夏美は何度もオルガスムスを味わう。バイブを使われ、何度も何度も透明な液体をしぶかせて失神しそうになるまで責められるからだ。

もちろん夏美も、この若い娘の鞠《まり》のように弾む肉体を存分に楽しむ。抱き締め、唇を吸い、乳房を吸い、性器を舐め、肛門も舐める。耳朶を嚙み、乳首を嚙み、クリトリスを嚙み、足の一本一本の指まで丁寧にしゃぶってあげる。

夫の博行とのセックスの時には考えられないほどハレンチで猥褻な行為に耽溺してしまうのは、どういうことだろうか。

その日も――、
ピンク色のキャロルが坂道を登ってきて、芹沢家の門の前で停まった。

娘っぽいセールスレディがインタホンのボタンを押す前に、夏美は玄関のドアを開けた。

「いらっしゃい、まり子さん」

「お邪魔します、奥さま……」

肩を抱くようにして年下の娘を迎え入れるとドアに錠をおろした。居間へ入ると庭に面したカーテンが引かれて、淫靡な雰囲気がすでに立ちこめている。

「この前、ご注文いただいたスリップ、お持ちしました」

まり子は小さなスーツケースを開けて、薄い箱をとりだした。ミレーヌというブランド名がフランス語の文字で金箔で打たれている。

蓋を開けると黒い絹のスリップだ。いちばん最初は白のを買ったのだが、先日、伯母の葬式があって、喪服用のドレスに合わせるスリップも欲しくなり、注文したのだ。

まり子は「別に注文いただかなくても、電話一本してくだされば飛んでまいります」と言うが、ただ、抱きたいというだけで彼女を呼びつけるのは気が咎める。毎回、一万から二万円程度のランジェリーを買うことにしている。

自分の肉体を熟女の玩具として差し出す――それがまり子のセールステクニックなのかもしれないが、今の夏美にとってはどうでもいいことだった。まり子の瑞々しい肉体を抱き、接吻し、愛撫を交わせるのなら、ランジェリー代は惜しいとは思わない。

「うーん、さすがミレーヌの絹スリップはドレッシーね……」

夏美は光沢のあるしっとりとした感触の黒絹をひろげた。たっぷり使ったレースが実に妖艶な雰囲気を醸し出す。

「サイズは合わせてありますが、どうぞお試しください」

「そうね……」

夏美は年下の女の前で服を脱ぎ、パンティ一枚の素肌の上から黒いスリップを着けてみた。

「ぴったりだわ」

高級な絹の、吸いつくような肌ざわりを楽しみながら答えると、

「とてもお似合いです。セクシィで……」

まり子は褒めそやした。ついと立ちあがって、

「それに、おっぱいやお尻がうんと目立つ……」

まるい隆起を撫でまわした。

「いやだ……感じる」

「ねぇ、キスしてください」

「いいわ。でも、その前にあなたも脱いで」

「はい」

二十歳を少し過ぎたばかりの娘は、いそいそと服を脱いでパンティ一枚になった。

「あらあら、今日はエッチなTバックね……」

美しいミセスは目をみはった。まり子のふっくらとまるいヒップを覆っているのは赤い網目になったビキニのパンティだ。しかも前の部分が割れて黒いヘアがダイレクトに目に飛び込んでくる。

「ええ、これ、今度のギフトセットにと思って仕入れたファンシーショーツなんです。穿き

心地を試しておこうと思って……」

「すごいわ。これだったら脱がさないでも何でもできるわね」

悩ましい恥丘を覆うチリチリした栗色がかったヘアに指をからめて愛撫する。

「はあっ、奥さま……」

甘酸っぱい匂いのするゴムまりのような肉体がしがみついてきた。磁力でもあるかのように自然に吸いつく唇と唇。

「ね、和室のほうにお蒲団を敷いてあるから……」

「はい……」

チュッチュッと音をたてて唇を吸い、たがいの体をまさぐりながら二人の女は隣の部屋に行き、白いシーツの上にもつれあって倒れこんだ。

たちまち噎《む》せかえるような牝の匂いが密室に立ちこめた。

——一時間後、ようやく汗まみれの肉体が離れた。どちらも互いの指と唇、バイブに責められて、何度となく絶頂させられた。シーツは二人の汗と愛液でぐっしょり濡れている。

「少し休憩しましょう。まだ、時間はあるんでしょう……？」

「ええ」

夏美は冷えた白ワインを口うつしでまり子に飲ませた。

「美味しい。唾もください」

「いいわ」

まり子は夏美の唾液をコクコク喉を鳴らして呑んだ。

「私にも」

「はい」

「……はあっ、美味しい……」

欲望の炎をまた掻き立てるために、二人はしばらく無言で相手の乳房や股をまさぐりあった。ふと夏美は思いだした。

「ねえ、まりちゃん」

「はい？」

「あの、高梨さんって知ってる？　高梨志保子さん」

「ええ。お得意さんです。――団地では役員もやっていてリーダー的な存在なので、よく高梨さんのところでホームパーティをやります」

「そうなの……」

下着販売のホームパーティをやっているというのなら、まり子のオナニーショーを彼女も見ているわけだ。

「どういう人？　私、よく知らないんだけど……」

「いい人ですよ。積極的で行動的で……。ただ旦那さまが新聞記者なんです。外報部の。息子さんの進学の問題があるというので、三年前から海外の支局に単身赴任なんですね。今は東欧のほうだと聞いてますけど……」

「そうらしいわね」

まり子はふと何かを思いだしたようにクスッと笑った。

「なに、その笑いは？　志保子さんのことで何かあるの？」

「いえ、そんな……」

首を振ってみせたが、

「いやねえ、そんな思わせぶりな……。いいわ、もう抱いてあげないから」

拗ねてみせると年下の娘は困った顔になって、

「だって、ほかのお客さまのことですから……」

少し渋ってみせた。

「私だって秘密は守るわ。そんなにベラベラ喋ったりする女に見えて？」

怖い顔をしてみせると、

「いえ、そんなわけじゃないんですけど……」

「だったら教えてよ。何？」

「あの……、私より露出症的なところがあるんですね。最初にあの人のお宅でパーティでショーをやって見せた時……」

少しずつ高梨志保子のことを語りだした。

＊

いつもどおり、ランジェリーを買ってもらったお礼にという名目で、高梨邸に集まったミセスたちの前で全裸になったまり子は、自慰ショーを行なった。

洋間のソファの上で、破廉恥な姿勢で両足を広げたまり子は、バイブを深く挿入して連続的なオルガスムスを味わい、淫らなよがり声をあげて悶え狂った。

「すごいわ、圧倒されちゃった……。でもあなた、たいへんな露出症ね。私たちみたいなオバサンの前であんなはしたないことして……」

女たちが口々に感想を述べた。まだ世馴れていない様子の、いかにも娘むすめしたまり子をそうやってさらに辱めることでサディスティックな歓びを味わうのだ。

志保子だけ反応が違った。

「でも、露出症のような部分って、女なら誰にでもあるんじゃない？　私だってオナニーを見せたい時ってあるもの」

他の熟女たちを驚かせるような言葉を口にしたのだ。

「えーっ、志保子さん、本当？」

「本当よ。だけど勇気と機会がないだけ……。私なんかこんなに堂々とやってのける桑原さんが羨ましいわ……」

その言葉にはまり子も呆気にとられた。これまで淫らな自瀆ショーを大勢のミセスに見せつけてきたが、こんな感想を述べたのは志保子だけだ。

「だったら志保子さん、ここでやってみたら？　私たち見てあげるわよ」

「絶対秘密にしてあげる」

他の三人の仲間が口々に唆した。

「えーっ、そんなあ……。いくらなんでも……」

まり子も加わった。

「奥さま、一度おやりになれば？　何ならスリップを一枚、おまけに進呈しますから」

「あらあら、それだったら断りにくいわねぇ……」

照れ笑いしたチャーミングな人妻は、ふと真剣な表情になった。

「じゃ、私もやってみる。だけど絶対に秘密よ。誰かにバラしたら、その人、ただじゃおかないから……」

「もちろん。約束するわ」

「それだけじゃ信用できない。あなたたちも共犯者になってくれなきゃ」

「共犯……？」

ミセスたちは顔を見合わせた。

「つまり、私のオナニーショーにあなたたちも参加してほしいの。手でもバイブでもいいから、私をイカせてほしいの」

「じゃあ、オナニーショーじゃなくてレズ・ショーになっちゃうじゃないの？」

「そうよ。一緒にショーに出演した関係だと、あなたたちも人には言えないでしょう？」

「私はかまわないわ」

この一帯ではひときわ熟女の魅力を保っている若々しいミセスを嬲《なぶ》ることができるのだ。

それまでまり子のオナニーショーで充分に昂奮させられていた仲間たちは、志保子のショーの共演者となることを承知した。

「じゃ、私はヌードになるから、あなたたちも下着だけになって」

「仕方ないわね」

まり子は全裸にバスタオルを巻いた恰好、残りの三人はそれぞれスリップやブラにパンティといった下着姿になった。閉めきった部屋の中に熟女の体臭がムンムンと噎《む》せかえった。

「じゃあ……」

志保子はスッと立ち上がり、洋服を脱ぎ捨てた。カルチャーセンターでジャズダンスと水泳教室に通って鍛えているだけあって、グラマラスな肢体は醜いぜい肉をそぎ落として若々しいプロポーションを保っていた。

もっと、全員を驚かせたのは、彼女が下腹の翳りを一毛残さず、きれいに剃り落としていることだった。

赤ちゃんのようにツルリとした秘丘を見せびらかすように、全裸の志保子はまり子と入れかわりにソファに座り、形のよい脚を開いた。水泳で鍛えているだけに太腿の筋肉はよく発達して逞しく、極上の大理石を磨きあげたように艶やかだ。

その二本の太腿が合わさる部分を、志保子は何のてらいもなく広げて見せた。

「子供を生んだ体だから、まり子さんみたいにきれいじゃないけど、皆さん、どうぞ志保子のお○○こを見てね……」

ストリッパーの特出しショーのように大胆な姿勢をとりながら、ねばっこく媚びるような口調で言い、人妻はさらに指を使って厚ぼったい花びらを広げ、珊瑚色の秘肉地帯を完全に露出してみせた。

「あー……」

観客となったミセスたちはバカのように口を開けている。地域住民のリーダー役として活発に活動している彼女が、場末のストリップ劇場の踊り子さながらの猥褻な姿態を見せつけたかと思うと、花芯まで一気に指で露呈してしまったのだから。

彼女の性愛器官はしとどに濡れ、熟成したチーズのような食欲を唆《そそ》る芳香を放っていた。

「ずいぶん、濡れてる」

一人のミセスが指摘した。

「そうよ、まり子さんのショーを見て昂奮したの……。あなたたちは濡れてないの？」

挑むような目で問いかえした。訊かれたほうも当惑してしまう。

「そりゃ……すこし濡れてるわ」

「そうでしょう？　私たちって同性でも淫らな姿を見ると昂奮するのよね……。それが正直な姿よ」

「だけど、すごいわね、ストリッパー顔負けの特出しショーじゃないの」

「もっとよく見せてよ」

「お尻を持ちあげてみたら？　割れ目がもっとパックリ開くように……」

志保子のヌードに圧倒された三人の熟女たちは、負けまいとするように共同戦線を張った。

口々にさらに淫らな姿態を晒せと唆す。

「いいわよ、ここまで見せたんだから、とことん見せちゃう」

志保子は後ろ手をソファのシートにつき、両足を踏ん張るようにしてヒップを浮かせた。宙へと突きあげるように。

「どう？　よく見える？」

声が顫えている。さすがに強い羞恥を覚えているのだろうか、それとも昂奮のせいか。

「見えるわ。子宮の穴まで……」

「ちょっと暗いわね。そこのスタンドの明かり、こっちに向けてみようよ」

「はいはい」

まり子が照明係となってスタンドの傘の向きを変えて、志保子の下腹に当てるようにした。

無毛の秘丘が白熱灯の明かりを反射し、愛液で濡れまぶされた部分がキラキラと輝いた。

「きれい……」

三人の年増女たちは、声を失った。

「ねぇ、黙って見てないで、参加して……。約束でしょ」

かすれたような声で志保子は自らを辱しめる行為へ、観客たちの参加を要求した。

「やるわ。バイブを使う？」

「なんでも、好きにして。めちゃめちゃにして……」

志保子の目は焦点を失っている。声はしわがれたように低い。一番積極的なミセスがバイブを手にとった。

「じゃあ、私が入れてあげる。皆も手伝ってよ……。そうね、アイコさんは足首を持って広げて。シノブさんはおっぱいを揉んであげるといいわ」

他の二人の女たちは命令にしたがった。まり子も後ろにまわり、志保子の項に接吻した。

ビーン……。

バイブのスイッチが入った。鮮やかなピンク色のシリコンゴムが、膣口にあてがわれ、ぐぐっと先端がめりこんだ。

ズブ。

淫らな擦過音とともに肉襞のトンネルに全長を消してゆく。

「あっ、あああー……。いいっ。う！」

志保子のオールヌードの裸身が痙攣し、あられもない悩乱の声が吐きだされた。

＊

「えーっ、信じられない……。あの高梨さんが……⁉」

そこまでまり子から聞かされて、夏美は口を押さえた。

露出症とか露出狂という忌わしい語感の言葉と、高梨志保子という存在は、絶対に結びつかなかった。

夕貴子ライアンのような典雅さには欠けるが、細かいところにこだわらないサッパリとした気質、男まさりで負けず嫌い、他人をぐいぐいリードしてゆく意志の強さ——といった点で、彼女は夕貴子と共通したものを持っていた。

丸い顔に大きくて丸い目。東南アジア系の美貌で、ふっくらした大きな唇が肉感的だ。それでいて秀でた額、清潔感のあるショートヘア、きびきびした挙措などが知的な印象を与える。実際、名門の女子大を卒業した才媛と聞いている。

住宅団地の近くにワンルームマンションが建築されるというので反対運動が起きた時、志保子はその先頭に立って役人や業者とやりあい、業者を断念させてしまった。

その彼女が、同年配のミセスたちの前で全裸になり、無毛の秘部をさらけ出すばかりか、一人一人にバイブで自分を辱めることを要求した——というのだ。

「本当なんですよ。私も呆気にとられちゃって……。一人ずつ交替でバイブを挿入しながらクリちゃんを弄ってあげるとアッという間にイッちゃうんです。イクと膣がギューッと締まってまったく動かせなくなるんですよ。みんな『三段締めだわ』って驚いてましたけど……。

イク時の声と顔がかわいいっていうので、一人ずつ二回ぐらい交替したかしら……。その間、おっぱいを吸ったり弄ったり、キスしたり……、そりゃあもう、レズの乱交パーティっていう雰囲気になっちゃって……」

夏美は頭がボーッとなった。子宮の中でまた淫欲の炎が燃えあがり、まり子にまさぐられる部分からトロトロと熱い蜜が溢れ出てくる。

「最後には『お願いっ、私の顔の上に跨って！　私に奉仕させてっ！』って哀願するんです。私は裸でしたから最初に跨って、イクまで舐めさせてあげました。とても上手でした。それを見てたまらなくなった他の人たちもパンティを脱いで跨って、結局、全員が奉仕してもらって、満足して終わったんです……」

「じゃ、志保子さんってレズの素質もあるの……？」

「素質っていうか、まるでレズですね。志保子さんのところではこれまで何回か同じメンバーでホームパーティをやっているんですけど、二回目からは主役は志保子さんになって、私なんか脇役なんです……。彼女すごくマゾ的で、SMレズショーみたいになってしまって……」

いったん顧客の秘密を曝露《ばくろ》してしまったまり子は、次から次へと高梨志保子に関する秘密を、打ち明けて、夏美を驚かすのだった。

「マゾって……。どんなふうに？」

「縛ってもらいたがるんです。オールヌードになって、まずオナニーショーをやってみせるでしょう？　それから縄とか紐で縛られてお尻を平手で撲《ぶ》たれたり、ベルトとかスリッパで叩かれたがるんです。そうしてやるとすごく昂奮してあそこをビショビショにして悶えるの。縛られた恰好でバイブを前と後ろに使われると、何回も続けざまにイッて失神してしまうんです」

「まあ……。バイブを後ろにも受けるの？」

「ええ。あの人、アナルですごく感じるタイプなんですって。ですからノった時は一人があの人の顔の上に跨り、一人が前からバイブ、もう一人が後ろからバイブ、残りの一人がおっぱいとクリトリスを弄ってイカせちゃうんですよ」

「えーっ。ますます信じられない……！　あの人が露出狂のレズビアンで、しかもそんな強度のマゾヒストだなんて……」

「自分から打ち明けたんですけど、学生時代に女子大の寮で教えこまれたんですって」

　女子大を卒業すると同時に彼女は結婚し、出産したので、それ以来レズビアン・ラブとは遠ざかっていたが、たまたままり子のオナニーショーを見て、眠っていた被虐の欲望が沸騰したのだ。

「ご主人が海外支社へ単身赴任してらっしゃるから、やっぱり欲求不満も……。あら」

しまったというように口をつぐんだ。夏美は苦笑した。

「私と同じ境遇なのね？　いいのよ、それは当たっているんだから。やっぱり寂しいのよね、女って誰かに抱いてもらわないと」

年上の女はまた、まり子の手をとって自分の下腹へと導いた。高梨志保子の秘密の性を聞かされて、夏美の熟れた肉体はふたたびしとどに蜜を溢れさせている。

まり子が唇を押しつけてきて、二人の女はまた爛《ただ》れるようなレズの愛撫を交わした――。

失神するほどの快楽をたっぷり味わったあと、ふたたび体が離れる。

「もう、そろそろ息子さんが帰ってくる時間じゃないですか……？」

まり子が囁いた。美しい人妻はけだるそうに床の間の置時計に目をやった。

「あら、もう五時……？　でも大丈夫。まだ一時間はあるわ」

ふと、この前カルチャーセンターで志保子に訊かれたことを思い出した。

第十二章　おたくの息子さんの性欲を解消してあげる……

「あ、そうだ……。志保子さんの話だけど、この前、私とＳＦショーツのことを話した時、ＭＡＳの会員なのかって尋ねてきたの。確かあなたも関係しているんでしょう？　いったい何の団体？」

まり子はちょっと当惑したようだ。

「ＭＡＳというのは、その……、家庭の中の問題、特にお母さんと年頃の息子さんの関係を解決するために作られたカウンセリングの団体なんです」

「じゃ、若樹の会っていうのは？」

「え⁉　それも……？」

たぶんよっぽど秘密のことなのだろう。

「いいえ、何のことかは説明しなかったわ。チラと言っただけ。私は何のことかわからなかったけど」

「そうですか……」

まり子は少し考える様子だった。それがいっそう、夏美の好奇心をそそった。

「ねえ、いったい何なの？　そのＭＡＳとか若樹の会っていうのは……？」

「それはちょっと……。部外者にはあまり言えないんですよね。ちょっと微妙にプライバシーの問題がからんでいて……」

「うーん、なんかすごい秘密結社みたいね」

まり子は口ごもりながら頷いた。

「秘密結社……そうですね。似たようなところはあります」

「なんだか、どうしても知りたくなったわ。だって名刺にも刷りこんであるじゃないの」

「ええ。お客さんの年齢層とＭＡＳのカウンセリングが必要な年齢層は一致しているので、自然にボランティアみたいになっちゃって……。でも、ＭＡＳはふつうの家庭では必要ないんです。特殊な問題だけを扱いますので」

「どんな？」

「夏美さんのところでは、息子さんとの間で、深刻な問題が生じています？」

ギクッとした。しかしあえて表情を殺してさりげなく答えた。

「悠也と？　反抗期の時にはいろいろあったけど、最近は特にないわね……」

「性的なほうでも？」

「性的？」

びっくりして、あらためてまじまじと年下の娘の顔を見てしまった。

「つまり、ということは……、ＭＡＳというのは、自分の子供のセックスの問題についてカウンセリングする団体なの？」

「ええ。まあ……、そうです」

まり子の返答は何となく歯切れが悪い。そのとたん、夏美はハッと思いあたった。

「じゃ、近親相姦とか……？」

まり子は頷いた。

「そうですね、主に母と子の近親相姦――この言い方はなんとなく悪印象を与えるので、私たちはインセスト・ラブと言っていますけど……」

「インセスト・ラブ……。でも、母親と息子の間のそういった関係というのは、めったにないんじゃないの？」

「それが、案外多いんです。最近は、両親に男の子ひとりという家庭が多くなりましたでしょう？」

「ええ。うちもそうだわ」

「核家族化が進んで、しかもご主人は働きざかり……。出張とか単身赴任、あるいは離婚、別居などで母と子が二人きりでいる時間が多くなりました。さらに、家事が簡素化して奥さまも外で働いたり社交の機会が多くなると、いつまでも若々しくて瑞々しいお母さまが増えてきました。今の男の子って小学校五年、六年ぐらいから性に目覚めて、中学校あたりで一番性欲が強い時期を迎えます。しかも受験勉強という圧力があるので外へ出られない。必然的に性欲が、魅力的なお母さまに向けられる……。お母さまのほうも、ご主人とのセックスに欲求不満の状態があるから、ごく自然に肉体関係を結んでしまう——そういうケースが増えてきたんです」

夏美は胸を圧迫されるような気がした。

（最近、学校から帰ってきて私のヒップを撫でたのは、一度や二度だけではない……）

ドキッとした。

（じゃ、悠也は私のことを〝女〟として見ているのかしら……？）

少し考えこむ表情になった夏美を、まり子は覗きこむようにした。

「どうしました？　悠也くんに何か問題が……？」

「ううん」

夏美は慌てて首を振った。

「何でもないのよ。ただ、最近ちょっと、女性に対する好奇心みたいなのは増したな、と思って……」

「それは当然です。十五、十六と言えば毎日でもオナニーして、それでも夢精するぐらい性欲が強い年頃ですからね。もし何か、お困りのことがありましたら、ご相談になってくださ い」

夏美はまたまり子を見つめた。息苦しさから逃れるように、話題を変えてみた。

「でも、まり子さんはミレーヌのセールスレディでしょう？　なのにどうしてそっちのほうに関係してるの？　カウンセラーもやってるの？」

「カウンセラーとか、そういう資格はないんですよね。あくまでもアシスタントというか、カウンセリングの先生とお客——ＭＡＳの場合は会員制なので、会員との連絡役です」

——まり子が話したところによれば、こういうキッカケだったという。

たまたまあるミセスの家を訪問した時、彼女から突然、ひとり息子のことで悩んでいると聞かされた。

「そのかた、えーと、仮に光代《みつよ》さんとお呼びしましょうか……。その光代さんのひとり息子というのが、当時中学三年だったんです……」

家族構成は芹沢家とそっくり同じだ。まり子が打ち明けた他人の家庭の秘密を、夏美は胸をドキドキさせながら聞いていた……。

——ある日、光代はショッキングな事実を知らされてしまった。

夫が出張で留守の夜だった。真夜中、ふと目を覚ますと、下半身がスウスウする。しかも、ベッドの反対側に誰かの黒い人影。

(痴漢が忍びこんだ……!)

悲鳴をあげそうになった。しかし、それが息子だということに気がついて、叫びを嚙み殺した。

十五歳の少年は全裸だった。こっそり寝室に忍びこみ母親の掛け蒲団を剝ぎ、ネグリジェの裾をまくりあげ、パンティをひき下ろして秘部をペンライトで照らしていたのだ。

ハアハアと息が荒い。どうやら自分のペニスをしごいているらしい。

光代は気が遠くなりそうだったが、必死になって寝たふりを続けた。

「う、うっ……。ママ……」

少年は叫び、熱いものが股間に飛び散った。

母親の肌に精液を噴きあげた少年は、こっそり後始末をすると、もとのように下着や寝衣を直し、蒲団をかけ、静かに部屋を出ていった——。

光代は動転したものの、「これは秘密にしなければ……」と思い、やはり夫にも話さず、息子と顔を合わせてもそのことに気づいていないふりを続けた。内心は穏やかではなかったが、もし詰問したり叱責したりすれば、家を飛び出したりグレたりするかもしれない。それを心配したのだ。

（そのうち、自分がいかに間違ったことをしているか自覚するだろう……）

そんな淡い希望もあった。

しかし受験勉強のストレスに喘ぐ少年の行為はやみそうにもなかった。だんだん大胆になりネグリジェの裾をはだけるだけではすまず、乳房まで露骨に触ってくるようになった。

必死に熟睡を装っている母親に安心したのか、指で秘部を触れ、肉の花びらを広げ、自分が生まれてきた肉の通路まで熟視するようになったのだ。

さすがに生理期間だけは下着を脱がさなかったらしいが、「このままゆけば、息子に犯されるのではないか……」と思って気が気ではなくなった。

もともと夫とのセックスが充分でなく、光代自身も欲求不満に悶えている状態である。息子であっても触られれば感じる。膣口から愛液が溢れてくる。その匂いがまた少年の昂奮を煽りたて、時にはペニスの先端を粘膜部分へ押し当ててくる時もあるという。

息子のほうは、母親が気づいていることをうすうす察知しているのだが、それで何も言わないのをいいことに大胆な行為に及んでいるらしい。

光代にそのことを相談されたまり子は、顧客の知り合いで、ある大学で青少年心理学を教えながら教育問題のカウンセリングなどをやっている女性がいたので、「実は、こういうお母さんがいるのですが……」と、この主婦の話をしてみた。

彼女は光代と連絡をとり、面接を行なった。

そのカウンセラーは、二つの解決法を彼女に示したという。

「一つは、自分からすすんで息子さんとセックスすること、もう一つは誰かかかわりの女性をあてがうこと、どっちかですね」

光代はショックを受けた。カウンセラーは微笑しながらこう説明した。

「母親と息子が肉体関係を結ぶ——というのは、おぞましいことでも何でもありません。子供をもうけるわけではないんですからね。息子さんにしても、自分のことをよく知っていて、しかもセックスに馴れている年上の女性に手ほどきしてもらうのが一番いいのです。その意味では少年の最初の相手というのは、母親がベストなのです」

「でも、そんなことは、とても……」

光代が動転しているのを見て、カウンセラーは第二案をすすめた。

「まあ、心理的な抵抗があるのなら、無理にはおすすめしません。だとすれば、安心して息子さんを委ねられる女性に、欲望を処理してもらうことです」

「でも、そういう女性は、どこにいるでしょう？　まさかソープランドに連れてゆくわけにもゆきませんし……」

光代が尋ねると、カウンセラーは少し考えて「ちょっと心あたりがあるから、明日にでもまた来てください」と告げた。

言われたとおり次の日にカウンセリングルームを尋ねると、光代より少し年上の、それでもけっこう魅力的なミセスがいた。

「実は、この方も——瑶子《ようこ》さんというのですが、光代さんと同じ悩みを抱えているんです。昨日連絡をとって来てもらいました」

カウンセラーはそう言って二人のミセスを紹介した。

瑶子のひとり息子は高校三年生だという。

近所の少女——幼稚園とか小学校低学年——に興味を抱くようになり、苦情を言われることが何回かあった。やはり大学受験のためにガールフレンドや恋人も作れず、家と学校を往復している生活だ。

「どちらの息子さんも、受験などの強いストレスから逃れるために自慰に耽ってしまうんです。しかも、性欲は強いし妄想はふくらむ。自慰だけでは解消されないので、異常な行動に走ってしまうのです。正常な形でのセックスが、いわゆるガス抜きの作用をもたらします」

二人のミセスに、カウンセラーはこう提案した。

「どうですか、お互いに相手の息子さんの性欲を解消してあげたら……？」

最初は仰天した光代と瑤子だが、よく話を聞くうちに納得するようになった。

「それで息子の悩みが解消されるなら……」

話はすみやかにまとまった。

「そこでまた、私が相談を受けたんです。だって、いきなり息子さんを相手の奥さまのところに連れていって『この人とセックスしなさい』って言えませんものね……」

光代は瑤子の息子を映画館で誘惑することにした。彼はアニメファンなので、話題作は必ず見に行くというからだ。

その時に瑤子から光代へ連絡がいった。光代もその映画館に行き、少年の隣の席に座った。

誘惑は簡単だった。自分のスカートをわざとめくって、むっちりと白い太腿や、色っぽいレースのパンティを見せ、少年が昂奮して映画どころではなくなると、そっと手を握り引き寄せてやった。

最初は太腿に、さらにつけ根の部分をパンティの上から触らせ、やがて光代も少年のズボンの股間へと手を伸ばした。ペニスはギンギンに勃起していた。それをやさしく撫でながら彼女は囁いた。

「おばさんとつきあってくれない？　いいこと教えてあげる……」

光代は近くのラブホテルに少年を誘いこみそこで童貞を奪ってやった。少年はわずか二時間のうちに、母親より少し年下の熟女の体に四度も精液を注ぎこんだという。

――光代の中学生の息子のほうは、あまり外に出ないのでまり子もアイデアを出すのが難しかったが、瑤子が車の運転ができ、自分用の車も持っていたので、それを使うことにした。学校帰りに車で待ち伏せ、道を尋ねるフリをして光代の息子を呼び止め『案内してくれない？』と車の助手席に座らせたのだ。

走っているうちに光代がやったのと同じように太腿や下着を見せつけて昂奮させ「休んでゆきましょう」とモーテルに連れこんだ。光代の息子もまた、熟女の体に続けざまに三度も射精した。

少年は二人とも、自分の母親の陰謀とも知らず、熟れたミセスと定期的にデートするようになった。

光代の息子はすっかりイライラも解消して、逆に受験勉強に身が入るようになって、今年、志望校に合格した。もちろん母親の下着でオナニーをするという悪癖も絶えた。

瑤子の息子も同じだ。童貞を喪失してからはグッと男らしくなり落ち着きも増し、行動に自信を持つようになり、ガールフレンドも作って明るくやっているという。

　カウンセラーはあとでまり子にこう説明した。

「このやり方の特徴は、母親のほうも欲求不満が解消される――ということなの。何せウブな少年だから年上の女性の肉体が少しぐらい太ってぜい肉がついていたり、性器が緩んでいても関係ないのよ。早漏気味かもしれないけど、そのかわり何度でも射精できるし、それに素直に言うことを聞いて何でもやってくれるし……」

　この二組の母子の関係は、もう一年以上続いているという。

「このテストケースがうまくいったので、カウンセラーの方と私とで、そういった母親たちの悩みを解消してあげる組織を作ろう――ということに決めたんです」

　そうやって結成されたのがＭＡＳ――マザーズ・アンド・サンズ・アソシエーション・イン・ジャパンというのが正式な名前――だ。

「私たちはこの一年の間に、そういったミセス百人以上の悩みを解決してあげました」

　まり子は誇らしげに言った。

「えーっ、そんなに……？」

「はい。けっこう多いんです。年頃の息子さんの性欲に悩んでおられるお母さまって……」

「じゃ、高梨さんのところもそうなの？」

「ここまで打ち明けたら隠しても始まりませんね。そうなんです……」

夏美はボーッとした。目の前にいる、無邪気な顔をしたこの娘が、なんと大勢の母と子にそれぞれ別の母と子を紹介して、肉欲の歓びを与えているのだ。

急に胸が騒いだ。思わず呟いてしまった。

「うちの悠也も、そういえば……」

あわてて口をつぐんだが、その呟きをまり子は聞き逃さなかった。

「そういえば……？」

「いえ、何でもないの」

「でも、何か心配ごとがおありみたい。どうぞおっしゃって。そういう悩みを解消してあげるのが私の役目なんですから……」

そう言われると頼りたくなる。夫が遠くにいるから相談相手がいなくて、息子のことではいつも頭を悩ませていた。それにまり子なら何を言っても安心なような気がした。

「実はね、最近あの子、私のお尻を撫でたりするようになって……」

「はあー、やっぱり……」

「やっぱりって何よ」

夏美は思わず声を大きくした。まり子は微笑して制した。

「そんなにムキにならないで。ごく自然のことなんですから……。特に夏美さんみたいな魅力的なかたなら息子さんが欲望を抱かないほうがおかしいのです。それは反抗期が終わったあとの反動なんです」

「そう……なの？」

「ええ。ふつうの少年期の反応です。ただ、それがもっとエスカレートしてくると問題ですけど」

「エスカレートって、どんなふうに？」

「お母さまの下着でオナニーするようになるとか、下着姿とか入浴している時に裸を見たがるとか……。あと、危険なのは例のM——青年のように無抵抗な幼女に欲望を向けてしまう場合もあります……。そんな兆候がありますか？」

「それが……あるのよ……」

夏美は消えいるような声で答えた。

「あるんですか？」

まり子が問い質《ただ》す。美しい人妻はよわよわしく頷いた。

「実は、私のパンティが……」

「汚れたのですか？」

「そう。あのSFショーツよ。モニターにもらったもののうち、ピンク色のほう……」

「ああ」

まり子は頷いた。

「最初はね、一番最初に穿いたあとだったかしら……。たぶん生理が近かったからだと思うけど、ちょっと汚れがひどかったのね。それは知ってたのよ。ところが次の日、洗濯する時に広げてみたら——あれ、シルクだから他のものとは別に洗わなきゃいけないでしょう——その、汚れが落ちているの。それに少し湿っていたわ。大あわてで乾かしたみたいに……」

「それ、一回だけですか？」

「いえ、もう一回あるの。こないだ私の伯母が亡くなって、その通夜やら葬儀やらで家を空けた時があるんですけど、帰ってきたら、なんとなく下着を入れてある抽斗の様子がヘンなのね。わかるでしょう？　誰かが弄った気配って……」

「わかります。下着って自分流に畳んで整理してますからね……」

「ところが、またピンクのSFショーツが取り出されたみたいなの。レースにほつれができてたから、たぶん一度汚して、それを洗ったのだと思う。私だったら気をつけるけど、シルクの洗い方を知らないと、そうやって傷《いた》めてしまうのよね」

まり子はまた頷いた。

「ということは、息子さん——悠也くん以外にはいませんね」

「そういうことになるわね……」

夏美は吐息をついた。

「わかりました。どうやら奥さまもMASのカウンセリングを受けられる資格がありそうですね……。あ、そうだわ」

まり子はバッグから手帳を取りだしてスケジュールを確認した。

「明後日なんですけど、実はMASのカウンセリングルームで、その先生の時間がとれるんです。もしよろしかったら予約を入れておきますから、いらっしゃいません?」

＊

まり子から教えられた——MAS西東京支部は、芹沢家からもそんなに離れていない商店街の一画に立つ、〝ハイタワー・ユーノス〟という高層マンションの中にあった。

十三階、何の変哲もない3DKのマンションだ。午後の指定された時刻に夏美はその部屋を訪ねた。〝MASカウンセリングルーム〟と〝若樹の会〟という名札が並んでいた。

「いらっしゃい。芹沢さんね?」

カウンセラー本人が迎えてくれた。大柄な体格で愛想がよい。肌の色艶からして年齢は四十五歳ぐらい――と夏美は踏んだ。いかにも学者っぽい紺色のスーツをキチンと着こなしているが、白いブラウスにエルメスのスカーフが華やかだ。

彼女は夏美に向かって親しげな笑顔を見せた。力強い声で挨拶する。

「私、川奈《かわな》雅子《まさこ》です」

「はじめまして。芹沢夏美です」

「どうぞ、おあがりください」

広い、居心地のよいリビングルームにとおされた。豪奢な応接セットが置かれ、大きな画面のテレビやビデオ機器などが置かれている。調度品は東洋的な骨董品が多い。テーブルの上に金色に塗られた、横臥している仏陀の像が置かれている。

川奈雅子と名乗ったカウンセラーは、向かいあった肘かけ椅子に座った。優雅な身のこなしだ。

「私、アメリカに留学していくつかの大学で研究したあと帰国して、今はN――大学心理学部で児童心理学、青年心理学の講座を担当しているんですけど、去年からここでカウンセリングを行なっています。私、ミレーヌのトップとも親しいのでご好意でここを自分のオフィスとして使わせていただいてるんです。桑原まり子さんは、最初から私のお手伝いもしてくださるし……」

そう言って落ち着いた内装のリビングルームと、隣の部屋を指さした。

「あちらはベッドルームになっています。ハッキリ言ってMASは母と子のセックスの問題を取りあつかい、その悩みを解消させるのが目的ですから、ベッドルームはそのまま診療室でもあるのですね。どうぞ誤解なさらぬように……」

それから、緊張ぎみの夏美に言った。

「カウンセリングはボランティアでやってることですから、無料です。お金のことは気にする必要はありません。また、ここで話されたり行なわれたりすることは秘密にされます。絶対に外部には洩れませんから安心してください。では、芹沢さんのお話を伺いましょうか……。息子さんのことですね？」

昨日、まり子に話したのと同じことを雅子に打ち明けた。

「なるほど、そうですか……」

雅子は、夏美の話を聞き終えると、ゆっくり大きく頷いた。

「典型的なケースですね。美しくてチャーミングなお母さまと、性欲が強まってきた時期の息子さんとの間では、そういったことがよくあります。たいていは一過性のものなんですが、一歩間違えると困ったことになるんですね、特にお母さまと息子さんの両方が要らざる罪悪感にとらわれると……。なかには息子さんをヒステリックに叱りつけて自殺に追い込んだ母親もいますからねぇ……」

夏美はゾッとした。

「どうしたらいいんでしょう？　それとなくやめさせたほうがいいのでしょうか？」

雅子は首を横に振った。

「汚れたパンティを自慰に使われるのは、お母さまとしては当惑することだと思いますけど、青少年の性行動としてはごく当然のことなんですね。というのも、身近に交際できる女性がいないと一番近い異性――つまりお母さまに性的関心が集中してしまうのは避けられないことなんです。ご存じだと思いますが、男の子の場合、エディプス・コンプレックスといって、母親を原型として女性の理想像を作ってしまいます。髪の匂い、肌の匂い、もちろん性器の匂いにいたるまで母親のものに惹かれますからね……。問題はこれからです。息子さんの性欲がもっと強くなれば、パンティを汚すだけではすまず、もっとエスカレートするかもしれません。それにどう対処するか……」

夏美は、昨日まり子から聞かされた、光代という母親の話を思い出した。

（あの息子さんは、寝ている母親の下着を脱がせて、膣へペニスを押しあてて射精したって言ってた。ほとんどレイプだわ。そうやって息子に犯されるなんて……なんて、おぞましい！）

体が震え、腋窩に冷汗が流れた。

川奈雅子という経験の豊かそうなカウンセラーは、そんな夏美を落ち着かせようとするように微笑した。

「たとえば息子さんが肉体的な関係——つまりセックスを求めてくるのを恐れてらっしゃるのですか？」

「ええ……、そうです」

「ダイレクトにそうやってぶつけてくるお子さんのほうが、複雑に屈折してしまうよりも問題は簡単なんですけどね……」

雅子は、夏美とは反対の意見を述べた。

「どうしてですの？」

「私がこれまで扱ってきた母と息子さんのトラブルのうちで、一番深刻でやっかいなのは、近親相姦の行為そのものではないんです。そのことに母親が罪悪感を抱くのが、問題をややこしくしているんです」

雅子は、理解しがたい表情の夏美に、噛んで含めるように説明した。

「近親相姦は神話の時代からどこの世界でもごく一般的に行なわれていることで、そんなに珍しいケースではありません。最近の研究では近親相姦によって生まれた子供は、ふつうの子と同様に健全だという結果が出ています。遺伝学・優生学的にも問題はないんです。

ましてや、悶々としている息子を母親が慰めてあげるといっただけの性的行為は、無害でかつ健全な行為である――というのが、最近の性科学、性心理学の世界の多数意見なんです。ですから私たちは、近親相姦をインセスト・ラブと呼ぶことにしています。非行とか不登校、あるいは小児や婦女に対する強姦などと違って、インセスト・ラブは第三者に迷惑をかけません。母親と息子が楽しんでいるぶんには何の問題もないのです。かえって両者の欲求不満が解消されるわけですから『おおいにやりなさい』と私なんか言ってるんですよ。それを『人間の道を踏みはずしてしまった……』とオーバーに悩んだりするから、子供のほうまでおかしくなってくるんです」

雅子は説得力のある話し方で、夏美に対して母と子のセックスがいかに無害で健全なものであるかを、自分の体験として説いていった。

――川奈雅子はアメリカに留学して心理学――特に性心理学を研究しているうち、非常に多くの母親たちが成熟してきた息子たちとの関係に悩んでいることを知った。つまり魅力的な母親に対して欲望を抱く息子と、それを受け入れる母親が多いということだ。

それまでは、息子の関心をセックス以外のものへ、不可能ならば欲望を母親以外の異性へ向けさせるべきだと提唱する研究者たちが多数派だった。近年になって「母と子のセックスはそれ自体、無害であり健全だ。インセスト・ラブに対する偏見や罪悪感をとり除くほうが先決問題だ」と主張する学者やカウンセラーが増えてきた。

雅子はカウンセラーとして実際に多くの母親たちと面接するうち、後者の意見が正しいと思うようになった。

日本に帰国してもその立場を守ってカウンセリングを行なってきたが、アメリカと違って家庭内性愛をタブー視する風潮が強く、雅子の意見は受け入れられず、それ専門の機関もなかなか作ることができなかった。しかし、熱意が実って彼女の運動に資金援助をしてくれる企業や団体も現れ、ようやくインセスト・ラブ——母と子のセックス問題を専門に解決するためのカウンセリング組織を作ることができた。それが「母と子の性愛を考える女たちの会」——MASなのだ。

「マザーズ・アンド・サンズ・アソシエーション……MASでは今、全国に三百人の会員がいます。東京だけでも二百人。すべてインセスト・ラブに悩んだことのある母親たちです。そのほかに、もう少し緩やかなミセスたちのグループがあるんですが……、それの説明はあとにしましょう。とりあえず、これを読んでください。最近、私たちのカウンセリングを受けたお母さんの手紙です。最初のほうがカウンセリングの前、あとのほうがその結果と近況を伝えるお手紙です。私が口で説明するより、よくおわかりになるでしょう……」

広げた書類挟みの中から二通の書簡を取りだして夏美に手渡した。

最初の便箋に目をとおした。なかなか達筆の女文字だ。

前略ごめんくださいませ
先般、ある雑誌にて川奈先生のMASのことを知りました。私は毎日、息子とのことで死ぬほど悩んでいます。こんな私の悩みをどうぞ聞いてやってくださいませ。

私は中原律子《なかはらりつこ》と申します。北海道のS――市に住む、三十六歳の未亡人です。子供は中学二年の男の子がひとりだけです。夫は数年前に交通事故で亡くなり、それからはクラブホステスとして女手ひとつで息子を育ててまいりました。

ご相談申し上げたいのは、私がこの息子とあやまちを犯しまして、それを今も続けているということなのです。

それは三カ月ほど前のことでした。

私のつとめているお店によく来られるお客さまでM――さんという中年男性の方がおられまして、その方はこの市で何軒か喫茶店や飲食店を経営している方なのですが、人格的にも非常に温厚で信頼できる人です。

M――さんも三年ほど前に奥さんを亡くしております。

そのM——さんが、私を気にいってくれて結婚を申し込んでくれました。「ホステスをしていた女をわざわざ選ぶことはないでしょう。世間からもいろいろ言われますよ」と断ったのですが「ホステスとかそんなことは問題ではない。結婚してくれたら、ぜひ新しい店を出したい。そこを任せてあげる」とおっしゃるので、だんだんプロポーズを受けてもいいかな、というふうに心が傾いてきました。

ところが私の一人息子の進一《しんいち》が猛烈に反対するのです。特にM——さんが嫌いなわけでもないのですが、私が他の男性と暮らすということが許せないと言うのです。

母一人子一人の生活が長かったせいか、いくぶん甘やかして育てたせいか、わがままが強く最近は特に、自分の願望が通らないとひどく怒るようになりました。叱ると激しく言いかえし、時には翌日まで家に帰ってこなくて、私は一睡もできませんでした。

ですから進一が私のパンティを使ってオナニーに耽っていることを知っても、一度も注意できなかったのです。

再婚したいという私に対して、息子の怒りが爆発したのは、M——さんと会って遅く帰宅した時のことです。

M——さんとは、求められるまま肉体関係を結び、店が終わってからホテルへ行くことが月に何度かあります。その夜もホテルへ行ったので、家に帰ったのは三時頃でした。

ホステスをやっていると三時、四時頃に帰るのは珍しくないのですが、息子はM――さんと会って来た時だけ敏感に察知し、ひどく嫉妬するのです。どうやら雰囲気でわかるようです。

「またM――の奴と会ってきたな！」

寝ないで待っていた息子は怒り狂い、私を殴りました。よろめいて倒れた私の上にのしかかり、首を締めてきました。

「ママのような女は殺してやる」と叫び、私は本当に締め殺されるかと思いました。

気が遠くなって抵抗する気力が失せたあと、気がついたら和服の裾を大きくまくられ下着をとられていました。息子もズボンと下着を脱ぎ、下半身裸です。その恰好で私の脚を割って勃起したペニスを押しつけてくるのです。

私に怒りをぶつけて乱暴しているうちに、私の和服が乱れて太腿まで見えてしまったことで、激しく欲情してしまったのでしょう。

私は「ダメ、シンちゃん。そんなことしないで……！」と必死になって抵抗しましたが、つい直前までM――さんの愛撫を受けて敏感になっていた部分を指で弄られペニスで擦られると、たちまち反応して濡れてきたのです。

それと同時に下半身が痺れたような甘い疼きに襲われ、思わず熱い呻きを洩らしてしまいました。というのもM――さんはけっしてセックスが上手ではなく、ほとんど何も知らないので私がリードするぐらいで、射精に導いてあげるのが精一杯で、いつも私のほうの肉体的満足までいたらないのです。でもM――さんを喜ばせてあげたという精神的な満足感はあります。

けれども、別れたあとになって体の芯が疼くような時があり、そういう時は寝床の中でオナニーをしてしまいます。

息子に襲われた時も、肉体のほうは欲求不満の状態だったため、何倍も硬く、膨張しきったペニスを押しつけられた時、勝手に反応してしまったのでしょう。

結局、何度か試みた最後に息子のペニスは私の体の中に深く入り、ほとんど同時に息子は射精しました。

ドクドクと熱い精液を子宮に浴びせられる感覚にしばらく酔いしれてしまった私ですが、息子が体を離したとたん「何てあさましいことをしてしまったのだろうか」という思いに打ちのめされ、泣いてしまいました。

しかし息子の昂奮は収まらず、その夜は、三度も組み敷かれ、犯されてしまいました。三度目の時はほとんど覚えておりません。息子に言わせると狂ったようになって泣きわめくので、口にパンティを押し込んで声を塞がなければならなかったそうです。

次の日は腰が抜けたようになってしまった私ですが、実の息子に犯されたというショックでベッドから起きることもできません。お店には風邪をひいたので休むと連絡して、ずっと伏せっていました。

息子は学校から帰ってきて私がベッドで寝ているのを見て、私の体を気づかうどころか、またもや邪悪な欲望に駆られて、裸になってベッドに入ってきて私の体をまさぐるのです。必死になって抵抗しましたが、中学二年ともなると私の体力ではかないません。無理やり押さえつけられてパンティを脱がされて、昨夜と同じようにペニスを押しあてられました。

揉みあっているうちに私の性器は濡れてきて、昨夜より簡単に挿入されてしまいました。

進一は荒々しく腰を動かして、私の体の中で果てました。でも一回では欲望は消えません。さらに二回、泣きながら哀願する私を犯したのです。

それ以来、毎日のように息子とセックスをしています。無理やりです。私はいつも必死になって抵抗するのですが、結局負けて、挿入される時はずいぶん濡れています。

どうして自分の息子に犯される時に濡れるのでしょうか。そんな自分の体を呪い、自殺さえ考える毎日です。

息子が怒り狂うので、M——さんとはお店で会うだけで、店が終わるとすぐ家に帰るようになりました。少しでも遅れると玄関先でお仕置きです。私がM——さんと性交してこなかった証拠を見せろと言い、玄関先でパンティまで脱いで真っ裸にさせられます。雪が降る夜でも同じです。それから性器を指で広げて見せなければなりません。

それから四つん這いにさせられて、お尻をぶたれて、廊下で犯されるのです。一度果てたものを私のパンティで拭っただけで口に押しこみ、フェラチオを要求されます。生理期間は夜の明けるまで口と指で奉仕させられます。

実の息子の性の奴隷となる——母親としてこんな屈辱があるでしょうか。毎日泣き暮らしている私です。何を言っても聞いてくれません。「ママがおれの言うとおりにしなければ、M——さんにでも誰にでもママとおれのことをばらしてやる」という恫喝には抵抗できません。

どうしたらよいのか、もう考える力も尽き果てました。こんな愚かな母親を、どうか助けてください。ご助言をお願いします……


便箋を持つ夏美の指が怒りと同情でブルブル震えた。

(なんてひどい家庭なの⁉　これじゃ地獄だわ!)

まるで悠也が自分に対してそういう仕打ちをするような錯覚にとらわれた。

しかし、二通目の手紙は同じ筆者の手によるものとは思えないほど、ガラリとトーンが変わっていた。

拝啓

川奈先生、先月、上京して先生の事務所をお訪ねし、いろいろご相談にのっていただいた中原律子でございます。

あれから進一との関係を、先生のアドバイスどおりにしたおかげで、私もずいぶんラクになりました。どのように変わることができたか、お礼とともにご報告させていただきます。

帰宅しまして、すぐに進一に言いました。「これからはママも考えを変えて、おまえの好きなようにさせるから、そのかわりこれだけは約束してちょうだい」と、先生に言われたとおり、三つのことを約束させました。

一、「家の中ではママをどんなに好きにしてもいいけど、外でのお仕事の邪魔はしない」

二、「その日の最初の、濃い射精はママに呑ませる」

三、「ママを妊娠させないように気をつける」の三つです。

「これを守ってくれるなら、進ちゃんの気にいらないM――さんとの再婚の話も、断るから」と言うと、進一も喜んで約束を守ると言ってくれました。

それでも二番目の申し出には驚いていたようです。もちろん先生から教わったとおり、

「ママの体のため」と言っておきました。

それ以来、進一は約束を破ったことはありません。危険日に膣内で射精する時は、必ずコンドームを着けてくれますし、それ以外の時でも、口への発射を心がけてくれます。私も妊娠の不安から逃れ、前よりずっとラクに息子を受けいれることができるようになりました。

先生から言われた「母と子がセックスしても何も悪いことはない」というお言葉が、どんなに私を勇気づけてくれたことでしょう。

いつも息子を受けいれるたび「こんなことをしてはいけないのだ。獣のすることだ」と思って、惨めで惨めでならなかったのですが、先生にいろいろ資料を見せていただき、多くの母子が自由奔放にセックスを楽しんでいることを知った今、そのような惨めな気持ちは吹っ飛んで、心から楽しむことができるようになったのです。

不思議なことに、私が息子を全面的に受け入れ、どんな要求も断らなくなると、進一の態度もガラリと変わりました。いやがる私をぶったり蹴ったりした時のことが嘘のようにやさしくなりました。私が抵抗しないで進んで欲望を受けとめてあげるのですから、彼も暴力をふるう理由がないわけです。

前は一方的に受けいれるだけでしたが、私も朝起きると同時に彼の部屋に行き（時には一緒のベッドで眠ることも多いのですが）、朝立ちしたペニスを咥えてあげます。

ホステス稼業をしていましても、私はセックスに関してはあまり経験が豊かではなく、それまでも精液を呑んだことなど一度もありませんでした。ですから最初に無理やり息子の粘っこい液を口の中に受けた時は、その苦いような塩からいような味にびっくりして吐き出し、殴られたものです。

ところが自分から進んで呑ませてもらうと、これが同じ精液とは思えないほど美味しいのです。と同時に射精する時の息子の快感も伝わってきて、まさに彼の情熱を呑んであげるという感激も味わえるのです。やはりセックスというのは受身一方で「仕方なく」やらされていては歓びは得られないのですね。今では一滴余さず呑んでいます。そのことで進一も深い満足感を味わっているようです。

ここで私たちの日課をお知らせします。

朝は彼も時間がありませんので、起きてすぐ眠っている私のベッドにやってきて、私が口に含んであげると噴きあげてドロッと濃いのを私に呑ませてから学校へ行きます。

彼との交歓は、もちろん私がお店から帰った一時頃から始まります（息子はそれまで仮眠して元気を蓄えています）。

前と同じように玄関でストリップをさせられ、廊下で四つん這いにされて受け入れる――というやり方は、進一がひどく好むスタイルなので、私もずっと従っております。ですが前のようにイヤイヤではありません。帰ってくるタクシーの中でもう濡れているぐらい、私自身、進一に体を自由にされることが待ち遠しくてならないのです。

　ですから玄関でストリップをやらされて、パンティ一枚になった時、股のところがもうベットリと濡れているのを見て、進一はひどく昂奮し、同時にわざといやらしい口調で私を辱めます。以前でしたらその言葉だけで舌を嚙み切って死にたい思いに駆られたものですが、今では逆です。「もっと恥ずかしいことを言って！　もっとママを恥ずかしい目にあわせて！」と内心では思いつつ、啜り泣いて見せるのです。

　進一自身、お尻をぶつとか、いろいろ残酷なことをしますが、以前のように苦痛と汚辱だけの行為ではありません。私も同時に楽しめるようにいろいろ工夫してくれるのです。たとえば後ろから挿入されたまま廊下からベッドまで這ってゆかされたりします。それはものすごく昂奮して、寝室に辿りつくまで二回ほどイッてしまうほどです。

　ベッドの上で深く結合して二人で楽しみますが、発射は私の口の中です。朝の時と同じように呑み干します。

　そのままおしゃぶりを続けますと、若い獣と化した息子はすぐに元気になります。

　その時の気分しだいですが、肛門に一回、膣に一回射精して終わるのがふつうです。生理期間は肛門のみ二回ないし三回連続ということもありますが。

日曜日でお店が休みの時は、昼頃から始めて、仮眠を挟みながら翌日の明け方まで楽しみます。途中でＭＡＳや若樹の会の会報、通販ビデオなどを見て、二人で昂奮を高めます。彼もＤＢＳのビデオで、精液を呑む効果を目で確認し、つとめて私の口の中に放出してくれるようになりました。

途中、すさまじい快感に気を失ってしまうこともしばしばです。亡くなった主人も精力は強かった人ですが、進一のようには感じたことはありません。

それというのも、先生のおっしゃるとおり〝息子こそ最高の恋人〟だからでしょう。

とにかく若いので、精液は汲《く》めども尽きぬ井戸の水のようです。さすがに三度目を過ぎると薄く、甘味が出てきますが、それでも二時間ほど眠るとまた同じ濃度に戻っています。進一はそんなに早熟でもなく逞しい肉体でもないのですが、どこにそんな精力が蓄えられているのでしょうか。ただ感心するばかりです。

不思議なもので、以前のような罪悪感から解放されたとたん、私の体調はとても良くなりました。顔の色艶もよく、お店ではママさんや同僚のホステスたちから『恋人ができたのね』と冷やかされて赤くなっています。

Ｍ――さんとは「息子を説得しなければいけないので再婚のことはもう少し待ってください」と頼みますと快く了解してくれました。

進一との約束もありますから、おおっぴらにホテルに行くようなことはしていませんが、店に入る前やお見送りする時にあわただしく手や唇で奉仕しますので、彼も満足してくれています……。

進一のほうも先生がおっしゃっていたようにずいぶんと落ち着きが出て、前のようにすぐカッとなったりするようなことは少なくなりました。学校でも皆とうまくやるようになり担任の先生からも「協調性が出てきて、ずいぶん変わりましたね」と言われました。さらに驚いたことに、かわいいクラスメートの女の子と仲良くなり、よく家に連れてくるのです。

「今はキスとか手で楽しんでいるだけでセックスはまだしない」と言っていますが、そのうち肉体的に結びつくことになるでしょう。私も微笑ましく見守る余裕ができて、その少女との初体験に備えていろいろ必要な知識を教えこんでいるところです……。

第十三章　少年の濃密な精液を口で受けとめ……

二通の手紙の間のあまりの落差に、夏美は呆然としてしまった。

川奈雅子はファイルの中に、同じような手紙が何通も入っていることを見せ、さらに後ろの書棚を示した。そこには『ＭＡＳ通信』とか『若樹の会会報』といった小冊子がぎっしり並べられている。

「あれには、この中原さんのように、私のカウンセリングを受けたミセスたちのレポートが、率直な言葉で掲載されています。もし時間があったら読んでみてください。近親相姦の罪悪感を吹き飛ばしたとたん、皆、人生が明るくなったの。夏美さんも、息子さんがパンティを汚したぐらいでクヨクヨしないことね……」

「でも、やっぱり息子が女性――特に自分の母親に性的な興味を抱く、というのは、非常に落ち着かないことです」

「どうして？　あなただって息子さんに何かをやらせる時『もう大人なんだから』って言うでしょう？　母親の期待どおり息子がセックスの面でも大人になってきて、性欲を持ちはじめると、どうして狼狽するのかしら？　キチンと受けとめてあげればいいのよ。まあ、日本では学校でも家庭でも、どのように性のことを教えるか、っていう方法論が遅れているから無理もないんだけど、その結果、子供たちもまたヘンなふうに思いこんだり、罪悪感に悩んだりしてしまう……。子供はつねに被害者なんです」

「ですが……」

「もちろん、むりやりインセスト・ラブをすすめているわけではないんですよ。それはあくまでも最後の手段です。もちろん、周囲に理解のある女性がいて、息子さんの性欲を受けとめてあげる人がいれば、その人に委ねるのも、悪いことではありません。だから私はエントラステッド・エデュケーショナル・インタコース——直訳すると委託教育的性交というのを提唱しているんです」

「え、委託教育的性交……？」

「まあ、委託性教育といったほうがわかりやすいでしょうかね。英米では普及してきましたが、まだ日本では受けいれにくい概念なので、適当な訳語はないのですが、母親や教師以外の、第三者による実践性教育のことですね」

「はあ……」

「はっきり言えば、セックスの家庭教師というか、塾のようなものです。昔から、少年たちはごく自然に周囲から知識を与えられ、実行の機会を与えられて大人になってきたのですが、今の社会は核家族化と受験戦争の激化とともに、そういうチャンスが失われてしまったでしょう？　だから肉体的には一人前でも、知識が先行したり欲望だけが先行したり、チグハグなんですね。そのために信頼できる女性に少年を預けて、セックスについての実践的な知識を教えてもらう――そういうシステムのことです」

「えっ、そんなシステムがあるんですか？」

「あります。といっても、私が作ったんですけど……。セックスの実践までとりいれた性教育というのは簡単じゃありません。営利を目的としたものなら社会に受け入れられません。売春になってしまいますからね。あくまでもボランティアでなければ……。それと、若い女性の教師というのはダメなんです。まず体験が不足していますし、年齢が近いと少年たちはその女性に過度に執着――つまり恋愛感情を抱きがちなんです。これは、教育という観点からは双方に具合が悪いんですね。そうなると、やっぱり母親と同じ年代の女性たちが理想的です。そのためにＭＡＳの組織を広げていって、子供の性教育に関心がある女性たちのグループを作りました。それが〝若樹の会〟です。これは、本来はＤＢＳ活動をメインにしています。あ、ＤＢＳ活動といってもわからないでしょうけど、英語で言えばドリンキング・ボーイズ・ザーメン——青少年の精液摂取ということです」

「精液を摂取……、あの、精液を呑むということですか？」

「そうです」

何でもないことのように言ってのけるカウンセラーの目の前で、夏美はまた呆然としてしまった。

「あらあら、すっかりびっくりしたようね。精液っていうのは、青臭いドロッとした粘液ですからね、それを呑むというのはあまり一般的じゃないんですが、精液の中には非常に人体に有益な物質が含有されているってことがだんだんわかってきたんです。特に女性にね。

もちろん呑んでも害はまったくありません。それに、若い人の精液のほうが有効成分を多く含んでいるんです。一日一日若さを失ってゆくミセスにとって、少年や青年の精液というのは、若さを保つための魔法の液体なんです……」

呆気にとられている夏美にカウンセラーは思いがけない質問をぶつけた。

「芹沢さん、私がいくつだか当ててごらんなさい」

夏美はまじまじと川奈雅子の、仕立てのよいスーツに包まれた肉体を観察した。肌はなめらかで瑞々しく小皺の類もめだたない。全体的に活気が充ち溢れ、熟女のエロティシズムが匂っている。

「え……、先生のお年ですか？　さあ、四十五ぐらいかしら？　はずれたらごめんなさい」

「あらあら、いいのよ。でもずいぶんはずれたわね」

おかしそうに笑い、雅子はバッグの中から自分の運転免許証を取りだした。

「これ、私の生年月日……」

夏美は目を疑った。指を折って勘定してみる。

「えー、これだと……六十一歳……」

なんと十六歳も年齢を誤ったことになる。しかし、免許証の写真も名前も、すべて目の前の人物と一致している。愕然とした。

「そんなバカな……」

「おやおや、信じられないみたいね。でも、その免許証に嘘はないのよ。ほら、こちらがパスポート。同じ生年月日でしょう？」

「………」

夏美は、目の前の人物が六十歳を超えた、世間の常識では「老齢」に達した女性だと、どうしても思えなかった。雅子は愉快そうに笑ってみせた。

「ねぇ、この私がDBS活動の見本なのよ。そもそもは三十何年も前のこと。アメリカで家庭内性愛を研究しているうちに、おかしなことにぶつかったの。面接調査やコンサルティングをやっているうちに、今の私みたいに、とてもその年齢と思えない若々しい人妻や未亡人に何人か会ったわけ。不思議に思って調査しているうち、驚いたことに、彼女たち全員が息子か息子と同年代の少年たちの精液を呑んでいる——という事実がわかってきたの」

「えーっ、本当ですか？」

「本当よ。最初は隠したりする人が多いからなかなか共通項が浮かびあがってこなかったのだけど、子供と面接してゆくと、異口同音に『ママが精液を呑んでいる』と言うから、それでわかったの」

雅子たち家庭内性愛の実例を研究しているスタッフは、ある医学研究機関と提携して、青少年の精液の分析、摂取した場合の肉体的な影響について綿密なテストを行なった。その結果、週に一度ないし二度、少年の濃厚な精液を呑んでいる母親たちは、そんなことをしていない母親たちのグループに比して、外見で五ないし十歳は若く見える、つまり老化現象が現れにくいことが明らかになった。

「しかし、このデータは結局、発表されずに終わったわ。やはり社会に与える影響が大きいと見做《みな》されたんでしょうね。私は日本に帰ってからも、インセスト・ラブの実行者たちとの面接を続けてきましたが、そのうち、息子とセックスしている母親の一人がとても若々しく魅力的なのに気づいたんです。もしかしたらと思って尋ねてみたら、やっぱり彼女も、定期的に息子の精液を呑んであげていたんですね。そこで私は、『少年の精液の中には、女性を魅力的にする何か特別な成分が含まれている』と確信するようになったのよ」

たまたま雅子の知り合いに薬学関係の人物がいて、その人の協力を得てある医薬研究所が精液を分析する仕事にとりかかった。

精液というのはほとんどが蛋白質で、他に各種の脂肪酸やミネラル、ホルモンなどが含まれている。独特の香りがするのは、精子を保護するためのスペルミンという蛋白質で、これが酸化されるときにあの栗の花の匂いを放つ。研究者たちは、このスペルミンを研究していくうち、特殊な酵素が含まれているのに気がついた。この酵素はスペルギンと名づけられた。

さらに詳しく調べてゆくと、スペルギンはα《アルファ》とβ《ベータ》の二つの異性体があって、成熟した男性の精液はαスペルギンを多量に含んでいるのに対して、精通を覚えてから十八歳ぐらいまでの少年は、βスペルギンが多いことがわかってきた。

成人男性の精液を呑む習慣がある女性と、少年のだけを呑む女性の比較調査では、後者のほうが、年齢や環境にかかわらず、圧倒的に性的魅力に富み、健康なのだ。どうやらβスペルギンという酵素が、女性の性的魅力を保つ作用があるらしい。

なぜ、少年の精液だけが濃厚なβスペルギンを含有しているのか、その理由は不明だ。

「でも、私自身の体験からしても、βスペルギンは女性の若さを保つ特効薬であることは間違いありませんよ」

「というと、先生も……？」

夏美は驚いて尋ねた。雅子は頷いて、書類挟みの中から一枚の写真を取り出して夏美に手渡した。

「まあ……！」

夏美は驚きの声を掌で塞いだ。

カラーのポラロイド写真だ。かなり褪色しているが、映像はハッキリ判別できる。写っているのは日本人の女性と白人の少年。どちらも全裸だ。場所はどこかの家の居間。東洋趣味の骨董品が多い。少年はこちら向きになって仰臥し、その股間に顔を伏せ、怒張を頬張っているのは、明らかにもっと若い頃の雅子だ。

「それはね、アメリカで研究していた頃、私のカウンセリングを受けていた母親の息子さん。十四歳よ、それでも。ペニスは日本の成人男性と同じかそれ以上に大きいけど……。精液に女性のホルモンを活性化させる効用があるかどうか、私が実験台になって、そうやって毎日のように少年たちの精液を呑ませてもらっていたの。たいていの母親たちは、ありあまる息子の性欲をもてあましていたから、歓迎されたわね。なかには『精液を呑むだけで、セックスはしてはダメ』という嫉妬深い母親もいたけれど……」

その写真に写っているのは今からおよそ三十年前、三十代になったばかりの頃の雅子だという。胸も腰も豊かで、なかなかのグラマー美人だ。

夏美はもう、言葉もなかった。

「委託性教育の教師役もつとめてきたから、私の周囲には精液を提供してくれる少年たちはいくらでもいたわ。そうやって三十なん年も精液を呑みつづけてきた結果が、この私の姿よ」

雅子は誇らし気に言う。

「βスペルギンの研究をしている機関も、ようやくそれがどのように作用するのかをつきとめたの。βスペルギンによって活性化された酵素が次の酵素を活性化させる——という複雑な過程なんだけど、最終的には子宮を刺激して発情ホルモンの分泌を促進させるわけなのね。そのために、女性は瑞々しい若さを保つことができるわけ。中年女性も閉経年齢がずっと遅くなってきて、現にこの私も、まだちゃんと生理があるのよ。特に顕著なのが更年期に悩まされるいろいろな症状を軽減させる作用。すばらしいと思わない？　理想の美容薬、老化防止薬なんだもの。それなのに、少年たちの精液はオナニーによって、ただ浪費されているの。もったいないと思わないこと？」

「あの、大人の精液ではまずいのでしょうか……？」

夏美が疑問を挟んだ。

「それがね、十八から二十歳で、スペルミン内のβスペルギンの含有量は急激に低下し、αスペルギンにとってかわられるのね。αスペルギンも同じような効果はあるんだけど、効き目は百分の一ぐらいまで落ちてしまう。つまり少年一人の精液で間に合っていたのが、大人百人ぶんが必要になってくるわけね……。分子量も分子構造もほとんど同じなのに、どうして効果が違うのか、それは誰にもわからないけど……」

「そうなんですか……」

「芹沢さんのように、インセスト・ラブのことで悩んでいるお母さんには、私、βスペルギンのことを教えるようにしているの。息子さんが放出する精液の中には、あなたを今の十倍、百倍も魅力的に、元気にする成分が含まれているんですよ、って……。息子さんとセックスすることに抵抗がある場合でも、たとえば手や口で刺激してあげるなら、抵抗が少ないでしょう？　戦前とか戦後間もなくの頃は夫婦間でもフェラチオは抵抗があったけど、今では、ごく当然の行為だし、それに若い頃は、肉体と肉体の結合で精神的な満足を得るよりも、とりあえず射精したいという欲望を満たしたいから、口で愛してあげて精液を受けてあげることは、双方にとって抵抗は少ないことだと思うの」

「…………」

「まあ、そうは言っても、急に『お母さんに精液を呑ませて』とは言えないものね。ですからそれは徐々に誘導してゆくということが必要になりますけど……。そこで、とりあえずの対策なんですけどね、私たちは交換ＤＢＳというのをすすめているんです」

「交換ＤＢＳ？」

「そう。早く言えば別のお母さんが息子さんを誘って精液を呑ませてもらい、そのお母さんの息子さんのをあなたが呑む――という形。息子さんのスワッピングというと聞こえは悪いですけど、事実上そういうことですね。近親相姦に強い抵抗感を抱く人も、この方式なら入りやすいわけで、委託性教育を含めた一種の相互扶助ですね。この場合、肉体関係に進んでもかまわないし、ＤＢＳだけにとどまってもいいし、それは自由です。この方式で満足している会員は多いですよ」

雅子はフォルダーの中から名簿を取り出して見せた。氏名欄は特別の暗号で記入されているらしく判別できないが、ギッシリと書きこまれたデータ量に、夏美は圧倒された。

「これはＭＡＳの会員の中で、交換ＤＢＳを希望しているか、あるいは実行しているかたたちのリストです。そしてこれが若樹の会のほうのリスト……」

そっちのほうはＭＡＳ会員の十倍ぐらいの量がある。

「若樹の会は、必ずしも母親でなくてもいいんです。独身でも未亡人でも、息子さんが成長してしまったとか、あいにく息子さんがいないとか、いろんな事情の女性が参加しています。この人たちは、独自に精液供給源を確保することが難しいので、MAS会員とも協力しあって、DBS活動を行なっているわけですね。つまり、お母さんの許可を得て、息子さんが貸し出されるわけです」

「貸し出す……？　息子を？」

「そういうと聞こえが悪いですね。正確に言うと、お母さんだけで受けとめてあげられない欲望の解消に協力してあげる——ということでしょうか。たとえばインセスト・ラブがいくら無害な行為だといっても、その関係を固定させてしまっては健全な母と子の関係にはなりません。時期がきたら、別の女性に委ね、母親以外の女性と体験するということも必要なのです。その時に協力してもらうのが若樹の会のメンバーなんです。もちろんボランティアです。その代償としてイキのいい精液を呑めるわけです。それと提供DBSというのがあります。お母さんのほうは見返りを求めず、相手の女性に委ねてしまう——ということですね」

夏美は、雅子の作りあげた組織の緻密な構成に驚いてしまった。

「それで、芹沢さんの息子さんの場合、対策として四つあるんです。一つは自然のままに任せて、干渉しないということ。これは息子さんがどの方向に突っ走るかわからないので私としてはすすめられません。そこで他の三つのどれかということになります。

まず一つは、積極的にお母さんのほうから息子さんを誘って、欲望を受けとめてあげるということ。DBSだけでもいいし、適当な時期に肉体的結合を体験してインセスト・ラブに踏み切ってもいいわけです。あとは交換DBS、それと提供DBS……。このうち、自分ではどれがいいと思います？」

「それは……」

夏美は答えに詰まって頬を掌で挟んだ。頬は燃えるように熱い。

第十四章　息子の熱いしぶきが顔面に降り注ぎ……

「芹沢さん、あの……、お話があるんだけど、いいかしら？」

　高梨志保子がふたたび声をかけてきたのは、エアロビ教室の授業が終わって、更衣室に入る時だった。志保子のジャズダンスの授業のほうが先に終わったので、彼女のほうはシャワーも着替えも終えている。白いポロシャツにキュロットタイプのベージュ色のショートパンツ。あいかわらず活動的なカジュアルスタイルだ。それが彼女のピチピチした魅力をひきたてている。

（たぶん、MASのことだわ）

　この前、MASの名前を出して意味ありげな質問を受けたばかりだ。それに、二人とも桑原まり子からランジェリーを買っている。彼女を通して何らかの話が伝わったのかもしれない。

「ええ、かまいません。でも、少し時間がかかるけど……」

「お待ちするわ。そうね、私、車で来てるから、センターの駐車場にいます。赤いファミリア。すぐわかると思うけど」

志保子はあまり化粧をしない。ほとんど素顔ではないかと思う。三十代半ばのミセスが素顔で人前に出られるというのは、肌によほどの自信がないとできない。その点、志保子の肌はツヤツヤとして張りがある。まるで娘ざかりの頃のように。

（あの若さは、ひょっとしたら……？）

シャワーを浴びて着替えする間も、志保子のことを考えて気もそぞろだった。

駐車場へ行くと、赤いファミリアの中で志保子が手を振った。助手席へと滑りこむ。車内はよけいなアクセサリーが何一つなく、それが志保子の飾り気のない人柄を物語っていた。

「送ってあげてもいいんだけど、芹沢さんはいつも自転車よね。だったら、この中でお話ししてかまわないかしら？」

「もちろん」

「それじゃ……」

いつもクリクリとした目を動かし、表情の豊かな高梨志保子は、どうやって話を切りだしたものか、考えこむように口ごもった。

「実は、まり子さんから聞いたんだけど、芹沢さんもMASに加入したんでしょう?」

「そうよ」

夏美は頷いた。やっぱりまり子から話が通じていたのだ。彼女は川奈雅子の助手でもあり、口コミでMASや若樹の会の会員を増やしている。会員同士を結びつけ、協力させる目的で夏美のことを志保子に話したのに違いない。

「それで、私も実はMASの会員なの……。ご存じでしょうけど」

夏美は微笑んだ。

「ええ。この前、あなたからMASのことを聞かされるまで、何も知らなかったの。それでまり子さんに尋ねて……。おかげで川奈先生を紹介してもらえて、よかったわ」

「ということは、夏美さんも息子さんのことで悩んでいたわけね?」

「そう……」

「どんなふうに? あ、立ち入った質問で悪いようだけど、私のところもそうだったから何だか人ごとに思えなくて……。うちの息子――俊和《としかず》って言うんだけど、近所の家のお風呂場を覗き見したり、幼い女の子を連れこんで裸にして触ったり……。そういうことで私、あわてちゃって……」

「それはびっくりしたでしょうね。……私の息子――悠也はね、最近、私の汚れた下着でオナニーをしているらしいの。ときどき、ヘンなふうに体に触ってくるし……。そのことをどう注意していいものやら、それで悩んでいるのよ……」

「俊和は中学三年なの。悠也クンは？」

「偶然ね。同じよ。S大の付属」

「じゃあ、高校も大学もエスカレーターなんだ。そのぶんラクチンよね。俊和は高校受験、大学受験ってあるから、今から頭が痛いわ……」

しばらく家庭の話になった。志保子は夏美より二カ月遅い同年生まれだった。

「まあ、旦那さまが遠方にいるってことも同じで、私たち、そっくりの家庭環境なのね」

「本当……」

二人はお互いを見つめて微笑を交わした。これまでにない親密な感情が交流した。

（でも、私は志保子さんみたいにチャーミングじゃないわ）

夏美は、ふと気おくれを感じた。ショートヘアでいつも元気一杯の少女のような感じの志保子は、人――同性をも――を惹きつける魅力に溢れていた。

「私もまり子さんを通じて川奈先生のアドバイスを受けたんだけど、結局、インセスト・ラブに踏み切ったの」

志保子はポツリと打ち明けた。

「……そうなの」

夏美は胸を衝かれたような感じがした。やはり、この瑞々しい母親は、自分の息子の性欲を、自分の体で受けとめてやったのだ。だとしたら精液も呑んでいるはずだ。

「うん、でもね……、前からそれとなく相手を探してたんだけど、芹沢さんが同じ悩みを持ってるんなら、交換DBSができないかと思って……」

「交換DBS……？」

夏美はもう一度、胸を衝かれた。

「そう。うちの俊和を面倒みてくれるかわりに、私があなたの息子さん——悠也くんを面倒みてあげる。だってあなた、インセスト・ラブに踏み切るまでいってないんでしょう？」

「ええ……。それはちょっとね……」

「だったらちょうどいいわ」

「だけど、高梨さんのところはインセスト・ラブを実行していて問題がないんでしょう？」

志保子は頷いた。自分が息子と交わっていることを夏美の前では隠さないし、罪悪感も抱いていない。その態度は爽やかだった。

「まあ、一年ばかりうまくやってきたのは事実ね。でも最近、別の女性を経験させたほうがいいかな、って思うようになったの。それは川奈先生もおっしゃってたでしょう？　母親がセックスの面でもあんまりガッチリとくるみこんでしまうと、それはそれで女性との健全な関係を作るのを阻害してしまうことになるって……。だから、ある程度したら、積極的に第三者の女性と体験させるべきなのね。まあ、若樹の会なんかは、そのために存在しているようなものだけど、知らない人に預けるよりは、顔見知りの芹沢さんのほうが安心できるから」

顔見知りといっても挨拶程度の言葉しか交わしたことがない間柄なのだ。しかし、その気持ちはわかる。夏美は胸がドキドキして喉がカラカラになった。声がうまく出てこない。

「そう……ねぇ、どうしようかしら？　悠也のことで川奈先生は、交換ＤＢＳか若樹の会の適当な会員に提供ＤＢＳっていう形で委ねたらどうか、って言われたんだけど、まだ、決めかねてるの……」

「だって、悠也くんだって何とかしてあげないとかわいそう……。うちの子みたいによその女の子にいたずらして、近所の噂になったりしたら、困るわよお」

「いやだ、脅かさないで……」

「脅かしてるわけじゃないけど」

運転手席にいる志保子は、夏美のほうに体を傾けてきた。シャワーのあとの柑橘系のコロンの匂いが爽やかに鼻をくすぐる。ショルダーバッグの中から何枚かの紙の束を同年のミセスの腕に押しつけた。

「いいわ。別に今ここで答えなくても。これを読んでから考えてみて」

「何、これ？」

「私と俊和の関係を綴《つづ》ったの。会報に掲載されたの。これを読んで、それでもイヤだったら無理にとは言わない。すごく微妙な問題なんだから……。私、明日にでもお電話する。電話番号を教えて」

夏美は電話番号を教えた。降りようとする同年の人妻の手を志保子が握ってきた。

「好きだわ、あなたが……芹沢さん」

ヒタと夏美の目を見て、志保子が言った。

「夏美、と呼んでくださいな」

何とか内心の動揺を押し隠して答えると、ニコッと人なつこい笑みに変わった。

「じゃ、夏美さん……。好きよ」

「私もよ、志保子さん」

「じゃあね」

赤いファミリアが走り去ったあとを見送って、夏美はパンティ——白いＳＦショーツがしっとり湿っているのを感じていた。

（なんで？　あの人とお話をしただけで、こんなふうになるの？）

＊

買物を早めに終えて帰宅した夏美は、食料品を冷蔵庫に押しこめるのももどかしく、キッチンのテーブルに向かって、高梨志保子から手渡された数枚の紙を広げた。

Ａ４サイズのコピー用紙に複写されている文章の肩のところに『ＭＡＳ通信』と打たれている。川奈雅子が発行している小冊子からコピーしたものだろう。文字は印字だ。日付けからして、昨年に発行されたもののらしい。

筆者の名は志保子の本名ではない。プライバシーの保護のために仮名にしたのだろう。

ＭＡＳ通信第十八号
母と息子の交愛レポート
——初めてのインセスト・ラブ——
報告者　西東京支部　高城志穂子

先月、MASに加入させていただきました。川奈先生のアドバイスを受けとめ、息子（トシくんと呼ぶことにします）とのインセスト・ラブに踏み切りました。何かの参考になればと思い、その経緯をまとめてみました。

私は三十四歳、ひとり息子のトシくんは十三歳で中一です。夫はジャーナリズム関係の仕事で海外に派遣されることが多く、現在は東欧の支局に赴任しています。

私も息子が小さいうちは夫の赴任先で暮らしていたのですが、息子が大きくなると教育の問題もあって、夫の単身赴任という形が多くなりました。それでも夫のほうが一時帰国したり、私たちのほうが学校の休みを利用して訪問したりで、平均三カ月に一度は会っておりますので、夫婦仲のほうはあまり問題はありません。

しかし性に目覚めた息子との関係は、ときにギクシャクしたものになります。夫がいれば、そこは男同士ですからうまく教育できるかもしれませんが、母親はなかなか息子の性的な問題にはタッチできないものです。

最初のトラブルは去年、息子が小学校六年生の時に起きました。近所の奥さんがある日私のところにやってきて、ひどく言いにくそうに「おたくのトシくんが、私たちの家を覗いて困る。やめさせてほしい」と言うのです。驚いて詳しく尋ねますと、なんと夜、そこの奥さんとか娘さんが入浴しているところを覗いている――というのです。

驚いて「何かの間違いではないでしょうか」と言いますと、「確かにおたくの息子さんです。私も、娘も見ておりますから」と言うのです。トシくんを呼んで問い質しますと、「そんなことは絶対にしていない」とムキになって否定しました。

その時は納得しないまま「きっと誰かの見間違いだわ」と自分に言いきかせて終わってしまいました。いま思えば、その頃からトシくんは性に目覚めていたのでしょうね。

二回目のトラブルは、中学に進学してすぐの、一カ月前のことです。

トシくんに留守番を頼んで買物に出た私が、予定より早く帰ってきますと、玄関に女の子の靴が脱いであるのです。トシくんの姿は見えません。

「どうしたのかしら」と思って勉強部屋に行ってみました。

勉強部屋で、息子はご近所の「アヤちゃん」という、小学校一年生の女の子と一緒にいました。二人とも真っ裸でした。

アヤちゃんはベッドの上で脚を開いてジッとしていて、トシくんは彼女の性器の部分を指で開いて、顔を近づけて匂いを嗅いだり観察しているのです。私は一瞬、気が遠くなるようなショックを受けました。

というのも、トシくんのペニスが勃起していて、包皮が完全に剝けた亀頭まで見えていたからです。それはもう完全な男性のペニスでした。

アヤちゃんに勃起したペニスを握らせながら、トシくんは少女の性器を見たり触ったりしていたのです。

私は、とっさに「ここで騒いだらいけない」と思い、足音を忍ばせて玄関まで戻り、今度は「ただいま」と大きな声をかけてから家に入りました。勉強部屋でひとしきりあわてて服を着る気配がして、私が台所に行くと赤い顔をしたトシくんがやってきました。

「ママ、早かったじゃない」

「うん、いつものスーパーが今日は休みだったから、切り上げてきたの」

「そうかあ」

その時、彼の背後からアヤちゃんが顔を出しました。

「おばさん、今日は」

かわいい笑顔で挨拶します。無邪気な表情で、トシくんの後ろめたそうな気配と対照的でした。

「あら、アヤちゃん、遊びに来てたの？」

そしらぬフリで言いますとトシくんはあわてたように、

「うん。門の前で会って、退屈だっていうからファミコンでゲームを教えてやったんだ」

「そうなの。私が負けると……」

アヤちゃんが言いかけるのを、トシくんがまたあわてて遮《さえぎ》りました。

「アヤちゃん、そろそろ帰らないとお母さんが心配するよ」

「うん。じゃ、帰る」

「あ、待って」

私は冷凍庫からアイスクリームを出してアヤちゃんにあげました。心の中で、「今日のことは、誰にも内緒にしてね」という願いをこめて。

アヤちゃんが帰ってゆくと、私は心をきめてトシくんに言いました。

「トシくん。アヤちゃんと悪いことをしてたんでしょう？」

「えっ、悪いことって……!?」

ドキンとした表情で、それでもしらばくれます。

「隠したってダメ。お母さん、実はさっき覗いてしまったんだから。アヤちゃんを真っ裸にして、自分の、アレを……触らせて」

トシくんは赤くなったり青くなったりして無言です。泣きそうな顔になりました。

「去年、○○さんの奥さんが、キミがお風呂場を覗いてるって言いつけに来たでしょう？あれ、本当はキミだったのね」

そう言いますと無言でコックリと頷きました。私は胸が張り裂けそうになりました。

「どうして、そんなことするのよ！　ご近所にそんな噂が立ったら、ママ、ここにいられなくなっちゃうじゃない！」

ちょっと私もヒステリックになりました。トシくんは勉強部屋に飛びこんで内側から鍵をかけてしまい、夕食の時も、とうとう出てきませんでした。

（これは、感情を抑えて、ちゃんと話しあわないと）

そう思うのですが、あの恐ろしいほどに勃起したペニスのことを思い出すと、なんとなく体が顫えるのです。いつまでも子供だと思っていた自分の息子が、いつの間にかあんなになっているなんて「許せない」というような怒りも湧いてくるのです。

その夜遅く、ようやく部屋を出てきたトシくんと話をしてみました。

夢精は小学校四年、オナニーはその直後から覚え、五年生の頃からは毎日のようにやっていて、今は一日に二回、三回と射精するのも珍しくないというので、私はびっくりしてしまいました。まったく気がつかなかったのです。

ただ、女性についての知識がまったくなく、週刊誌のヌード写真を見ても性器の構造がわかりません。好奇心が湧いて、それでご近所の奥さんや娘さんが入浴しているところを覗き見したのです。

それが失敗したので、小さな女の子なら気軽に見せてくれるのではないかと思い、アヤちゃんを誘って、ファミコンゲームに負けた罰として服を脱がせ、性器を見させたのです。アヤちゃんはただの遊びだと思っていて、トシくんのペニスも珍しそうに触ってきたので、弄らせているうちに勃起してきたのだ——というのが彼の言葉です。

「まさかアヤちゃんとセックスしようとしたんじゃないでしょうね」と訊きますと、「まさか。だってペニスが入るような感じじゃなかったもの」と答えたので、私はホッとしました。

「アヤちゃんがお母さんにこのことを言ったらどうする？　困ったことになるのよ」

「大丈夫だと思う。絶対、他の人に言わないって約束させたから……」

「だけど、アヤちゃんだってそのうち、トシくんにイヤらしいことをされた、って気がつくわよ。いったい何てことをしてくれたの？」

つい、声が甲高くなってしまいます。トシくんは目から涙をポロポロこぼして謝りました。

「ママ、ごめん。でも、女の人のあそこがどうなってるか知りたくて……」

そのことを考えると頭がボーッとして他のことなど考えられなくなってしまう——というのです。

(そんなになってるのに、よけい隠したりしたら、かえってダメかもしれない)

そう思いました。それに、そろそろちゃんとした性のことも教えなければいけないでしょう。私は決心しました。

「知らないから、よけい好奇心が湧くのね。じゃ、ママの体を見せてあげる。それで勉強したら、他の女の人や子供に近づかない？」

トシくんはびっくりしていましたが、うれしそうな顔をして頷きました。

「ママ、見せてくれるの？　それだったら、約束するよ」

「わかったわ。じゃ、ママはお風呂に入るから、呼んだら来てね」

そう言って浴室に行き、シャワーを浴びました。性器を洗いながら、

（あの子を生んだここを見せるなんて、していいことなのかしら……？）

迷いましたが、「そうしなかったら、あの子はご近所に迷惑をかける」と思い、その迷いを振り切りました。

「トシくん、服を脱いで入ってきて」

「えっ、ぼくも脱ぐの？」

「そうよ」

「恥ずかしい」

たぶん、入浴している私のことを考えながら勃起したペニスを触っていたのでしょう。股間を押さえて入ってきた息子の手をのけると、激しく勃起して先っちょが濡れています。

さすがに童貞のペニスですね。亀頭が清潔な濃いピンク色で、全体がピチッとふくれてい

ます。夫のように黒ずんだ色やゴツゴツとした木の幹のような感じがありません。それを石鹸で洗ってやりながら、私は思わず見とれてしまいました。本当に、知らない間にペニスも一人前になっていたのです。

浴室にいると、羞恥心は薄らぎます。私もだんだん大胆な気持ちになってきました。

「それじゃ、ママのここを見せてあげる」

浴槽の縁に座って、両足を広げました。トシくんは股の間にしゃがんで、目を輝かせながら顔を近づけてきました。

「濡れた毛がへばりついて見えないよ」

「じゃ、掻き分けて。触っていいから」

「うん……。あー、こうなってるの？　まるで唇みたいだね」

「そうよ。この外側のふくらみが大陰唇、内側にある花びらみたいなのが小陰唇っていって、どちらも『隠された唇』って意味」

彼の指が、その花びらを開きます。

「わ、きれいだ。ピンク色して。へぇー、こうなってるのかあ」

指をおそるおそる進めながら、トシくんは驚嘆して私の粘膜の色を褒めてくれます。確かに、外側のように色素の沈着していない膣の入り口の部分など、自分で見てもきれいです。

「ママ、どこから赤ちゃんが生まれてくるの？」

「一番下よ。ほら、ここが出口。セックスする時はペニスが入る入り口ね。そういったことは学校で教えてくれたでしょう？」

「うん。でも、こんなふうになってるなんて、誰も教えてくれなかった。さっきアヤちゃんのを見ても、よくわからなかったし」

クリトリスの位置を教え、包皮を剝かせました。

「このポチッとしたのが、ママの一番敏感なところ。そうねぇ、トシくんのオチンチンの先っちょと同じようなものかな？ ここをやさしく擦ってもらうと、すごくいい気持ちになるの」

「へぇー、だんだん大きくなってきた。ママのこれもボッキするんだね」

生まれて初めて見る女性の性器の構造に感嘆しっぱなしのトシくんは、ぎこちない手つきでクリトリスを刺激してくれます。すごく甘美な快感がゾクゾクと全身を走り、思わず「うっ、うっ」と呻き、膣口から愛液を溢れさせてしまいました。トシくんはまたびっくりします。

「あれ、ママ？ この白いのおしっこ？」

「ばかねぇ、おしっこはこの穴から出るの。ほら、膣の入り口とクリトリスの間……」

「あ、ある。これ、かわいい穴」

「それが尿道口。膣から出てくるのは愛液っていって、女の人が興奮すると出てくる、なんていうか――潤滑液ね。そうするとペニスも入りやすくなるでしょう？　トシくんだって、ほら、いまペニスの先からヌルヌルのが出ているでしょ？　それと同じ」

「ということは、ママ、興奮してるの？」

トシくんは驚いた表情で私を見上げました。私は少し狼狽しました。でも正直に答えることにしました。

「そうよ、女の人はそこを見られたりソッと触られたりすると興奮するの」

「へぇー、あ、また洩れてきた。ちょっと酸っぱいような……いい匂い」

クンクンと鼻を鳴らして匂いを嗅ぎ、うっとりした表情になります。やっぱり私の雌蘂《めしべ》の匂いは息子をも陶酔させる匂いを含んでいるのですね。彼のペニスはギンギンに勃起して、下腹にほとんどくっついています。

私はそれを見てさらに興奮し、かすれた声でトシくんを促しました。

「トシくん、イヤじゃなかったら、ママのここにキスしていいのよ」

「いいの？　だったらちっともイヤじゃないよ」

トシくんはうれしそうに言い、唇を押しつけてきました。また快感が走り、思わずのけぞってしまいます。

「やさしくね、トシくん。舐めて、吸って……ああっ……」

トシくんは無言で（もちろん口をきける状態ではありませんが）、熱心にチュウチュウ吸いペロペロ舐めてくれます。このまえ夫に抱かれたのが三カ月前でしたので、私の体は慢性の欲求不満状態。オナニーでも解消しきれない欲望が燻《くす》ぶっていたので、一気に爆発しました。

「あっ、トシくん……、いい、いいわっ」

無我夢中でトシくんの頭を抱えるようにして下腹へ押しつけ太腿でぴっちり挟みつけ、淫らに腰を揺り動かしてしまいました。

「………」

トシくんはあとで「窒息するかと思った」と言いましたが、熱心に私の愛液を舐めたり吸ったりしながら舌でクリトリスから前庭の一帯を刺激してくれました。私はみるみるうちに昇りつめ、

「あー、トシくん、気持ちいい。ママ、イッちゃう、イッちゃう……！」

大声で叫びながら達してしまいました。その瞬間、膣口から熱いぐらいの愛液が飛びだしたそうで、トシくんもびっくりしたようです。味はほんのりと甘かったそうです。

ハッと気がつくと、空の浴槽の中に背中から落ちて伸びていました。心配そうな顔でトシくんが覗きこんでいます。

「ママ、大丈夫……？」

生まれて初めて女性のオルガスムスを見て心臓麻痺か何かを起こしたのではないか、と心配になったのです。

「あ、大丈夫……。最高に気持ちがよくなるとこんなふうに気絶したみたいになるの」

「へえー」

「どうもありがとう、トシくん」

私の愛液まみれの唇にキスしてあげました。手を下腹へ伸ばすと、ペニスはあいかわらずコチンコチンで、しかも破裂するのではないかと思うぐらいズキンズキンと脈打っています。

「ママ、たまらない……」

やさしく撫でてあげるとトシくんは股を押しつけて鼻声でねだります。

「わかったわ。ママのに入れさせるわけにはゆかないから、手で出してあげる」

彼を立たせ、私は正面に跪きました。その時はフェラチオのことは考えませんでした。石鹸の泡をなすりつけるようにして、ビンビンのペニスを掌でくるみ、最初はゆっくりとやさしく、だんだん強くしてしごいてあげると三十秒としないうちに、

「ママ、あっ、たまんない……！」

泣きそうな声と同時に細い腰をビクンとうち震わせ、ビュビュッと射精しました。水鉄砲のような勢いよい噴射で、私の頬をかすめて後ろの壁にまで飛び散りました。

「うわ、トシくん、すごい元気ね……」

私は感嘆しました。我が子が一人前に成長した徴《しるし》がベットリ両手を、そして頬を濡らしています。強い芳香がうっとりさせます。

その夜、トシくんは私のベッドで一緒に寝ました。乳房に赤ん坊のように吸いついてきます。吸わせながら触ってやるとブリーフが破けるのではないかと思うぐらい、力強い勃起で、回復力も夫のとは格段の差です。

「ママ、もう一度、見せて」

せがまれて、ネグリジェの裾からパンティを脱ぎ、仰向けになりました。顔を埋めてきたトシくんは、またキスしてくれます。私は彼のペニスをやさしく撫でてやります。しだいに興奮が高まり、トシくんは私の上に重なってきました。しかし、

（いけない、母と子でこんなことをしては……！）

そういった良識がよみがえり、必死でトシくんのペニスを拒みました。

「ママ、入れさせて」

トシくんが哀願します。

「ダメ。そこはパパしか入れちゃいけないの。手でしてあげる」

トシくんを納得させ、ヌルヌルした亀頭を掌でくるみ、ゆっくり擦ってあげると、

「あー、気持ちいい」

トシくんはうっとりした表情になって、私の乳房を吸ったり揉んだりしながらお尻を前後に動かします。脱いだパンティでペニスをくるみ、その中に射精させてやりました。

「入れたかったのに……」

終わったあと、トシくんは残念そうな顔をして自分の部屋に帰ってゆきました。

——翌朝から、トシくんは毎日のように、私に愛撫による射精をねだるようになりました。

同時に私の乳房や性器に接吻して、隙あらば挿入したがります。

「入れるのは絶対ダメ」

いくら言ってもききません。毎日が戦いで私はまいってしまいました。

数日後、ランジェリーを届けにきた桑原まり子さんが「顔色がよくないですね」と言いました。

「何か、心配ごとでも？」

その言葉に誘われたように、私は今までのことをすっかり打ち明けてしまいました。

まり子さんが川奈先生に連絡してくれて、数日後、面接相談を受けることができました。

「そこまで息子さんと愛撫を交わしていらっしゃるなら、何も最後の一線だとかにこだわることはないでしょう？　入れたからどうのこうの、というのはまったく無意味ですよ。もっと素直になって、二人で喜びを分かちあってみては……？」

川奈先生の言葉に呆気にとられてしまった私でしたが、いろいろMASのことなどをお聞きして、資料や写真、ビデオなどを見せていただくうち、近親相姦に対する忌わしい気持ちは嘘のようにふっとんでしまいました。

その夜、いつものように私の寝室にやってきたトシくんは、私がシースルーのネグリジェにパンティという姿で待っているのに驚きました。どれもヨーロッパ駐在の夫と会った時に備えて、まり子さんから買ったミレーヌのセクシィなナイティとランジェリーです。

「あれっ、ママ、どうしたの？」

驚くトシくんを全裸にして、ペニスを咥えてあげました。

「あっ、ママー、何を……。ああー、気持ちいい、あーっ……」

驚くほど硬く、膨張してゆくペニスを夢中で頬張り、舌と唇でしごきたててあげます。ブワッとふくらんだかと思うと、トシくんの下半身が痙攣します。

「ママっ！」

悲痛な呻き声をあげたかと思うと、ドクンドクンと熱いねっとりした液体を噴きあげてきました。私は夢中で呑み下しました。唇で絞るようにして次から次へと送り出されてくる粘っこい精液を吸いこんであげました。

「あーっ、ママ、ママ」

はだけた胸から手をさしこみ、乳房を摑みながらひとしきり悶えていたトシくんは、私にすべてを吸われるとドタッとお蒲団の上に伸びてしまいます。

「ママ、口でされると最高だねー、すごいや……」

しばらくは腰が抜けたみたいにトロンとしています。私は、

「トシくん、ママもよくして……」

スケスケのパンティを脱いで、トシくんの顔の上に跨りました。熱心に舌を使ってくれます。私も彼のペニスをしごいたり、吸ったりしながらひとしきり呻き、悶えました。気がつくと、トシくんのペニスはまた勢いよく天井を睨んでいます。信じられないほどの回復力。

私は仰向けになり、トシくんを抱き寄せました。

「さあ、トシくん。ママの全部を楽しんで……」

トシくんは目を丸くしています。それまでは強硬に拒否していたのに、急に態度が変わったのですから無理もありません。

「いいの、ママ？」

心配そうな顔で尋ねてくるのが、なんともいじらしいですね。

「いいのよ。ここまでお互いに楽しんでいるのに、入れないなんて不自然よ。ママも楽しむからトシくんも楽しんでいいわ。でも、約束してほしいことがあるの」

三つの約束をさせました。

一日に一度、濃い精液をママに呑ませること。

妊娠しないように協力すること。

他の人には絶対に秘密にすること。

「もちろん、約束するよ」

トシくんは目を輝かせて抱きついてきました。

あとはふつうの男女のセックスと同じです。熱烈なキス。ペッティング。乳房を吸われたり揉まれたりします。私のほうも彼のペニスや睾丸を手で愛撫します。そのうち、ごく自然にシックスナインの姿勢になり、交互に性器接吻です。自分でも驚くほどの愛液の量ですが、トシくんは美味しい蜜を舐めるかのように吸ってくれます。

「さあ、いいわ。今日はママ、安全な日だから、思いきり中に出してね」

そう言って脚を開きました。トシくんはいきり立った若いペニスを手で捧げもつようにしてのしかかってきます。私が導いてやってスムーズに結合しました。一気に根元まで埋めこんで、トシくんはうれしそうな声で叫びました。

「あーっ、ママ。これが女の人の体なんだね……、すごいや……、締まる。気持ちいい」

夢中で腰を動かします。私もヒップを揺すって硬く熱いペニスを楽しみます。

最初に呑んであげたので、トシくんは十分ほども持続しました。私もだんだん快感が高まり、最後はトシくんにしがみついて絶叫したようです。気がついたらトシくんは射精してぐったりと私の上で伸びていました。射精の瞬間がわからないぐらい、私も最高の歓びを味わっていたのです。

「ママが『イク、イク』って叫んで、ぼくの体の下でビーンと弓なりにのけぞってね、ペニスがギューッと締めつけられたんだ。そうしたらぼくもたまらなくなって、我慢できずに出してしまった」

「それでいいのよ。お互いに一緒にイクのが最高なんだから……」

二人で接吻したり体をまさぐったりしながら、息を整えました。

一度、トイレに行き、シャワーを浴びてからふたたびベッドで抱きあいました。少し触ってあげるだけで、また硬くなってしまうトシくんのペニス。十三歳の少年とは思えない精力です。

「今度は、後ろからしてくれる？」

熱烈なフェラチオのあと、私はシーツの上に四つん這いになり、トシくんに向かってお尻を突き出しました。

「わあ、魅力的……。なんて素敵なお〇〇こなんだろう」

トシくんはむしゃぶりついてきます。お尻の穴までていねいに舐められました。私はもうメロメロです。「入れて入れて」と叫び、エロティックに腰を揺すりたてます。

「入れてやるよ、ママ」

トシくんが襲いかかりました。呆気なく貫かれ、ズンと子宮が突かれると、たちまち体が宙に浮くような快感です。シーツを摑んで悶え、すすり泣きながら、

「あーっ、いいわ、トシくんっ……！　思いきりいじめて、ママをいじめてっ！」

わけのわからないことを口ばしりながら、またまた意識不明になってしまいました。

——そうやって、インセスト・ラブが始まりました。一度、彼の熱いペニスを受け入れてしまうと、「こんなことにどうして躊躇《ためら》っていたのかしら？」と不思議でなりません。

翌日は、浴室で剃毛してもらいました。

私がカミソリを渡すと、「えっ、どうして剃るの？」と不思議な顔をしました。

「カルチャーセンターで水着を着る時、はみ出してしまうから、前から剃ろうと思っていた

の。ママ、不思議なことにここだけ濃いのよねー」

「だからきれいなのに、こんもり黒いのが盛りあがって」

「でも、毛が多いと毛切れといって、トシくんのペニスに傷がついたりするの。それに剃ってしまうと、このあたりの感覚がすごく敏感になるのよ」

「えーっ、前に剃っていたことがあるの？」

トシくんに尋ねられたので、女子大生の頃の思い出を語ってあげました。

「ママ、学生寮に住んでいた時、上級生の人たちに可愛がられて（実際はオモチャというか奴隷みたいに扱われていたのです。おかげで私はレズとマゾの気が強いのです）、一年間ずっと剃られつづけていたの。レズの場合、剃った部分と部分とを擦りあわせて楽しむテクニックがあるのよ」

トシくんはレズビアンのことを聞いて、激しく興奮しました。

「わかった。じゃ剃ってあげる」

タイルの床の上に横たわり、ヒップを持ち上げて剃りやすいようにします。トシくんは真剣な表情で、私の濃いアンダーヘアを一本残らず剃ってくれました。

「へぇ、女の子みたいにかわいい」

ツルツルの恥丘や大陰唇のまわりを触りながら言います。

「じゃ、ここで入れて」

「いいの？」

「イキそうになったら抜いて。ママに呑ませてね」

「うん、わかった」

あぐらをかいたトシくんと座位で交わります。茶臼という形ですね。私は子宮が突きあげられるたびに強い快感を覚え「あーっ、トシくん、いいわっ」と叫んでしがみつきます。

「うーん、ママ、イキそう……」

五分ぐらい楽しんだところでトシくんが切なそうな声で訴えます。

「じゃ、呑ませて」

離れたとたん、もうトシくんは最初のしぶきを噴きあげています。あわててペニスを咥えます。残りは無事、私の口の中に……。

「ごめん、少し早く出して……」

「いいのよ。もう一度、呑ませてもらうから……」

浴槽の中でじゃれあいます。トシくんは私のおっぱいに戯れます。この時は幼い子供にかえっています。私も柔らかいペニスに指をからめて、硬くなってゆく感触を楽しみます。

お風呂から上がって居間のソファの上で全裸のまま抱きあい、交わりました。

「あー、ツルッとしてヘンなの……。ふふ」

剃毛した部分に恥骨を擦りつけながら、トシくんはうれしそうに言います。私はソファの背に一方の脚をあげて、深く貫いてもらいます。たちまち快感の渦に呑みこまれます。だいぶ余裕が出てきたトシくんは、私に嵌めこみながら指でクリトリスを責めるので、私はたまったものではありません。

「あーっ、イク、イクっ!」

勝手に三度ぐらいイッてしまいます。

「す、すごいや、ママ。ギューッと締めつけてくる……」

雄々しく耐えたトシくんも、やがて限界です。

「ママ、イク!」

引き抜いて私の顔へペニスをあてがいます。大きく口を開けたとたん、熱い液が飛びこんできました。もちろん美味しくゴクゴクと呑みほします。睾丸を柔らかく揉んでやりながら、最後の一滴まで舌と唇で絞り出してあげます。

「あーっ、ああー……、最高……」

トシくんは伸びてしまいました。

――こんなふうにして、私たちは楽しくやっています。もうアヤちゃんの下着を脱がすこともなく、いつでも私と交わることができるという余裕のせいか、ひときわ大人っぽくなってきたなあ、というのが最近の感想です……。

第十五章　ああ、バイブで思いきり掻きまわして……

高梨志保子は、翌日、電話をかけてきた。

「夏美さん、読んでくれた？」

「ええ、読んだわ」

「どうだった？」

「何て言ったらいいか、適当な言葉が見つからない。……でも、羨ましかった——というのが本音かな」

「昂奮した？」

「正直に言うと、どんなポルノより昂奮したわ。特にあなたの顔と体を思い浮かべながら読むと……」

「ふふっ、なんかゾクゾクしちゃうな。私って、ほら、露出症ぎみのところがあるから……。

で、こないだの交換DBSの件だけど、考えてくれた？　どうかしら？」

　夏美は、一度、深呼吸してから答えた。

「そうね……、いろいろ考えた結果、お受けすることにします」

　志保子の声が弾んだ。

「まあ、よかった！　私は夏美さんだったら最適だと思っていたから……。それじゃ、これから打ち合わせしない？　お暇ある？」

「ええ。うちの子、今日は部活で遅くなるから……」

「うちのトシくんもそうなの。夕方まで誰もいないから、よかったら私の家に来ない？　いろいろお見せしたいものもあるし」

　志保子の家は、自転車なら十分ぐらいの距離だ。夏美は承諾した。

（まさか、今日、すぐやるってことはないと思うけど……）

　着替えをしながら、夏美は迷った。思いきってパンティをとり替えた。この間、新しくまり子から買ったSFショーツだ。淡いブルーで、急激に発情しないことは確かめてある。

　それを取りだそうと下着の入った抽斗を開けて、

（また……）

　夏美は眉をひそめた。明らかに一枚のパンティの収まりかたがヘンだ。シルクのショーツは洗い方が難しいと気がついて、今度はコットン素材のパンティを持ち出したに違いない。オナニーをしたあとでこっそり洗い、乾かしてからもとに戻したのだが、彼女の目はごまかせない。

（あの子だって、こっそりと忍びこんだりして、罪の意識に悩まされているはず……）

その後ろめたさを解消させてやるためにも、悠也とそのことで話しあわねばならないのだが、セックスのことまでおおらかに話すという雰囲気は、今のところ夏美と悠也の間にはない。唐突にそれを持ち出せば、悠也は狼狽し、反抗期のすさまじく荒れた状態に戻るかもしれない。それを思うと、夏美の勇気だって挫《くじ》けてしまう。

息子をいざなって自分の体を抱かせる——という行為にいたっては、考えただけでも気が遠くなりそうだ。

（川奈先生はああおっしゃるけど、母親と息子の間には、どんなに性欲が強まっても自然にブレーキがかかるような仕組みになっているのじゃないかしら……？）

夏美には、そんな気がしてならない。

＊

高梨家に着いたのは、午後もまだ早い時間だった。手入れのゆき届いた芝生の庭がある、なかなか瀟洒《しょうしゃ》な造りの家だった。

「いらっしゃい、夏美さん。わざわざ来ていただいてうれしいわ」

居間に案内された。ゴテゴテと飾りたてない居心地のよい室内に、夏美は感心した。

二人はソファに並ぶように座った。コーヒーをすすめながら、志保子が言った。

同年代の美しいミセスは、今日は薄く化粧していて、仄かに香水が匂った。夏美を迎えるために装ったのだろうか、シルクの薄いホームドレスが柔らかに肌にまとわりついている。

愛嬌のある目をクリクリと回すようにして言った。

「決心してくれてありがとう。私もホッとしたわ。でも、交換ＤＢＳを決行する前に、ひとつだけお願いがあるのよ」

「なに？」

「それは……」

ちょっと口ごもった。それから書棚から封筒を持ってきて、中から二枚の写真を取り出して見せた。

「これを見て、私の女子大の頃の写真」

「まあ……」

夏美は目を丸くして写真に見入った。言葉はとても口から出てこない。

ずいぶん褪色しているところを見ると、かなり前——十数年は前のカラー写真に違いない。殺風景な広間で、真ん中に机をいくつか寄せ集めてその上に白い布をかけ、大きな舞台のようにしてある。隅のほうに皿がいくつか置いてあるところを見れば、最初は立食形式のパーティで、食べ物を載せるために使われたのだろう。それが即席の舞台になっている。

舞台の真ん中にいるのは、明らかに志保子だ。全裸だ。尻をぺたりとつけて両脚を大きく広げて正面を向いている。ストリッパーの特出しポーズだ。

驚いたことに、女子大生だった頃の志保子のほうが、今よりも太っている。太っているといっても、醜いわけではない。ふくよかな肉づきの、まるみを帯びた肉体だ。

彼女は全裸だった。ストロボを浴びながらカメラに向けた目はトロンとして虚ろだ。女ならわかる。これはオルガスムスの直後の写真だ。それはパックリと開いた陰唇の周辺から会陰部にかけておびただしく濡れているのでもわかる。

コンドームをかぶせた胡瓜が、股の間に転がっていた。

「…………」

夏美が言葉を失っていると、さすがに頬をうっすら紅潮させた志保子が説明した。

「これ、私が大学の寮を出る時、皆が記念にって撮ってくれた写真。退寮パーティの席のね……。パーティといっても仲間うちだけのささやかなものだったけど……」

これまで親しく口をきいたことのない夏美だが、自分について、ある程度のことはまり子を通じて伝わっている——と確信しているに違いない。でなければ、こういった写真をいきなり見せつけることはしないだろう。

「隠しても仕方ないから言ってしまうけど、私、女子大の寮にいた二年間、先輩たちのマゾ・ペット——つまりオモチャにされていたのよ。寮の規則が厳しいものだから、長く住んでる上級生なんかイライラして欲求不満で、それで下級生が狙われるの」

——志保子の寮では、寮生たちの中から選ばれた寮長、副寮長というのが、完全に寮内のすべての権限を握っていて、何をやるにも彼女たち幹部の了承を得なければならなかった。

入寮したばかりで、まだ雰囲気のよくわからない志保子は、「幹部の権限が強すぎて、寮の雰囲気が息苦しい」と、新入生たちが集まったところで、寮の改革を訴えた。それを耳にした寮長たちは激怒した。

「生意気だわ。上級生を何だと思ってるの」

ある晩、志保子は寮長の部屋に呼ばれた。そこには副寮長、風紀委員など四人の幹部がいて、志保子を押さえつけてリンチにかけた。

まず全裸に剝いて両足を広げた恰好に縛りつけ、恥毛を全部剃り落とした。

緊縛され、口には自分の穿いていたパンティを押しこまれた志保子は、ひと晩中、いれ替わりたち替わり先輩たちの淫虐な責めを受け、何度も失神した。

幹部たちはいずれも強度のレズビアンで、健康でふくよかな肉体を持つ志保子の処女を指で奪ったあと、ありとあらゆるテクニックを駆使した。破瓜の苦痛に啜り泣いた新入生は夜どおしさまざまな辱めを受けた。

「苦痛と快楽、苦痛と快楽、苦痛と快楽……、最後はボーッとなっていて、乳首を触られただけでイッちゃうの。愛液はおしっこみたいにダラダラ流れるし……。四人の女たちの手と口とお〇〇こが私の体中に押しつけられ這いまわるの。そんな最中に、みんなの奴隷になる、っていう誓いの言葉を録音されて、オナニーをやらされてる姿を写真に撮られて……。正気に返った時は自殺しようかと思ったぐらい。でも三日ぐらい毎晩責められてるうちに、だんだんその状態が好きになって自分から懲罰を頼むようになった……。寮では先輩から後輩へ、その調教のやり方が伝授されているの。そうやって二年間、彼女たちの夜のオモチャにされつづけたのよ。

それ以来、同性に恥ずかしい思いをさせられると感じてしまう、ヘンタイ女になってしまった……。だから、うちのトシくんが覗き見したり、女の子にいたずらしたりするのも、本気で怒れないのよね。まり子さんのホームパーティでも、毎回、自分から進んでオナニー見せて、皆にバイブで責めてもらって、ひいひいよがり狂ってるんだから……」

夏美は頭がクラクラしてきた。目の前にいて猥褻な言葉をポンポン口にする志保子が、いつもセンターで出会う、パキパキした印象の志保子と同一人だとは思えない。

「だから夏美さん、トシくんを抱く前に、まず私たちだけで楽しまない？　あなただってレズの気はあるんでしょう？　まり子さんがバイブ使うと潮を吹くんでしょう？『私より勢いよく吹きあげるのでびっくりしました……』って、あの子感心していたもの。私にも見せてくれない？　残念なことに、私、潮吹きじゃないのよね……」

夏美は真っ赤になった。

「ひどいわ……！　まり子さんったらそんなことまで喋っちゃったの？」

「なに恥ずかしがってるの？　あなただって私のオナニーショーのことを興味津々で聞いたくせに……。私たち、似たもの同士だと思わない？　夫と離れて欲求不満でイライラして、熟れた体をもてあましているレズっ気のあるミセス……」

夏美は、強引に体をかぶせてきた志保子に抱きすくめられる恰好になっていた。二人とも夏の服だ。薄いスカートを通して密着した太腿の熱が伝わってくる。

「実はね、寮で私を調教してくれた先輩の一人に、夏美さんがソックリなの。とてもやさしい性格なんだけど、ベッドの中では人格が変わって、ものすごい淫乱になるのよ。それもSとMと両方。私をひいひい泣かせて、悶え死ぬかと思うほどいじめ抜いてから、今度は自分を責めさせるの。彼女と同室だった一年間のことは忘れられないわ……」

志保子はもう一枚の、色褪せた写真を見せた。舞台の上では、真っ裸のままの若い頃の志保子が後ろ手にくくられ、頭を下げ、尻を持ちあげる姿勢を強要されている。背後には黒いパンティだけの若い娘——確かに夏美に面影が似ていなくもない——が、両膝で立つ姿勢で、志保子の臀部を抱えていた。

「私を犯してるのが、その先輩。この時は皆が見てるということもあって、私、ものすごく感じて、終わったあとは完全に失神しちゃったのよ」

夏美に似た娘の穿いている黒いパンティは、よく見ると皮製だった。さらによく見ると股間に黒光りする、巨大な張り型が取りつけられている。つまり、同性が同性を犯すための擬似陰茎を装着した特製のパンティなのだ。その張り型は志保子の秘裂を割ってふかぶかと埋めこまれている。

うら若い女子大生は、巨大なペニスを持つ美しい同性に凌辱されているのだ。

志保子の顔は歪み、唇からは悲鳴が迸っているようだ。

「こんな太いの……！　赤ちゃんを生む前でしょう？　私だったら裂けてたわ！」

夏美は悲鳴のような声をあげてしまった。

「彼女たちはベテランだもの、そりゃあうまいものよ。これは二年間調教されたあとだからこんな太いので責められたけど、最初はやっぱり細いのから順々にね……」

写真には写っていないが、この時集まったのは、レズっ気のある寮生が十人で、なかにはその年に入った一年生もいた。全員に嬲りものにされたあと、志保子は一人一人に舌の奉仕を行なったのだという。

「目が回るわ……。信じられないことばかり……」

「なに言ってんの。ここ、もうグシャグシャにしてるくせに」

わざと蓮っぱな言葉を吐きながら、志保子は夏美のスカートの下に手を突っ込んできた。

「きゃっ、何を……！」

びっくりして叫ぼうとした唇を、志保子の唇が塞ぐ。張りつめた乳房に乳房が密着して、

「む……」

夏美は強く舌を吸われた。

（ああ、ダメ……）

ぴったりと腿を合わせたのをこじあけて、志保子の指がSFショーツに包まれた股の部分に到達した。そこは内側から溢れてきた愛液でじっとり濡れそぼっている。パンティストッキングの上からでも、まるで失禁したような状態がわかる。

志保子は夏美の肌の匂いから、激しく欲情しているのをとうに察知していたに違いない。

（こんなになってるのを知られてしまった……）

やぶれかぶれの気持ちが夏美の体内で沸騰した。自分から志保子の首に腕をまわして弾力に富み、バネのような力を秘めたしなやかな体を引きつけ、薄いブラウスの上から乳房を揉んだ。

「う」

負けじとばかりスカートの下で露骨に指を動かしてくる志保子。

「あっ、はあーっ」

舌のつけ根が痺れるほどの情熱的なディープキスのあと、二人は互いの目を覗きこみ、その中に妖しくきらめく情欲の炎を確認した。

「ね、私の寝室に行きましょう……」

志保子が囁いた。夏美もかすれた声で答えた。

「いいわ」

「特大の張り型も用意してあるのよ……」

ニッと笑って見せて、夏美の手をとって立たせた。わざと彼女の手を自分のスカートの下にもぐり込ませた。志保子はパンティストッキングを履いていない。

「すごい、志保子さん……」

熱い蜜液でぐちゃぐちゃになったパンティの股の部分を触って、夏美は目をみはった。

——高梨家の間取りは芹沢家とほぼ同じような感じで、二階に三室あるうちの、一番広い部屋が夫婦の寝室、そして納戸を挟んで俊和の個室がある。

「まあ、すてきなお部屋ね……」

夫婦の寝室に連れてゆかれた夏美は、まずゆったりしたスペース、落ち着いた色調とデザインに感嘆した。寝室というと大きな洋服ダンスがつきものだが、ここはウォークイン・クロゼットがついているので、家具といえば大きなダブルベッドとベッドサイドの小机、それに背もたれのないスツールだけ。

志保子は素早くブラウスとスカートを脱いだ。スリップもキャミソールも着けていなくて、下はブラとパンティだけだ。ベージュ色の、レースをたっぷり使ったセクシィなナイロン製。明らかに夏美の目を意識して選択したランジェリーに違いない。

「あなたも脱いで。でもパンティはまだ穿いたままでいて。ぐちゃぐちゃに汚れたパンティを、トシくんは欲しがるから……。替わりのパンティは私のをあげる」

「わかったわ。トシくんにプレゼントするのね」

夏美も着ているものを脱いだ。ブラとパンティストッキングは跪いた志保子が、女王にかしずく侍女のようにうやうやしい手つきで脱がせた。

「ああ、いい匂い……」

レズっ気の強い人妻は、悩ましい盛り上がりを見せている下腹の丘に顔を近づけ、鼻を鳴らした。

「ＳＦショーツだもの」

「でも、あなたの匂いと混じっているから、もっといい匂いになってるの。ああ、頭がクラクラしてくる……」

薄いシルクごしに、秘毛の翳りを透かせている秘丘を愛しげに撫でる。

「あ」

ビクンと顫える夏美の体。

パンティ一枚になった二人の熟女は、ダブルベッドのシーツの上に抱き合ったまま倒れこみ、激しく唇を吸い、おっぱいを揉み、下着の上から股間をまさぐりあった。薄い布はそれぞれの女体の奥から溢れでる蜜液をたっぷり吸ってグチョグチョといやらしい音をたてた。

「あっ、あー……」

「はあっ、む……うっ」

甘い呻きと喘ぎが交錯する。寝室の中にムウッと女の匂いが立ちこめた。

「ねぇ、ちょっと、あれを見て、夏美さん」

抱擁が解けた時、志保子が囁いた。

「なあに？」

この家の女主人が指さした方向に目をやって、夏美は「あっ」と叫び、赤くなった。

ベッドサイドの大きな鏡に、自分たちのあられもない姿が映っていたからだ。

その奥はウォークイン・クロゼットで、ドア全体を姿見用の鏡にしてあるのだが、同時にベッドの上の行為がすべて映し出されるようになっている。

「ふふっ。あれ、だんなさまのアイデアなの。こうやって鏡があると私とのセックスの姿がハッキリ見えるでしょう？　彼も四十を過ぎると途中で萎えたりするようになって、刺激を求めてああいうふうにしたの……」

「でも……、いい工夫ね。確かに昂奮するわ」

「そうよ。私が一人で寝ている時も、あの鏡に向かって自分を慰めるの。思いきりワイセツな体位をとったりしてね……」

「まあ、見たいわ。あなたのオナニーショーを……」

「まり子さんがみんなしゃべったのね？　いいわ。トシくんの欲望を受けとめてもらうんだもの。恥ずかしいけどごらんにいれるわ」

窓のカーテンをひいて暗くし、ベッドサイドのランプの明かりだけにする。妖しい雰囲気が醸しだされた。

　夏美はベッドを下り、スツールに腰かけた。ベッドの上の志保子はツルリとパンティを脱ぐと、初めて彼女の秘戯を見せる相手に向けて両足を広げ、尻をついた。退寮パーティの写真と同じ、大股開きのストリッパーの姿勢だ。

「見て、夏美さん……。これが志保子のお○○こよ。自分の息子のペニスまでくわえこんでしまう、淫らなお○○こ……」

　ふだんの志保子とはガラリ変わった口調でうわずった声を放ち、無毛の秘部を露呈してぼってり充血した肉厚の花びらを広げてみせる。薄白い愛液がトロトロと溢れて会陰部から太腿までを濡らす。

「すごいわね、志保子さん。あなたがこんな淫乱女だなんて……。露出症なんでしょう? もっとイヤらしいことをしてみて」

　ふいに残酷な感情が湧き起こり、夏美は自分の乳房を揉み、シルクショーツの上から濡れた秘部をまさぐりながら、わざと芝居がかった冷静な声を浴びせた。

「ああ、恥ずかしい。それを言わないで……。いいわ、志保子は夏美さんの奴隷よ。なんでも言うことをきくわ……」

　その瞬間、寮長たちに調教されたマゾ奴隷の記憶がドッとよみがえったのか、志保子の白いひきしまった裸身がサアッと紅潮した。ドキッとするような凄艶な目つきで夏美を見、志保子は指で包皮を剝きあげると、小豆粒ほどにも肥大した陰核をさすった。

「あーっ、いい……、感じるうっ」

二本の指が膣口から押しこまれた。

「うう、うっ、夏美さん……っ……！　ああっ、気持ちいい」

グチョグチョと淫靡な摩擦音をたてながら二本の指が濡れた肉のトンネルを往復する。

「すごいわ、志保子さん」

まり子のオナニーにはまだ可憐というか、痛々しいものさえ感じさせる風情があったが、志保子のは違う。熟女の肉奥に秘められたすさまじい性のパワーを感じさせる。全身から脂汗が噴き出し、女の匂いと同時に見るものを狂わせるようなエロティシズムの散乱光が彼女を浮かびあがらせた。夏美は完全に圧倒されてしまった。

「あっ、あっ、あーっ……、うっ。お願い、バイブで責めてぇ！　夏美さん……っ」

志保子はベッドサイドの小机を目でさし示しながら哀願した。夏美が抽斗を開けると、大小二本のバイブレーターが入っていた。他にコンドームの箱、ゼリーの瓶、金属や皮の手錠、縄、せんたく挟み、ロウソク……。ＳＭの小道具というのが揃っている。

「これ、だんなさまの趣味？」

思わずたじろいでしまった。

「というより私の趣味ね。だんなさまももちろん使うけど……」

我が身を辱める動きを続けたまま、志保子は答えた。

「トシくんも、これを……？」

「そうよ」

何のこだわりもなく答えた志保子は、ヒップを浮かせ、背を弓なりに反らせはじめた。無毛の秘丘が天井に向かって突きあげられた。

「お願い、夏美さん……、早く、バイブを……。思いきりぶちこんで抉って、掻きまわしてえ……。志保子の体の中の悪魔を鎮めてよお……！」

啜り泣き、哀願する女体に向かって、羨望を覚えながら夏美は近づいた。太い、直径四センチはあろうかと思うようなバイブを手にして――。

第十六章　若牡の脈打つ肉茎に深々と貫かれ……

どれほど時間がたったろうか、
夏美は汗まみれの裸身をシーツの上に横たえてハアハア荒い息をついていた。

（すごい……。一方的に奉仕されて、こんなにイッてしまうなんて……）

志保子はバイブを使われると、たちまち狂ったように悶え呻き、泣き叫び、シーツを摑んで黒髪を振りみだしてのたうちまわり、貪欲にオルガスムスを求めた。

「すごい、バイブが動かない……。抜き差しならないってこのことね……」

感じてくると肉襞のトンネルがギュギュギュッと擬似陰茎を締めつけ、その力は恐ろしいほどで、ペニスなど食いちぎられるのではないかと思うほどだ。まり子も、夏美のことを「締まりがいいですね」と褒めるが、そんなものではない。

剃毛されている秘部がバイブを咥えこみ、締めつけるさまはひどく淫らで、夏美はその表情を見ているだけで激しく昂奮した。

「ああっ、もうダメ。許して……、死ぬ、死んじゃう……っ」

息も絶え絶えという状態の志保子を、ようやく疲れ知らずの電動性具から解放させてやると、しばらくして気力をとり戻した志保子は、

「お返しよ……」

仰臥した夏美のヒップに貼りついていたシルクショーツを脱がせにかかった。

「ダメ、志保子さん。シャワーを浴びさせて」

「いいのよ、私、熟女の発情した匂いが好きなんだから……。ううっ、カマンベールチーズだわね、これは……」

美味しそうにむしゃぶりつき、肉花の花弁から会陰部、はてはアヌスのつぼみにいたるまで情熱的に舌を這わせる。

「あー、あうっ、いい、いいわ、志保子さん……」

夏美も悩ましいよがり声を張りあげて裸身をうち顫わせた。二人の女の痴態が、ウォークイン・クロゼットのドアを兼ねている大きな鏡にそっくり映っている。

夏美は、愛液を溢れさせる泉の奥まで舌で責められ、指で巧みに秘核を擦りあげられると、たまらずに鳥のような細くすきとおった声を張りあげてイッた。二度、三度とイッた。

「いい声出して啼《な》くのね、夏美さん……」

――レズ体験に関してはまだウブな人妻を完全にダウンさせて、勝ち誇ったような表情を浮かべた志保子が、体をずり上げて、乳房に乳房を、秘部に秘部を重ねてきた。無毛の丘が秘毛に擦りつけられる感触はなんともいえない。

「さあ、もっと楽しい思いをさせてあげる……。両手を上に伸ばして」

そう言われて、何気なく言われたとおりにすると、
カチッ。

金属音がして手首を冷たいものが締めつけた。

「え？」

驚いて見ると、ステンレス製の手錠が両手首の自由を奪っていた。

「なに、これ？」

「見ればわかるでしょう。手錠よ。オモチャだけど、なかなか精巧でしょう」

目をキラキラ輝かせて、志保子の表情は悪戯っ子が悪戯に熱中する時のそれになっていた。

「どうして……」

「つまり、これから本番に入るっていうこと……。出てきていいわよ、トシくん」

鏡のほうを向いて言った。

「えっ⁉」

夏美はベッドの上で飛びあがった。

鏡のドアが開いて、ウォークイン・クロゼットから少年が姿を現した。裸体の上に短いバスローブをまとっている。しなやかそうな体つきは悠也とほぼ同じぐらい。母親似の愛嬌のある、利発そうな顔をした美少年だ。

「これが私の息子、トシくん……。あなたのDBSの相手。たっぷり精液を呑んであげてね」

「嘘だったのね、学校から遅く帰るって言ったのに」

「そうよ。今日は午後から早退させて待機していたの。私とあなたがレズするところを見たくて……。ね？」

ニッコリ笑って息子を見上げる。

悠也と同じ十五歳の少年は頷いた。頬は欲望のために紅潮し、目もキラキラ輝いている。

「うん。ママが女子大生だった頃のレズの話をいろいろ聞いていたから、この目で見たかったんだ。だけどすごかったな、二人の姿って……。自分でも信じられないぐらい昂奮したよ」

「ひどい……、でも、どこから見てたの？」

裸身を隠そうにも両手の自由は奪われている。うつ伏せになろうとしても、志保子が両肩をガッチリと押さえこんでいるので、乳房も下腹も少年の視界に完全に晒されている。両腿をぴっちり合わせて、夏美は叫んだ。あの鏡のドアはずっと閉まっていたのに。

「あの鏡、実はマジックミラーなのよ」

志保子が種あかしをした。

「ほら、暗いほうから明るいほうが見える――ハーフミラーともいうけど。だから誰にも気づかれずに覗きができるの」

「どうしてこんなものを？」

「もちろん覗きのためよ……。この前、知った人が同じ工事をするっていうので、その時に頼んでやってもらったの。だんなさまにも内緒。あなたやまり子さんとレズしたり、それから悠也くんともDBSしてあげるわけでしょう？　もっと楽しむ予定もあるから、その楽しみを増やそうと思って……。ね、楽しめたでしょ？」

息子の俊和は大きく頷いた。

「うん、すごくスリルがあって……、向こうから気づかれずに秘密を覗くって、むちゃくちゃ昂奮するよ、ホラ」

自分でバスローブの前をはだけて見せた。

「きゃっ」

また夏美は叫んでしまった。

少年のペニスは仰角を保って勃起していた。充血した真っ赤な亀頭は透明な液で濡れ、包皮は完全に後退している。スリムだが、青筋を立てたような怒張は若牡の逞しさを秘めて脈動している。

「トシくん、まだ出してないよね？」

母親に訊かれて美少年の息子は首を横に振った。

「ママがバイブを使われて何度もイッたりしてるのを見て、ほとんど洩らしそうになったけど、死にもの狂いで我慢したよ。だって、出してしまったらこの人に悪いでしょう？」

「えらいわ、トシくん。じゃ、あらためて紹介するわね。この人が芹沢夏美さん。夏美ママって呼ぶことにしましょうね」

「よろしく、夏美ママ」

「……よろしく、俊和くん」

「トシくんでいいよ」

少年は人なつっこい笑顔を見せた。

夏美は全裸で手錠をかけられ、志保子に押さえつけられている。初対面の挨拶を交わすにはあまりに常識からはずれた環境だが、その邪気のない態度に思わず微笑してしまった。

俊和はダブルベッドにあがってきた。

「だけどきれいだな、夏美ママは……。ママよりおっぱいもヒップもでかいけど、腰なんかキュッとくびれて、脚もスラリとして……。ねぇ、触らせて……」

答える暇もなく、少年の手が伸びて乳房を摑まれた。柔らかく掌で揉みこまれた。

「あ……」

「すごい弾力。ゴムまりだね」

「悪かったわね、ママはペチャパイだから」

志保子が口を尖らしてみせる。確かに夏美のほうがブラジャーのカップサイズは大きい。

「うわ、コリコリしてる。この乳首……。ねぇ、吸っていい？」

「………」

夏美は頷いた。鎮静していた欲望の炎が、また急激に燃えさかった。少年が乳首に吸いついてきた。短めに刈りあげた頭髪は悠也と同じ若い獣の匂いだ。

「う……、はあっ」

片方の乳首を吸われ、もう一方を指でつままれて刺激されると、夏美の裸身がうち顫えた。秘部がまた濡れてくる。

「さあ、トシくんをあげる。楽しませてあげてね……。トシくんもよ」

やさしい声で言い、志保子は息子を促した。

少年の体がずり下がってゆく。

「ああ、恥ずかしい……」

夏美にとって、こうやって夫以外の異性に肌を委ねるのは初めてのことなのだ。しかも自分の息子と同じ年齢の美少年だ。背徳の意識がかえって欲望に油を注いだ。

「うーん、いい匂い……。毛があると匂いも違うなあ」

「あうっ」

夏美の裸身が跳ねた。股をこじ開けて少年の唇がダイレクトに押しつけられたからだ。自分の母親から性の技巧をみっちり教えこまれたに違いない。彼の口舌奉仕はとても十五歳の少年とは思えない。夏美はたちまち、すさまじい快美感覚の嵐の中にほうりこまれた。罪の肉体を焼きつくす業火のような情欲の窯の中へ。

悩ましい喘ぎを洩らす唇を、志保子の唇が塞いだ。

夏美は少年の舌と指の攻撃で、たちまち連続したオルガスムスを得、熱い蜜液を少年にたっぷり与えてから、ぐったりと脱力した。

「ママ、もう、いい？」

「いいわ。夏美さんにいっぱい呑ませてあげるのよ」

俊和は体を起こして、夏美の上に跨ってきた。志保子が夏美の頭を持ちあげる。

「さあ、夏美さん。とりあえず最初のDBSよ。濃いのを呑んであげて」

「いいわ」

大きく口を開けた。雄々しい怒張が突きこまれた。夏美は目を閉じて、まだ瑞々しい亀頭粘膜を賞味するかのように舌でねぶった。

「ああー……、気持ちいいや。うっ……」

少年の裸身がうち震えた。

「我慢しなくていいのよ。時間はまだ十分あるから……」

「うん。じゃ、イク……」

夏美は目を瞑《つむ》ったまま頷いた。

「精液を呑むのは初めてね？　注ぎこまれたら口の中に溜めないで、すぐに呑みこんでしまうといいわ。最初はちょっと馴れない味だけど、すぐに美味しいと思うようになるから……」

夏美にアドバイスする志保子。その母親の目の前で少年の堰が切れた。

「あっ」

俊和の背が反りかえり下半身に痙攣が走った。

「……！」

口の中で少年の若い肉根が倍のサイズにも膨れあがったような錯覚。ブルブルという痙攣と同時にビュッと熱いものが迸り出た。

夏美は粘っこい液体を夢中で呑みこんだ。ドクドクッと放出されてくるのを、間髪を入れず嚥下した。独特の青臭い液体は不思議な味がした。塩からさと渋味とホンの少しの甘味。かつて味わったことのない味は、けっして不快なものではなかった。俊和が噴きあげた精液は、一滴残らず夏美の喉を通過した。

ぐったりと伸びた少年の股間になお顔を伏せたままの夏美。

「どうだった？」

「うん、最高……」

はにかむような息子の唇に接吻してやる志保子。

――今度は志保子がバイブを手にして、俊和と入れ替わった。

「さあ、トシくんが元気をとり戻すまで、私がサービスしてあげるわ」

手錠をかけられたまま、夏美はバイブで抉りまわされて絶叫し、呻き、啜り泣いた。その姿を見てたちまち鉄の硬さをとり戻す少年の若茎。

もう一度、夏美は少年に組み敷かれた。

「いくよ、夏美ママ」

俊和は声をかけて濡れた秘裂に怒張を押しあてた。

「あーっ、いやあ」

思わず叫んでしまった夏美。夫以外のペニスに初めて犯される部分が意志とは無関係に断続的に収縮し、まるで歓迎するかのように怒張を締めつけた。

「すごいや、ママ。夏美ママのも緊い……。女の人って皆、そうなの？」

「そう。性感が豊かな人はね」

息子の張りつめた睾丸からアヌスのあたりをやさしく愛撫してやりながら、志保子は答える。

最初は緩やかに、しだいにピッチをあげ、時にはまったく停止して緊い感触を味わう俊和。十五の少年とは思えないほど女体の攻め方を熟知している。

「ああっ、もっと……お願い、もっと突いてぇ。夏美のお○○こを……！」

夫にも聞かせたことのないような淫らな言葉を吐きちらしながら夏美は快感を貪った。若い少年の男根に子宮まで抉り抜かれたような錯覚を覚えた。

十五分後、少年は抜去せずに放出した。

「夏美さん、これは私がいただくわ」

失神したような人妻の股を広げ、志保子はパックリと口を開けた秘孔に口を押しつけた。息子が放出したばかりの液をチュウチュウ音をたてて吸った。

＊

悠也が帰宅したのは、夕方の六時を過ぎていた。その時、夏美は居間のソファでうたた寝していた。

「なんだ、また寝てるのかよ」

息子は母親の寝顔を見て感嘆した。

（えっ、色っぽいな……）

疲れきったように、全身の力が魂ごと抜けきったような感じでソファの上に横臥している。両手はしどけなく投げ出されて、夏服のスカートの裾が乱れて白い腿がはだけている。

（何かくたびれたことをしたのかな。今日はエアロビ教室じゃないのに……）

彼は、母親がその午後、どんな体験をしたか知らない。

高梨家の寝室で母親と息子の二人がかりで責めたてられ、夏美は女だけが味わえる肉の快楽を堪能したことを。

わずか三時間のうちに俊和は三度、若い樹液を噴きあげたのだ。日課として朝の濃い精液はすでに志保子が呑んでいたから、おそるべき精力である。

一番最後は、まだ肛門性交を体験したことのない夏美のために、志保子は息子に自分の肛門を犯させた。

「今日はやらないけど、この次はあなたも楽しむのよ。アナル・ファックでも女は充分に快感を得られるんだから……」

息子の精液が少しずつこぼれてくる排泄のための肉孔を見せつけながら、志保子は妖しい微笑を浮かべながら夏美に告げた。

「もちろん、その前にちゃんとお浣腸もしてあげる……」

志保子は毎日、息子の手で浣腸液を注入され、見ている前で排泄するのだという。

「朝に精液を呑んであげること。夜寝る前の剃毛と浣腸、これが私たちの日課よ」

(なんてハレンチな！　この世にこれほど背徳的な母子がいるかしら……！)

夏美は背筋がざわつくほどの衝撃を受けた。おぞましい事実を告げられたことによる嫌悪ではない。敬愛する両親が情熱的に交合しているのを目撃した子供が受ける衝撃に似ている。

第十七章　黒い絹のスリップに包まれたママが眩しくて……

悠也から見て、夏美の態度が変わった。

それまでは、息子の前ではなるべく肌を隠すようにしていたのが、まったく気にしなくなった。パンティの透けて見えるようなネグリジェのままで朝食の仕度をしたり、湯あがりの裸身にバスタオルを巻いただけの姿で家の中を歩いたりするので、悠也はそのつどドギマギして、視線を逸らさねばならなかった。

(エアロビで体が引きしまってきたから、その効果を楽しんでいるんだろうか？)

それにしたって、性的に悶々としている息子には、挑発的すぎる眺めだ。

一度、学校帰りの道で買物をしてきた母親と一緒になった。二人で歩いていると顔見知りの商店のおばさんが言った。

「まあまあ芹沢さん。肩を並べているとお母さんと息子には見えませんね。まるで姉さんと弟みたい」

「いやだ。何をおっしゃるの」

夏美は少し頬を染めて照れたように笑ったが、その横顔が本当に娘むすめした若さで輝いているのを見て、一瞬、悠也は胸を抉られたような気がしたものだ。

(ママの、このキラキラ輝く若さと美しさはどこから来るんだろう?)

悠也は不思議でならなかった。

「悠くん? ちょっと……来て」

ある日の午後、悠也が帰宅すると二階の寝室から夏美が呼びかけた。

「あれ、ママさん今日はエアロビじゃなかったの?」

そう言いながらなにげなく足を踏み入れて、悠也は凍りついたようになった。

母親は下着姿だった。それも黒い、光沢のあるスリップ一枚を着けただけの。

予期していなかった光景に立ちすくんでいる息子の動揺には気づかない様子で、夏美はフォーマルな黒いドレスをベッドの上に広げて点検している。黒いスリップを着けているのは、黒いドレスに合わせるためなのだ。だから、スリップの下に透けて見えるブラもパンティもパンティストッキングも黒で統一されている。

「あのね、ママの高校時代のお友達で、結婚して北海道に行った方が上京したの。昔の仲間で連絡がとれた四、五人が集まって、新宿のホテルで食事をしようということになったのよ。急だけど、ママも呼ばれたから出かけるわ。……お食事は温めればいいようにしてあるから、悪いけど一人ですませてくれない？　たぶん十時か十一時には帰ってこられると思う」

気づかれないように唾を呑みこんでから、

「ふーん、それでお洒落してるのか。いいよ、留守番してやるから息抜きしてくれば」

黒い絹のスリップに包まれた母親の肉体がなぜかひどく眩しくて、悠也はわざとそっけない返事をした。自分の部屋に入っても動悸がやまない。

ベッドにひっくりかえって、しばらくボーッとしていた。母が出かけてゆくと午後の家の中はシンと静かになった。悠也は秘密の隠し場所から、亮介から借りた光恵という女のヌード写真を取りだした。

（光恵ママは少し太りすぎだな、こうやってみると……）

光恵のヌード写真、ファック写真を見るたびに昂奮していたのだが、今日は何だかいつもほどではない。かわりにさっき見た母親のスリップ姿が瞼にチラつく。

（ママも、ああやって見るとすごくセクシィだよな……。この女よりグラマーじゃないけど、スタイルはずっといい……）

光恵のヌードと母親の悩殺的な下着姿が脳裏で交錯したおかげで、悠也のズボンの下では、若い欲望器官がムクムクと隆起し、ズキンズキンと力強い脈動で自己主張を始めた。

（そうだ……）

母は下着まで黒一色に着替えたのだから、その前の下着は当然脱いでいったに違いない。まだ肌の温《ぬく》もりを秘めた下着からは、いつもより濃厚で新鮮な匂いが嗅げるだろう。

悠也は、母親が脱いだばかりのパンティを求めて脱衣所の洗濯機の蓋を開けてみた。思ったとおり、これから洗おうとした二人ぶんの下着が洗濯槽の中に入っていた。一番上に白いコットン素材のパンティがふわっと載せてあった。

（やっぱり……）

悠也はその薄い布きれを手にした。裏返しにして股布を広げる。

褐色がかった黄色いシミが船底形——細長い楕円形を形づくっていた。鼻を近づけるまでもなくツーンという酸っぱい匂いと、脳が痺れるような甘い匂い、それにわずかばかりの尿の匂いがした。悠也にとってはこのところ、すっかり嗅ぎ馴れた懐かしい匂いだ。

悠也の手はジーンズのジッパーに触れた。それぐらい股間が圧迫されて苦痛だ。

ルルルルル。

電話が鳴った。悠也は飛びあがった。

「くそ、驚かすなよ……！」

居間の電話機をとりあげると母親の、あわてたような声が飛びこんできた。

「もしもし、悠くん？　ママ、駅前にいるんだけど、カルチャーセンターの仲間で高梨さん
——高梨志保子さんという人が、今日訪ねてくるのをすっかり忘れてたの」

「じゃ、電話すればいいじゃないか」

「したのよ。でも誰も出ないの。もう出かけているんだと思う。彼女から借りているものを
返すことになっていて、それを取りにくるの。もし来たら、それを渡してあげてほしいの」

「いいよ。何？　どこにあるの？」

少し躊躇《ためら》うような口ぶりになった。

「ええと、それはね……ママの寝室なの。ベッドの横にチェストがあるでしょう？」

「小さなタンスだね。上に鏡が載っている」

「そう。あの二番目の抽斗の中に紙袋が入っているから、それごと渡してあげて」

「わかった」

「お願いね」

「うん」

悠也が電話を切ろうとすると、「待って」と母親が呼びかけた。

「なに？」

「あ、その、何でもないけど……ママ、悠くんが好きだからね」

それだけ言って電話を切った。

(なんのことだよ？)

悠也は少し驚いた。最後の言葉は、まるで恋人かボーイフレンドに言うセリフのようだ。

(わざわざ、おれに「好き」だなんて……。何を考えてるんだ？)

たびたび言い争ってきたが、悠也が母を愛していることは明白だろうに。

(何か少しヘンだよなあ、最近のママは)

考えこみながら母親の寝室に向かう。

教えられたとおり、小箪笥の抽斗の中に、紙袋が入っていた。厳重にセロテープで封がしてあるが、その大きさと持った時の感触ですぐにわかった。

(こいつはビデオテープだな)

たぶんエアロビか何かの教習ビデオだろう。しかし、いつ観ていたのだろうか。

(おや？)

紙袋を取り出した抽斗を閉めようとして、悠也は目をみはった。紙袋の下にあったものが見えたからだ。

「何だよ、これ？」

思わず声に出して叫んでしまった。

バイブレーターだった。

スカーフのような布に包んであったのが、紙袋を取り出した拍子に動かされたのかどうかして結び目が解け、濃いピンク色の肉質ゴムの根元の部分が飛び出してしまったらしい。

（しかも二本……。ママがこんなものをどうして持ってるんだ？）

おそるおそる包みを取りだして広げて見た。大小二本のバイブのほかに、もっと驚くようなものが入っていた。

金属製のオモチャの手錠、ガラス製の小型浣腸器、潤滑用らしいゼリーの入った瓶。

（これ、ＳＭプレイに使う道具だぞ）

ミレーヌのランジェリーを購入した景品としてまり子から貰った品々なのだが、悠也にはわかるわけがない。

（手錠とか浣腸器は使ったあとがないけど、バイブは使っているようだ……）

つまり、母親がこれで自慰をしているということだ。悠也は頭がクラクラした。

（そりゃママだって若いし性欲だってあるはずだが、こんなものを使うなんて……）

立ちすくんでいると、訪問客を告げるチャイムが鳴った。悠也はまた飛びあがった。

（そうか、高梨という人が来たんだ！）

大あわてでバイブなどをもとどおりにしまい階段を駆け下りた。

玄関を開けると、ショートヘアの颯爽とした感じのミセスが立っていた。薄い夏のドレスを通して引きしまった体が透けて見える。年齢は母と同じぐらいだが、イキイキとして活発な雰囲気だ。門の前に赤いファミリアが停まっている。それを運転してきたのだろう。

「今日は。私、高梨ですけど、お母さまいらっしゃる？」

「いえ、ちょっと急な用で出かけたんですけど、さっき電話がありまして……」

事情を説明すると、高梨夫人は微笑して頷いた。

「いいのよ、それだったら。お貸ししてたビデオさえ返していただければ……」

「やっぱりビデオだったんですか？」

紙袋を差し出しながら、悠也が何気なく尋ねると、

「あら、見なかったの、中を？」

紙袋を持ちあげてみせた。

「見ませんよ。封をしてあるし、人のものだもの」

ムッとして答えた。高梨夫人はおかしそうに笑った。

「そうよねえ、人のものだから……。ところで、あなた悠也くんでしょ？」

「そうです」

「お母さんから聞いたけど、キミ写真やってるんだって？」

ずいぶんと気安い態度で質問した。

「ええ。やってます。学校では写真部にいるし」

「何を撮ってるの？」

「そうですね、写真部の今年のテーマは〝都会の鳥〟だから、それを主に狙ってるけど、あとは何でも撮ります」

「もしかして、おばさんを撮ってくれる気がある？」

「えっ、どんな写真ですか？」

「そうねえ、レオタードとか水着とか、そういった写真」

「えっ⁉」

目の前の、均整のとれたスリムな肉体を前にして、悠也は目を剝いた。

「私、春からカルチャーセンターの水泳教室とジャズダンスの教室に通ってるの。主人は記者で、いま東欧にいるの。半年ぐらい会ってないけど、そのことを手紙で読んで『ホントにそんなのやってるなら、レオタードとか水着の写真を送ってくれ』って言ってきたのよ。冗談半分だろうけど、浮気封じ——意味わかるよね？——の役にも立つだろうと思って送ってあげようかと思って。キミと同じぐらいの息子がいるんだけど、母親のレオタード姿とか水着姿なんてお互いに照れちゃうでしょう？　頼んだけど断られて……。誰か適当な人がいないかなあって思って探してたのよ」

「はあ……」

悠也は困惑していた。どうしてこんな美人で品のよい人妻がそんなことを頼むのだろうか。どこか論理がおかしい。しかし悠也はすでに理性が痺れたようになっていた。このミセスの放つ官能的な匂い、妖艶な微笑に。

「いいですよ。撮ってあげます」

「あら、うれしい！　それじゃ善は急げっていうわね。これから私の家に来ない？　うちの息子はサッカー部の遠征試合とかで今夜は帰ってこないの。私一人だからちょうどいいわ」

「おばさんのところで……？」

「かまわないでしょう？　キミのママも遅く帰ってくるんだし……」

「そうですけどね……」

いきなり初対面の人妻からそんな申し出を受けて、悠也はさらに面食らった。

すぐに脳裏をかすめたのは、公園で親友の亮介を誘惑し、最後には性の歓楽まで教えた光恵という女のことだ。

（この人、ひょっとしてぼくを誘惑しようとしているのかも）

そう思いあたった時、激しい昂奮が湧きおこった。

（たとえ水着やレオタードの写真でも、亮介の鼻をあかす写真ぐらいは撮れる……）

亮介に対する立場も少しは優位になるのではないか。

悠也は胸の動悸をさとられないように、しばらく躊躇してから頷いた。

「そうですね、だったら……」

母と同年配の美しいミセスは心からうれしそうに笑った。大輪の花が咲いたような、あでやかな笑み。悠也は感嘆した。

（ママも若々しいけど、この人、人妻じゃないみたいだ！）

悠也はカメラとストロボを持って、ファミリアの助手席に座った。

「ところで、悠也くんは撮ったフィルムの現像はどうしてるの？」

「友達が暗室を持ってるので、そこを借りてやってます」

「カラーも？」

「できます」

亮介の手を借りる、とは言えない。

「じゃあ、かなりの写真が現像できるわね」

その言葉が悠也の昂奮をさらに高めた。

（かなり、ってどういう意味だよ。きわどいってことか……？）

「あっ、そうだ。電話を一本かけなきゃいけないの忘れてたわ。ちょっと待っててね」

商店街を通り抜ける時、人妻は突然、路傍に車を止めて電話ボックスに駆けこんだ。

（うーん、確かにいい体してるな……。ママよりおっぱいは小さいかもしれないけど、レオタードなんか着せたら最高だ……）

悠也はボックスの中で電話している高梨夫人の姿態に見惚れていた。おかげで、あと少しで彼女の家に着くのだから、どうして自分の家から電話をしないのだろうか、という疑問さえ抱かなかった。

「お待たせ」

ふたたび乗りこんできた時、薄いサマードレスの細かいプリーツのついた裾がめくれあがって、太腿のずっと上まで一瞬だが見えてしまった。

（あ……!?）

悠也はまた電撃を受けたみたいなショックを受けた。

ほっそりした脚を包むナイロンは肌色で、それがムッチリした太腿の中間で切れて、淡いピンク色のガーターベルトで吊っているのが見えたからだ。そして、同じようなピンク色のパンティで包まれた股間も……。

プンといい匂いがした。

（この匂い、ママのパンティのあそこにしみている香料の匂いだ……）

悠也のペニスはすさまじい勢いで膨張し、彼は思わず顔をしかめた。

「うっ」

「どうしたの？」

高梨夫人が驚いた顔で悠也のほうを見た。

「いえ、何でもないんです……」

悠也はあわててカメラバッグで股間を隠した。

＊

志保子の部屋のウォークイン・クロゼットは、片側に作りつけのタンスが、もう一方に洋服を吊るすハンガーレールになっている長方形の、窓のない密室である。広さは二坪ほど。天井近くに小さな換気口があるが、人間が二人閉じこもると、狭い空間はその体温だけでムウッと暑くなる。

寄木張りの床にタオルケットが敷かれ、夏美はその上に横たわっていた。

身に着けているのは黒いスリップ一枚で、それも、両方の肩紐がはずされて二つの乳房がまる出しになっているし、裾のほうも思いきりたくしあげられて、秘毛が露わにされている。フロントホックのブラは自分ではずしたが、黒いレースのスキャンティ――ＳＦショーツ――は片方の膝のところにひっかかっている。それは俊和が脱がせたのだ。

「はあはあ」

「うう、ううむ」

からみあった二つの肉体がますます濃厚な獣の匂いを発散させる――。

その時、ベッドの傍のホームテレホンが鳴った。

「ママだ」

俊和が起き上がり、受話器を取りあげた。

（いよいよ、あの子が来る……）

夏美は胸を押さえた。動悸が急に激しくなった。

＊

夏美が初めて俊和の精液を呑んだのは十日前のことだが、それ以来、五回彼の精液を呑み、組み敷かれて若い肉茎を受け入れてきた。ほぼ一日おきに高梨家を訪ねている勘定だ。

二時か三時頃に訪問し、志保子とレズの戯れをしていると俊和が学校から帰ってくる。

十五歳の少年は精子の生産能力をフル回転させて、なお疲れを知らない。朝、濃いのを母親に呑ませたのに、帰ってきた時はすでに母親と夏美のことを考えて勃起している。ダブルベッドは一時間以上も三人の体重で軋む。

夏美が訪ねている場合は、まず彼女が口で奉仕し、噴きあげた樹精を受ける。次に彼と交わり、膣内に放射したのをあとで志保子が啜《すす》る——というパターンが続いている。

夏美はこの前の日曜、「カルチャーセンターで懇親会があるから」と言い訳して、正午すぎに高梨家にやってきた。その日は夕刻まで六時間あまり、えんえんと爛れるような三人プレイを楽しんだものだ。

ふつう男一人女二人の3Pというのは、男性の消耗がはなはだしいが、熟女二人を相手に俊和は飽きることなく欲望をぶつけ、夏美たちのほうがヘトヘトになるぐらいだった。

夏美が危険日なると、志保子が提案して、肛門を性愛器官とするための訓練が行なわれた。

最初は悲鳴をあげ苦痛に呻き悶えた夏美も、ついには根元まで俊和を受け入れることに成功した。そうやってアヌスを美少年に捧げ、秘核と膣を志保子に嬲られながら、夏美は失神するほどの快楽を味わった。

「『肛門で快感が得られるわけがない』って言う人もいるけど、それは『膣で快感を味わえるわけがない』というのと同じ偏見よ。十分に昂奮して子宮に火が点いていたら肛門でも失神するほどの歓びが得られるんだから。今日は前のほうをいたぶられてイッたけど、そのうち夏美さんも、肛門だけでイクようになるわ。それまで訓練を欠かさないことね」

志保子にそう励まされた。

俊和の精液を摂取するようになってから、夏美はその効果に驚いてしまった。肌の色艶がよくなり、寝起きが爽やかだ。

エアロビ教室でハードな運動をやっても、若い娘たちと伍してゆけるようになった。

「芹沢さん、スタミナがついてきましたね」

三十代半ばを過ぎたミセスの肉体に活力が充ち溢れてきたのを見て、インストラクターも驚いていた。

それに、このところずっと気にしていた下腹の贅肉——ほかのミセスたちに較べたらわずかなものだが——がきれいに落ちた。ダイエットでも落とせなかったのが、この一週間ほどでムダな脂肪が燃焼してしまった。理由は、俊和の精液を呑んでいること以外に考えられない。川奈雅子の理論を疑っていた夏美だが、自分の体の変化を見ては信じないわけにはゆかなかった。

(少年の精液って、本当に体にいいんだわ……)

入浴する時、鏡に自分の肉体を映してみて、我ながら惚れ惚れしてしまうこの頃だ。

——交換DBSという約束は、悠也が志保子に精液を呑ませて実現する。そのために二人の女は作戦を練った。

悠也の欲望がふくらみきっているほうが誘惑しやすい。志保子は夏美に、息子の前ではしどけない恰好をするよう要求した。志保子が自分のぶんの精液を夏美にまわしているわけだから、悠也の精液を早く与えてやらないと夏美は心苦しい。だから積極的に協力した。

（俊和くんがあんなに楽しんでいるんだもの、悠也だって悶々とさせておくのは酷だわ……）

いよいよ誘惑作戦が決まった。

「カメラが好きなんだから、それを話題にして誘うことにしたの」

決行するのは、志保子の生理が終わった次の日ということに決まった。それが今日だ。

嘘の理由をつけて外出した夏美は、商店街で息子に電話をしてから、迎えにきていた志保子の車でまっすぐ高梨家へやってきた。

「すべて予定どおりなら途中で電話する。そうしたらトシくんは夏美さんとクロゼットに入るの。中では静かにしてるのよ……」

志保子は息子にそう細かく指示して、悠也を連れてくるために芹沢家へ向かった。

「夏美ママ、それまで少し楽しませてもらっていい？」

志保子の息子は、この家で繰り広げられる性のドラマに胸を弾ませ、ショートパンツの股間をこんもりと膨らませている。

「ええ、いいわ。でも、出したらダメよ。ママにきつく言われたでしょう？」

「それだったら、ぼくが舐めてあげる。夏美ママのラブジュースは美味しい」

夏美は顔を赤らめた。俊和の舌技は夫など問題にならないぐらい巧みだ。

「そうなの？　いいわ、どこで？」

「クロゼットでやろうよ」

注意深く自分のハイヒールを隠してから、夏美は俊和と抱き合い、唇を吸い、舌をからめあったままで寝室へと向かった。

クロゼットの中にはすでにタオルケットが敷かれ、ティッシュペーパーまで置かれていた。

――自分が悠也と戯れ、精液を呑み、童貞を奪う姿を夏美に見せつける。それが志保子の考えたことだ。悪魔的なアイデアだが夏美は提案を受けいれた。彼女自身、息子がどのように志保子に手ほどきされて男になれるか、それを見つめていたい気持ちが強かった。

クロゼットの中で服を脱いだ夏美は、ベッドの上の行為を覗くために作られた特殊な鏡に向かって座らされた。

まずブラジャーを取らせてから、母親よりずっと豊かで張りのある乳房に俊和は夢中になって吸いつき、掌でくるみ揉みしだいた。

乳房を堪能した少年は、夏美の脚を開かせて、まずシルクショーツの上から指と唇で充分な愛撫を行ない、秘部が失禁したように濡れそぼったのを確認してからおもむろに黒い布きれをひき下ろした。

その時に電話がかかってきて、俊和が出たのだ。志保子からだ。

「万事順調よ。いま駅前。すぐそっちに行く。準備は？」

「万事ＯＫだよ」

俊和はすぐにクロゼットに戻ってくると、鏡のドアを閉めた。鏡を張りつけたドアは、さらに内側にもう一枚のガラスを張りつけてある。床との隙間は遮音用のゴムで塞がれているので、クロゼットの中の物音は外に漏れないようになっている。それでいて寝室のほうの物音は聞こえる。というのはベッドの枕もとに小型マイクが隠されていて、クロゼットの中のアンプとスピーカーに繋がっているからだ。工作が器用な俊和が考え、工事をしたのだ。

「さあ、あとは待つだけだ」

クロゼットの天井には小さな電球が取りつけられているが、それを点灯するとマジックミラーの効果がなくなる。まだ窓から夕刻の光がさしこんでいる寝室のほうが明るく、その光でクロゼットの中は真っ暗ではない。

夏美は息苦しさを覚えた。狭い空間に閉じこめられているからばかりではない。

「トシくん……。胸がドキドキするの」

「ぼくだって」

二人は薄闇の中で囁き交わした。少年の指は濡れた秘毛の丘からその下の溢水《いっすい》した谷間をまさぐりつづけている。まだその必要はないのだが、夏美は声を低めて俊和に囁いた。

「ママがほかの誰かの精液を呑んだり、セックスしたりする——って、イヤじゃない？」

「少しはヤキモチみたいな気持ちもあるけど、そのぶん、ぼくもこうやって夏美ママを楽しめるんだからね……。それにスリルがあるじゃない？　計画がうまくゆくかどうかっていう……。夏美ママは、どんな気持ち？」

「そうね、甲子園に出場した選手の母親の気分みたい……」

「うふっ」

「ふふふ」

二人は笑った。ファミリアが車庫に滑りこんできた。玄関が開く。

「…………」

夏美の股間に顔を伏せていた少年がハッと立ちあがった。

「来たよ」

第十八章　悠くんの痴態を盗み見ながら愛蜜を溢れさせ……

高梨家に到着するまでに、やや冷静になった悠也は当然の結論に達していた。

(つまり、この人は、あの光恵という女と同じように、セックスしたいんだ)

どう見ても高梨夫人はそういった不貞を働く女性のようには見えなかった。危険が大きすぎる。

しかし相手が少年だったらどうだろうか？　ふつう、自分の息子ぐらいの少年と話していたり歩いていたりしても、人々は奇異に思わない。家に出入りしても、息子の友人かと思うだろう。そして、十五、六歳の少年の性欲は、猛烈に激しい。

(相手をしてやろう。そして、光恵という女が亮介にしたように、ぼくも楽しませてもらう)

悠也は開き直った気持ちになった。しかし、まさか夏美までが陰謀に荷担しているとは思っていない。

　高梨家についた。家の中はシンとして人の気配もない。夫人の息子も出かけているというのは本当らしい。

「じゃ、コーラでも飲む？　私、仕度するから」

「はあ」

　キッチンに行き、グラスに入れた冷えたコーラを渡すと、寝室に入っていった。悠也は居間を見渡した。広さといい調度品の質といい、自分の家とよく似ている。昂奮で喉がカラカラだ。悠也はコーラをひと息で飲んだ。

　やがて夫人が戻ってきた。白いバスローブをまとっている。しかし、裾から見える脚はストッキングを履いたままだ。

「私、考えたんだけど……、レオタードや水着じゃ主人もあまり悦ばないと思うの。だから下着じゃどうかしら」

「し、下着ですか……」

　悠也は棒を呑みこんだような顔になった。

「そう、こんなの」

　バスローブの前をはだけた。

「う」

悠也の目が飛びだしそうになった。

下に着けていたのは、ピンク色のブラジャーとパンティ、それにガーターベルトの三点セット、さらに肌色のストッキング。ランジェリーはどれもレースをたっぷり使い、ブラジャーのカップは薄い薔薇色の乳首がそっくり透けて見える。

さらに悠也を驚かせたのは、夫人の下腹部だった。スケスケのパンティ――ハイレグカットのショーツの下にあるべき、黒い翳りが見えないのだ。

「まあまあ、そんなに固くならないでよ。女の人のこういった恰好を見るの、初めてじゃないんでしょう？」

悠也は額の汗を手で拭った。

「はあー、その、いや……、ぼくのママだって時々そんな恰好してますけど……」

「ママ以外は？」

「いえ、全然」

「そう……。じゃ刺激的にすぎるかなあ」

笑いながらバスローブを脱ぎ捨て、ソファに腰を下ろした。

「この恰好で撮ってよ」

「……いいんですか」

「いいわよ。だけど写真はほかの人には見せないでね」

「見せません」

「どんなポーズがいいかな？　キミにお任せするわ」

「じゃ……、床に座ってくれます？」

「ちょっと言い方が丁寧すぎるわね。私をママだと思って。そうね、志保子ママって呼んで」

　不思議なことに、あの光恵が亮介に言ったのと同じことを要求した。

「じゃ、志保子ママ、床に膝で座って、こっち向いて両方の腕を上げて……」

「こう？」

「胸をもっと突きだすように……」

　悠也はストロボをセットしたカメラを取りあげた。不思議なことにファインダーを覗くと手の顫え、体の顫え、激しい動悸がピタリと収まった。

（うーん、魅力的だな、このスリムな体……。鹿みたいな感じがする……）

　数分後、志保子はブラジャーをはずし、さらに数分後にはパンティを脱いだ。

「ふふっ、びっくりした？　毛がないから」

「ええ」

「毎日剃ってるのよ。カルチャーセンターの水泳教室に行ってるでしょ。水着だと毛がはみ出しちゃうから……」

ソファに腰をおろし大胆な大股開きのポーズをとってみせた。パッカリと秘唇が開き、愛液に濡れきらめく珊瑚色の粘膜が露呈された。

（うわ……！）

光恵の写真を見せられた時も衝撃的だったが、何度見ても女性の性愛器官は魅惑的だ。しかもヘアがないから生殖溝が女体にどのように切れこんでいるかが一目瞭然だ。

（本当に唇だ。飢えて涎を流している唇……）

少年は夢中でシャッターを切りつづけた。

「ストッキングもとる？」

「いや、そのままでいて」

「好きなのね、こういう恰好？」

「うん」

志保子はソファのシートに両手をつき上体を預けた。林檎のようにキリッとまるい曲面が宙に向けられる。

「志保子ママ、股をもっと開いて……」

「あー、みんな見えちゃうよ。アヌスまで……」

「きれいなお尻の穴」

愛液が太腿を伝う。

(間違いない、見られるのが好きなんだ。昂奮して濡れ濡れだ……)

花芯から分泌される蜜の、甘酸っぱい匂いが悠也の鼻をくすぐり、ペニスが勃起しすぎて立ったり動いたりが不自由になってきた。

「ねえ、悠也くん……」

淫らにヒップをくねらせながら、妖艶な笑みを浮かべたミセスが訊いた。

「なに、志保子ママ？」

「ラクにしてあげようか？　キミのペニス、ふくらみすぎてズボンがはち切れそう。かわいそうだわ」

「あ、その……、ラクって……？」

「わかってるでしょう？」

ストッキングとガーターベルト以外は身に着けていない志保子はスックと立ちあがった。

両手を伸ばして悠也を抱き寄せ、接吻した。腰からまわした手で股間の膨らみを撫でる。

「う」

ビクンと顫え、呻いてしまった。志保子はふだんは澄んだ声なのに、別人のようなハスキーな声で囁きかけた。

「ほら……、こんなになって……。私が出してあげる。寝室に行きましょう……」

「え、ええ……」

発情した牝の匂いに包まれて、少年の体に戦慄が走った——。

*

「来る」

俊和が囁いた。

夕闇が濃くなって、寝室からウォークイン・クロゼットの中に差し込む光はほんのわずかだ。俊和の顔の輪郭が薄闇にボウッと浮かんでいる。

ビク、と夏美の裸身が震えた。

これまでの密やかな戯れのうちにスリップは剝ぎ取られて、タオルケットの上で真っ裸だ。俊和も全裸で、彼女の指は雄々しい肉茎にからみついて、ドクンドクンという脈動の力強さを楽しんでいたのだ。

もつれたような足音が近づき、ドンと扉が開いた。照明が点き、寝室は明かりに満たされた。マジックミラーごしにクロゼットの中にも光が差し込んだ。

俊和に抱きしめられていた夏美が、小さく叫んだ。
息子の悠也が志保子と抱き合うようにして入ってきたからだ。
志保子はストッキングとガーターベルトだけ、悠也は何一つまとっていない。二人は抱き合って唇を吸い舌をからめながらここまでやってきたのだ。

「あ」

「…………」

無言のままベッドにもつれこんだ。
「すげえや、おれ、負けそう」
俊和が感心したように呟いた。悠也の怒張を自分のと見較べたのだ。
"さあ、来て、悠也くん……"
蒲団をはねのけて、真っ白いシーツの上にピンク色に上気した裸身を仰臥させ、志保子がかすれた声で呼びかけるのが、盗聴マイクを通じて聞こえてきた。
"おっぱい、吸ってくれる?"
"うん"

悠也が乳房の丘に顔を伏せる。

「夏美ママ……」

俊和に促されて夏美も仰臥した。

ベッドの上の少年と同じに、俊和も夏美の乳首にむしゃぶりついてきた。

〝あ……〟

「う……」

ベッドの上の女と、クロゼットの中の女が同時に喘いだ。志保子の視線が鏡に投げられて、夏美はそれを受けとめた。

〝右もよ〟

「右も」

悠也が志保子の右の乳房を吸うと、夏美に促されて俊和も吸う。

〝ここも吸って〟

志保子が両脚を広げ膝を立てた。悠也がその間に蹲《うずくま》った。俊和も夏美の股間に顔を伏せる。

〝ああ、いい〟

志保子が呻き、ヒップをくねらせた。

「私も、いい」

志保子の息子の口舌奉仕を受けながら、夏子も呻いた。

〝あらあら、こんなに涎を垂らして……。じゃあ最初に、志保子ママのお口に出して〟

ベッドの上の人妻が少年を立たせ、下腹を叩かんばかりの怒張をやさしく捧げもった。

クロゼットの中でも同じことが行なわれていた。

〝あっ、志保子ママ……。う……〟

悠也の切なげな声。

「うう、いい、すごくいい」

競争意識が湧いてきた夏美が夢中で舌を使うと、俊和も喘ぎ、年上の女の頭を抱えた。

〝ああ、ダメ、いきそう……〟

〝出していいのよ、志保子ママが呑んであげる。いっぱい出して……〟

〝そんな……、うっ、ううう！〟

ベッドの上に立った少年の背が反りかえり腰がズンと突き出された。臀部から太腿にかけて小刻みな痙攣が走った。

「うっ、夏美ママ……！」

ほとんど同時に俊和も引金をひいた。熱い液が勢いよく夏美の口中に噴射され、それを息子の精液と錯覚しつつ、悠也の母親はゴクゴクと呑みこんだ。

志保子はシーツの上に伸びた悠也の股間に顔を伏せ、しばらくの間噴き終えてまだ力を失わない肉茎を吸い、しゃぶりつづけた。クロゼットの中でも同じ行為が行なわれる。

やがて志保子が仰向けになり、少年を股間に誘った。

〝志保子ママも、口で楽しませてくれる？〟

〝うん、もちろん〟

悠也は無毛の丘へ接吻してから、深く切れこむ肉花の芯へと舌をさし延べ、女体の奥から湧き出てくる蜜を舐めた。

〝う、あっ、そう、そこがクリトリス。最初は軽くね……。あはっ、気持ちいい……〟

陶酔した表情を歪め、熱い喘ぎをこぼしながらスリムな女体が反りかえる。

クロゼットの中では、俊和も夏美の股間で情熱的に唇と舌を使いはじめた。

「あうっ、いや、ひいっ」

母親によって教えられた技巧を駆使されて夏美はたまらずにかん高い悩乱の声を張りあげそうになった。防音されている小部屋だが悠也がもう少し冷静だったら彼の耳にも届きそうだ。

「ダメだよ、夏美ママ。そんなに高い声を出したら……」

俊和は夏美に注意して、脱がせた下着の一端を咥えさせた。

ダブルベッドの上では、志保子が四つん這いになってお尻を擡《もた》げていた。

〝悠クン、いやじゃなかったら、志保子ママの後ろのほうにもキスして……〟

〝うん。ああ、いい匂い……〟

アヌスにもたっぷりとふりかけた官能的な『タブゥ』の香りを嗅いで、目を細めてしまう美少年。菊襞の一つ一つを丁寧に清めるように、志保子の秘密の肉孔を舐めてゆくのだ。

〝いいわ、そこ、好きなの……、ううン〟

アヌスを舌で刺激される快感にクリンとしてまるい臀部を揺すりながら、志保子は鏡の向こうの気配を窺っているに違いない。

「くく……」

女の啼泣《ていきゅう》している声が聞こえるはずだ。息子が同じことを悠也の母親に行なっている。志保子の昂奮は高まり、悠也の指で掻きまわされている肉のトンネルからは愛液がボタボタと落ちてシーツにシミを作った。

〝今度は私が……〟

悠也を四つん這いにさせて、自分はその下に逆向きに横たわり、睾丸から鼠蹊《そけい》部に舌を這わせ、しだいに硬度をとり戻してゆくペニスに指をからめてしごきたてる。

シックスナインの姿勢で志保子の股間に顔を埋めていた悠也だが、そうやって愛撫を受けると、若い器官はふたたび血管を浮き立たせて屹立してしまう。

志保子は賛嘆した。

〝まあまあ、元気なのね、悠くん……。じゃ、もう一度お口で気持ちよくしてあげる。それから志保子ママのお〇〇こに入れてね〟

ふたたび仰臥した志保子は、美少年を顔の上に跨らせて濃厚なフェラチオを行なった。

夏美も攻撃力を取り戻した欲望器官を口の中に突きこまれた。唾液まみれの若い肉杭が激しいピストン運動を行ない淫らな擦過音を発生させる。

〝うう、ああ、気持ちいい、あー……〟

「む、うっ、いい、いい気持ちだよ、夏美ママ……」

同年齢の少年が自分の母親の口唇を犯しているのが、よほど俊和を昂奮させるのだろう、彼の前後運動は荒々しく、夏美は何度も器官を塞がれて噎せかえった。

〝さあ、いよいよ本当の女の人の体を教えてあげる。このギンギンに硬いペニスを、志保子ママのお〇〇こに思いきりぶちこんで、私をヒイヒイ泣かせて……〟

明らかにクロゼットの中の夏美に聞かせる目的で、いささか芝居がかったトーンの言葉を吐いた志保子は、若い鮎のような躍動感と緊張感を秘めた少年の裸身を、自分の裸身に重ねさせた。大きくVの字に脚を開き、ナイロンに包まれた爪先までピンと伸ばして、無毛の秘裂へとカウパー腺液でヌラヌラ濡れた亀頭を導く。

夏美も同じ開脚の姿勢をとった。

「はあはあ」

全身を紅潮させ、湯をかぶったようにびっしょり汗まみれの俊和が怒張をあてがってきた。

〝そこよ、悠くん。思いきり、来て……〟

志保子の合図を受けて、二人の少年が二つの襞肉の中に分身を突きたてた。

〝う、あうっ、ああ……〟

「む、うっ、うう」

志保子と夏美の呻きが密室の中で交錯した。夏美はふたたび錯覚した。実の息子が自分の子宮への道を塞いでしまったと思った。熱いズキズキと脈打つ逞しい器官で。

（ああ、最高だわ……）

V感覚は鈍いと思っていた夏美だが、この瞬間、甘美にして鋭敏な感覚が腰骨を砕き、子宮を灼いた。

「ああっ、悠也……」

啼くような声を張りあげたとたん、あわてた俊和が手で唇を覆った。

「む」

盗聴を続けるスピーカーから、もっと甲高い声が響きわたった。

〝ああ、あーっ、悠くん、いいわ、すごくいい！　もっと突いて、グンと……！　そう、そうよ！　志保子ママ、こんなにいいの初めて！〟

二人の女の背は同時に浮きあがり、足の爪先もギュッと反りかえった。若い二本の器官はそれぞれに愛液で滾る肉花の中心を抉りたてるように激しいピストン運動を行なって、その一撃ごとに二人の女は鋭い歓喜の悲鳴を迸らせていた。

悠也は志保子の柔肉に魂まで没入した。鏡の向こうから聞こえてくる女の悲鳴は、志保子の歓喜の声に掻き消されて一種のエコーのようにしか思えない。

〝ううっ、志保子ママ、ぼくもいいよ。うわ、締めつける……、最高……っ！〟

顔から胸から汗がこぼれ、志保子の上半身を濡らす。それは俊和も同じだ。密室の中はもうサウナ風呂のような熱気が充満していて汗まみれの裸身がぶつかりあうたびにビチャッビチャッと淫靡な音が反響した。

（そろそろ、発射する……）

志保子は少年の体に小刻みな痙攣が走った瞬間、かすれ声で命じた。

〝悠くん、私のことをママと呼んで。大きな声で『ママ』と叫んで、思いきりイッて！〟

その言葉が終わらないうちに少年の肉体のどこかで弁が弾けた。

〝うわ、あっ、ママ！　イク！〟

絶叫して激しく最後の一撃を与え、沸騰する牡の原液を熟女の子宮口へ噴きあげた。

一瞬、遅れて俊和が限界点を超えた。

「うむっ、ママ……っ！」

叫んでのけぞり、腰を二度三度夏美の股間に叩きつけた。あたかも女体の一番深いところに精液を注ぎこもうとするように。

ドクドクと噴きあげる若い情熱を受けとめる夏美は、汗まみれの少年の細腰に自分の脚を鉤《かぎ》のように巻きつけ、緊く抱擁した。意志に反して子宮が収縮し膣が痙攣した。頭がまっ白になり体が浮いた。

「悠くん！」

息子の名前を叫び、緊く抱き締めた。

〝うあうっ、トシくん、あうっ……！〟

志保子も激烈なクライマックスに達して、自分の息子の名を呼びながらベッドの上でしなやかな裸身を何度も躍動させている。

土曜日の朝、悠也を送りだした夏美はぼんやりテレビを見ながらコーヒーを啜っていた。ニュースショーの番組で、アナウンサーが有名なファッションデザイナーを自宅に訪ね、インタビューしていた。

特に興味のある話題ではなく、夏美はデザイナーの背後に映っているインテリアを眺めていた。彼女はインテリアに興味があるので、カルチャーセンターのインテリアコーディネーター講座も受けてみようかと思っている。

東洋調の装飾だ。和室ふうの洋室。ライアン邸もそうだが、そういうインテリアが今の流行なのだろうか。

ふと、部屋の片隅に置かれているものに目が行った。

横臥した仏像。

金色に塗られた仏陀の臥像。

肘をついて枕にしているのはリクライニング・ブッダ、腕を伸ばしてそれを枕にしているのはスリーピング・ブッダといい、前者は午睡あるいは瞑想する像、後者が涅槃《ねはん》像だということをどこかで聞いたことがある。テレビに映っているのはリクライニング・ブッダだ。

(あれ、どこかで見たような……)

最近、何回か同じような仏像を見た。そのたびに(あれ?)と思い、(どこだっけ……)

と考えているうちにほかのことに気をとられ、忘れてしまっていた。

(本当に、どこで見たんだろう？)

ようやく一つ思い出した。

それからもう一つ。

そしてもう一つ。

三つの場所に置かれていた仏像は、どう考えても同じ仏像だ。

(ちょっと待って……。そんなバカな……？)

夏美は眉を顰《しか》めて考えた。偶然、同じ形の仏像を何度も目にしただけの話だろうか？

しばらく考えているうちに、ようやく結論が出た。

夏美は桑原まり子が教えてくれた自宅に電話をかけた。そこに電話したのは初めてだった。

彼女は営業所に出かけようとしているところだった。

「もしもし、まり子さん。実はちょっと急用で、あなたにお会いしたいの」

「わかりました。そうですね、十一時ぐらいだったら近くを通りますのでお寄りします。でも何ですか？　商品に問題がありました？」

「そうねぇ、問題といえば問題かな……。とにかくお待ちするわ」

十一時少しすぎ、ピンク色のキャロルが玄関の前に停まった。

「今日は、夏美さん。何のご用でしょう？」

あいかわらず明るい笑顔、明るい声の純朴そうな娘が入ってくると、夏美は薄い笑みを浮かべて彼女の肩を抱いた。

「少し時間がある？」

「ええ、このあとの予定を午後にすれば一時までは……」

「私も、午後は夕貴子先生のところに行かなきゃ。じゃ、ともかく上がって」

玄関ホールで二人は抱き合った。

「夏美さん、大胆ですね、最近は……」

スカートをまくられ、秘丘のふくらみをタッチされた娘が喘ぎながら囁いた。

「そうよ、あなたのおかげで淫乱メス猫にされてしまったわ……。ちょっと手を後ろにまわして」

「こうですか？」

「そうよ」

まり子は何の疑いも抱かず言われたとおり手を後ろへまわした。

カチャ。

冷たい金属の環が両方の手首にかけられた。

「あらあら、手錠をかけられちゃった……」

まり子は笑った。自分が景品として夏美にあげたSMセットの中に入っている玩具である。多くのミセスたちがこの手錠で簡単なSMプレイを楽しんでいる。とはいえ、ステンレス製のこの玩具は鍵がなければ自分で解錠することはできない。けっこう頑丈な代物なのだ。

「さあ、こっちよ」

夏美は、いつものように客間へと彼女を案内した。まり子は、

（突然、私とプレイしたくなったのね……。仕方がない、一時間ぐらいつきあってあげなくちゃ……）

そう考えていた。洗濯ものを干すロープで床の間に縛りつけられても、だから積極的な抵抗はしなかった。これまで何度も楽しんできたレズプレイの一環だと思っていたから。

「ふふ、これで逃げられないわね」

夏美はキッチリと床柱に立ち縛りにした年下の娘を眺めて満足そうな笑みを浮かべた。

「逃げられません。まり子をお好きなように弄んでください……」

神妙そうに奴隷の言葉を口にする純情そうな娘。

「弄んでやるわ。ひぃひぃ泣かせてあげる」

夏美はそう言い、スカートの下に手をやった。穿いていたパンティを脱ぎ、丸めて彼女の

口をこじ開け、押しこんだ。

「ぐ……」

口を塞がれたまり子は目を白黒させた。これまでSMチックなプレイを何度か楽しんだが、猿ぐつわは初めてだ。

（ちょっと様子が違う……）

初めて恐怖の色がまり子の顔に浮かんだ。

スカートが脱がされ、パンストと一緒にパンティもひき毟られた。ふだんなら、そのまま秘毛の丘と谷に顔を埋めてくるのに、今日は手順が違った。

どこに隠してあったのか、ピンク色のＳＦショーツをとり出した。

「……！」

まり子の目が一杯に瞠《みひら》かれた。

「ミレーヌから、いえ、あなたからいただいたこのシルクショーツを穿いてもらうわ。そうね、これから一時間……」

「む、……ぐ！」

まり子は暴れた。なんとかその薄桃色の絹の下着を穿かされまいと抵抗した。

「そんなに暴れるところを見ると、やっぱり知っていたのね」

バカ力を出して押さえつけ、無理やり絹の下着を穿かせてしまう。腰のゴムを持ってぐいと引き上げるとハイレグカットのショーツは褌のようにT字形に絞られ、股間にギリギリと食いこむ。

「むー……、うー……っ、ぐ」

必死にまり子の目が哀願する。たちまち脂汗が額に浮き出た。全身が紅潮し、股間に食いこんだ布きれがぐっしょり濡れてゆく。

ムスクの官能的な匂いとともに娘ざかりの体から発情した牝の悩ましい匂いが噎せかえるように香り立った。

「ぐ……、あが……ふが」

たちまち悶え苦しみだすまり子。ヒップを狂ったように打ちゆする姿は猥褻そのものだ。

「あはは。まり子さん、いい恰好だわ。どう、わかった……？　このパンティを穿かされるとどうなるか……」

夏美は満足そうに言い、腕を組んで冷やかに悶え苦しむ若い娘の緊縛姿を眺める。

＊

二時間後、夏美はいつものようにライアン邸を訪れ、アトリエでモデルをつとめた。

夕貴子の『母と息子の目ざめ』は順調に進んでいる。下絵が終わり、夕貴子は絵筆を持ってカンバスに向かったところだ。

テレピン油の甘ったるい匂いがしみこんだアトリエで、いつものように薄いサポーターを着けてカウチの傍に立ったアキラは、先に横たわっていた夏美を見下ろし、

（えっ⁉）

自分の目を疑った。

薄い紗を巻きつけた下に、黒い翳りが透けて見えたからだ。

羞恥心の強いこのミセスは、いつもベージュ色のバタフライのような下着を着けて秘部を隠しつづけてきたのに。

（どうしたんだよ、今日は……⁉）

アキラは呆然としていた。

背後で絵筆を走らせる夕貴子は、息子の驚愕に気づいていない。アキラは動悸が激しくなった。喉がカラカラになった。もう一度、仰臥した女体の下腹部に視線を走らせる。間違いない。母親より若い人妻は、全裸の上に紗を巻きつけているだけだ。彼女は目を閉じている。眠ってはいないのだろうが、そのようにも見える。少し頬が削げてやつれたような感じがしないでもないが、全身からは熟爛した女体のエロティシズムが眩しいぐらいに輝いている。

（参ったな、なんで突然に……⁉）

東洋と西洋の血を受けついだ十六歳の美少年は狼狽した。これまでは母の夕貴子が何度頼んでも小さな下着を取ることを拒んできたのに……。

アキラは唇を嚙んだ。視線を窓の外へ向けた。焦った。彼の若く雄々しい器官が、勝手に自己主張を始めたからだ。

（おい、こら。落ち着け、こんなところで勃つなよ……）

呼びかけても無駄だ。アキラの鼻は女体から立ちのぼる牝の芳香に敏感に反応し、脳は視覚と嗅覚からの情報を分析して勃起中枢に「女を犯す準備をせよ」という命令を伝えたのだ。

（まいったな……。夏美ママのヌードには馴れてたのに……）

伸縮性に富んだ合成繊維で作られたサポーターだが、限界はある。ペニスの海綿体はドクンドクンと大量の血液を送りこまれて、空気ポンプでいっぱいにふくらまされたゴムボールのようにパンパンになった。

「う」

アキラは呻いた。欲望器官の膨張がサポーターの伸びる限度に達した。苦痛が走った。

「………」

その時、これまで目を閉じていた夏美がフト瞼を上げた。

アキラはドキッとした。彼の股間は彼女の眼前から三十センチも離れていない。尿道口からは透明なカウパー腺液が滲み出て、ペニスの輪郭を浮き立たせているはちきれそうなサポーターの表面に丸いシミが広がっているのだ。彼が欲情しているのは一目瞭然だ。

アキラは真っ赤になった。狼狽した。これまで性的なことにはひどくこだわっていた夏美だ。おそらく驚きと嫌悪の表情を浮かべるに違いない。

違った。美しい人妻の顔に、フッと微笑が浮かんだ。悪戯っ子のような笑み。

(あれ……!)

予想していたのと違った反応でホッとしたが、次に彼女がとった行動はもっと予想外で、アキラは思わず叫び声を洩らしてしまうところだった。

彼女の右腕はアキラの体のかげになって夕貴子からは見えない。それをいいことにツと腕が伸び、指がサポーターをテント状に持ちあげている器官の先端——まさにシミを広げている部分を突いたからだ。

「……!」

思わず腰をビクンと跳ね動かしてしまう。幸い、夕貴子は絵具を溶くのに忙しく、息子の突然の身動《みじろ》きに気づかない。

「やめてよ」

アキラは怒ったように囁いた。

「ふふ」

夕貴子に聞こえないほど低く、夏美が含み笑いをした。

「かわいいんだもの、キミのペニス」

「…………」

アキラは怒ったようにそっぽを向いた。彼の股間のふくらみは、夕貴子の視線がはずれるたびに夏美によって撫でられつづけた。

三十分して休憩になった。夏美はバスローブを羽織り、夕貴子はいつものようにアールグレイの紅茶をいれた。何気ない会話を交わしつつ、夕貴子とアキラは紅茶を啜る夏美の口もとに視線を走らせていた。

ふたたびカウチに横になってポーズをとる。二分とたたないうちに夏美は欠伸をして、コトンと寝いってしまった。

「まったくよく効くね、パパの薬は……」

様子を窺っていたアキラが緊張を解いた。

「そのかわり醒めるのも早いのよ。さあ」

夕貴子は息子を促した。ぐったりとした人妻の体から薄い紗を剝ぐ。

「まあ、今日はオールヌードじゃないの」

初めて気がついた夕貴子が驚いた。

「そうなんだよ、いつもはバタフライみたいなのを着けてたのに、今日はどうしたんだろう？　毛が見えて、勃起して困った」

「ふーん、ヘンねぇ。こんな大胆な人じゃないのに」

アキラはサポーターを脱ぎ、全裸になってカウチにあがった。夏美の股をこじあける。

「あれ、もう濡れてるよ」

秘裂を指で広げてみたアキラが、また驚きの声を洩らした。

「DBSの効果かしら」

夕貴子が息子の半立ち状態の若茎をさすりながら言った。

「えっ、夏美さんは息子のを呑んでるの？」

「違うの。緑丘台の志保子ママ……、あの人の息子さんのを呑ませてもらってるんだって」

「そうかあ。それでずっとピチピチしてきたんだ。大胆だし……」

アキラは納得したようだ。しばらく夏美の秘部に顔を埋めていた。

「う……」

夏美の裸身がピクと顫えた。

「薬が効いてないんじゃないの？」

心配そうにアキラが言う。

「大丈夫よ、あの紅茶を全部飲んだんだから……。それは反射的なもの。さあ、入れて」

「うん」

アキラがぐったりと伸びている人妻の裸身に自分の体を重ねた。怒張しきったペニス——それは悠也のよりさらにもうひとまわり太くゴツゴツしていた——を濡れた秘裂へとあてがい、ぐいとねじこんだ。

「……！」

また女体がうち顫える。

「う、緊いや……。この前よりずっと締まる……」

首を傾げながら突き入れていたアキラは、やがて息を荒くしながら腰を使いはじめた。

「うーん、すごい濡れてきたのに、ギューッと締まる。目が醒めてる時だったらもっと具合がいいのかな。ああ、いい……」

目を細め、ぐっと唇を噛んで堪えていたが、やがてたまらなくなった。

「イクよ、ママ」

「抜いて」

夕貴子はカウチの傍に跪いている。抜去したアキラのペニスを受けいれるため、すでに口を開いている。親鳥から餌を貰う雛のように。

「あっ」

その瞬間、アキラの腰に夏美の脚がバネか何かのように巻きついた。首に腕も巻きつく。

「……！」

熟睡していたと思った人妻の意外な反応。アキラの欲望器官はふたたび緊い肉に締めつけられて暴発した。

「おおお」

ドビュ。

臀部と太腿を痙攣させながら媚肉の奥にどっぷり噴きあげた。

「あらあら……」

夕貴子は目を丸くして呆然とするだけだ。息子の体に手と足でからみつき接吻までしている夏美は完全に正気だ。眠ったふりをしていただけなのだ。

「どうして薬が……」

まだ断続的に射出される熱い液を受けとめながら、夏美は勝ち誇ったような表情だ。

「紅茶は飲まなかったのよ。あなたたちが横を向いてる隙に植木にこぼして、飲んでいるように見せかけていただけ」

「じゃ……」

まだ夏美の媚肉に咥えこまれているアキラと夕貴子は顔を見合わせた。

「そうよ。こないだからおかしいと思っていて、まり子さんに尋ねたの。彼女、きょうのお昼前にやってきたから」

「彼女が、まさか……？」

「そりゃふつうに訊いて答えるわけないわよ。レズプレイに見せかけて縛りあげて、拷問にかけてやったの。拷問って言っても柱に縛りつけてピンクのＳＦショーツを穿かせて、一時間ばかり放置してやっただけ」

「まあ、たいへん……」

夕貴子は目を丸くした。

「夕貴子さんは、その効果を知ってるみたいね……。彼女、ショーツを脱がせてくれって泣き叫んで、私の質問に全部答えたわ。まだ私の部屋の寝室にいるの。がっちり猿ぐつわを嚙ませてベッドに縛りつけ、お○○この中にバイブを入れてガードルを穿かせてあるの。帰ったらどんな状態かしら……」

ようやく萎えたアキラの肉杭が抜けた。夕貴子は目くばせをして、悄気かえった彼をアトリエから出てゆかせた。

「そうなの……。じゃ、何もかも知ってるわけね？」

「さあ、どうかしら。私の知らないことが多すぎるもの」

体を起こし、カウチの縁から脚を下ろした夏美の乱れた姿は、ゾッとするほど凄艶だった。

「待って、清めさせて」

夕貴子は床に膝をつき、夏美の秘裂から溢れこぼれる精液を啜り、舐めた。貴重な薬液か何かのように一滴残らず丁寧に。

そのあとで夕貴子はカウチに腰をかけ、夏美に尋ねた。

「どこまで知ってるの？　まり子はどこまで白状した？」

「川奈先生とあなたのご主人のロドニーが、親子だっていうこと……。だとすると、あなたたち夫婦がMASと密接な関係にあるってわかるじゃない？」

夕貴子は鞭で打たれたような表情になった。しばらくしてから低い声で尋ねた。

「そもそも、どこで気がついたの？」

「前にあなたがアキラくんのペニスを咥えてるのを見たことがあるのよ。忘れ物をとりに戻った時に……。その時は何をしてるのかわからなかったけど、川奈先生からMASとDBSのことを聞いたあとで、ピンときたの。あなたたちもインセスト・ラブを実施しているんだって」

「でも、私たちは表面上、ＭＡＳとは関係ないようにしていたのに……。まして、ロドニーの母親のことなんか……」

「そう。だけどまり子さんが志保子さんに貸してたビデオがあって、彼女、それをまた私に貸してくれたの。ちょうど彼女の息子のトシくんとＤＢＳするようになった時に『参考にするといい』って言われて……」

「ああ、あの、インセスト・ラブの……。たぶん『バッド・マザー・マスト・ビー・パニッシュト』っていう実演ビデオだわ」

「あれ、古いものでしょう？　八ミリフィルムからビデオに複写したような感じだったけど」

「そうよ。六〇年代末のインセストものの名作といわれてたやつだから……。それで？」

「あの背景になっていた部屋をどっかで見たことがあるな、って思ったの。東洋調のインテリアで、横になった仏像があって、ちょっと独特の内装よね。最初は思い出せなかったけど、突然、気がついたの。川奈先生のカウンセリングを受けた時、昔からＤＢＳを実践していたって。その証拠に以前、アメリカで撮った写真を見せてくれたことがあるのよ。少年のペニスを吸っている……」

「知ってるわ」

「その写真に映っていた部屋とあのビデオの背景とが同じ部屋だってことも知ってた？　同じ仏像が、〝ハイタワー・ユーノス〟のカウンセリングルームに置いてあった」

夕貴子はしばらく黙っていた。

「……それだけで私たちの関係がわかったの？」

「あとは川奈先生にペニスを吸われていた少年の写真。黒い髪と黒い目……。あれはあなたのだんなさまのロドニーよ。レイ・ミランド的な風貌は子供の時からなのね。そして彼は『バッド・マザー・マスト・ビー・パニッシュト――ママは罰が必要』のビデオにも登場していた」

夕貴子はまた鞭で打たれたような表情を浮かべた。

「そうよ。川奈先生は六十一歳でしょう？　ご主人はあなたと同じぐらいの年齢のはずよね。だったら親子であっても不思議はないわ」

夕貴子は溜め息をついた。

「脱帽したわ、夏美さんの観察力には……。そうよ、ロドニーは川奈雅子の息子。父方の影響が強いから日本人の血が入ってるってわかりにくいけど、一見ラテン系に見える黒い髪と黒い瞳は、実は母方の、日本人の血なの。

　雅子ママ——私たちはそう呼んでいるんだけど、あの人がアメリカに留学していた間に、向こうの大学教授と恋に落ちて、その間にできた子供なのよ。彼女はすぐに彼を里子に出したわ。やがて成長した彼は日本や日本人の女性に関心を抱きつづけ、とうとう私と一緒に日本にやってくることにしたの。文字どおりの母の国に……」

「でも、川奈先生がアメリカにいた間は、ずっと会っていたんでしょう？」

「そうよ。雅子ママがアメリカで近親相姦の実例研究にうちこんでいた時、実の子の精液を呑んで年齢より若く見える女性のことを知った——って話、しなかった？」

「ええ、聞いたわ」

「それで興味を抱いた雅子ママは、時々会っていたロドニーを相手に、インセスト・ラブとDBSを実践してみたの。ロドニーは早熟で、八歳の頃に精通があったの。彼はまあ、実験台だったわけね。それからインセスト・ラブの団体——全米MAS協会っていうのを設立して、インセスト・ラブの実践運動をやりはじめたのよ。

　だけどキリスト教には『汝、骨肉の親《しん》を犯すなかれ』という教えがあって、近親相姦は強いタブーなのね。反対運動が強くて、結局消滅したんだけど、その間に普及用として何本ものフィルムを作ったの。協会解散後はその部門だけが生き伸びてポルノグラフィックなインセスト・フィルムを生産しつづけたってわけ。あなたが見た『バッド・マザー・マスト・ビー・パニッシュト』は、その中の一本。当時、雅子ママが借りていた邸宅をスタジオにして作られたものよ」

川奈雅子が帰国して三十年後、息子のロドニーがフェニックス製薬の主任研究員となって来日した。執念深くインセスト・ラブの偏見打破とDBS運動の普及につとめていた雅子は、久しぶりに再会した息子が優秀な薬学者になっているのに着目した。

夏美は頷いた。

「それで、息子が作ったり融通してくれた薬物の力を借りてインセスト・ラブに踏み切る人妻たちを増やそうとしたのね……。何ていうか、信じられない陰謀だわ」

「陰謀だなんて……そんな大げさなものじゃないわよ。雅子ママは人助けをしたいだけなのよ。あなただってそうじゃない？　交換DBSやって後悔した？」

「そりゃそうだけど、自分の意志ではなくて操り人形のようにそういった運動に巻きこまれるなんてイヤだわ。しかも催淫薬入りのパンティまで作って」

「ああ、まり子はそのことまで喋ったのね」

「当たり前よ。本来なら売り上げ増加のために死にものぐるいで働かなきゃならないセールスレディが、なんでMASなんかでボランティアやってるのか、不思議だったから、こってり絞りあげてやったら、それも白状したわ」

ここ数日の間に、おとなしく控え目だったこの人妻が、まるで人が変わったように行動的になり、活発になったことに、夕貴子は目をみはる思いがした。彼女を川奈雅子のMAS運動にひきずりこもうと言いだしたのは、そもそも夕貴子なのだが……。

「そこまで知られたんなら、経緯を全部話してあげる。まり子がまだ一介のセールスレディだった時、ここにやってきたの。その時は雅子ママもいて、二人は意気投合したのよ。ほら、雅子ママはレズっ気が強いし、私も……ときどきお相手させられるぐらいだから……」

「まあ……。と聞いても驚かないわ。たぶんアキラくん――ご自分のお孫さんの精液も呑んでるんでしょう？」

「もちろんよ」

夕貴子は頷いた。おばあちゃんっ子のアキラは、十歳の時、川奈雅子によって最初の吸飲儀式を体験したのだ。彼の精液は母と祖母二人の活力剤になっているわけだ。

「まり子がその時、ミレーヌの社長夫人が息子との関係に悩んでいる、って噂を話したの。それがすべての発端」

――ランジェリーの訪問販売でたちまち財をなしたミレーヌ社の社長は、四十代半ばの男ざかり。急成長を遂げた会社のトップにありがちな会社人間で、家庭のことをほとんどかえりみなくなっていた。三十八歳の夫人は欲求不満をもてあましていて、十六歳のひとり息子とふとしたはずみで肉体関係を持ってしまい罪悪感に悩んで母子心中を計った。

その事実は社員やセールスレディたちの口を通じて広まっていた。

「雅子ママはその話を聞いて、さっそく社長の奥さんのところに押しかけ、インセスト・ラブは無害だって説いたの。おかげですっかり気がラクになった奥さんは、MASの信奉者になってしまったのよ。松崎瑞恵《まつざきみずえ》というのが本名だけど、松永光恵という名前でときどきハントDBS——通りすがりの男の子を誘惑して精液を呑ませてもらうプレイ——の実践レポートをMAS通信に書いてるわよ。彼女、『自分は副社長でもあるから、どんなことでも協力する』って言って、雅子ママとまり子が考えだした催淫剤を含ませたパンティを商品化してくれたわけ。それで生まれたのがSFショーツよ」

ロドニー・ライアンはフェニックス製薬の研究所で、主に脳の中で作用する向精神薬を合成していた。その過程でいろんな副産物が得られた。その一つがフラギノンだ。

フラギノンは発情を促すホルモンを大量に分泌させる効果がある。性器周辺の粘膜から吸収されるが、男性の場合は鼻粘膜からも吸収される。フェニックス製薬では男性のインポテンツ、女性の冷感症治療薬として認可を申請している。

「そのフラギノンをマイクロカプセルに入れ、シルクに織りこんで、SFショーツにするなんて……」

「全部じゃないわ。あなたも知ってるでしょうけど、ピンク色のだけにしみ込ませてあるのよ。本来の目的は、性感の豊かじゃない女性を敏感にするため……。でも、狙いは欲求不満の人妻をさらに性的に刺激するためね。そのほうがMASやDBS運動に誘いこみやすいから。その効果を確かめるために、まり子さんは適当なミセスの家をまわってたわけ」

「それも白状したわ。だけどひどい話ね。モルモットじゃないの。一度、人のいる前ですごく昂奮してしまって、ひどい目にあったわ」

夏美はまた怒った顔を見せた。

「でも、結果的には性感が豊かになるんだもの、いいじゃない？　あなただってまり子さんと会ってから、セックスに関してはずいぶん楽しい思いをしたんでしょう？」

夕貴子にそう言われて、夏美は赤くなって俯いた。しかしまた怒りの口調で言った。

「私に無断でアキラくんに犯させたことも？　あのヘンな眠り薬で……。この前、目が醒めた時何となくイヤな気分が続いたから、薬を使われたと思ったわ。バタフライの紐が一度ほどかれて結び直されていたし……」

「あらあら、それはうかつだったわね……。あれはスマイリンっていうの。即効性があるけど短時間しか持続しないので商品化が難しい薬なのよ。ロドニーがサンプルを貰ってきたのをあなたに呑ませてみたの。アキラがどうしてもあなたとファックしたい、っていうから……。あの子、モデルをつとめる報酬としてそれを要求したの。でないと、やらないって私を脅迫するんだもの」

「だけど、問題だわよ。一種の強姦よ、これは……」

夕貴子は素直に頷いた。

「悪かったわ。その点については弁解の余地はないわね。あとでお詫びをさせていただくわ」

「どんなお詫び？」

夕貴子は妖しい笑みを浮かべた。

「裏手に土蔵があるの知ってる？　あれもそっくり移築したんだけど、あの二階をロドニーは家族用のお楽しみルームに改造したの。どんなに叫んでも泣いても外に音が洩れないから」

「お楽しみルーム？」

夕貴子は頷いた。

「ロドニーはサディストだから、帰ってくると必ず私を責めるの。ナオミをいじめた悪い母親だって……。それからアキラに私を犯させるの。自分は薬で意識を失わせたナオミを弄びながら……。時にはグランマも参加するし、まり子も時々加わるわ。そのうち、志保子さんとかMASの人々も呼んでオージーパーティをやろうかと思ってるんだけど……。そこへあなたを招待する。鞭も蠟燭も浣腸器も何でもあるわ。そこで私、罰を受けるわよ、どう？」

ようやく夏美も理解した。夕貴子は夫のライアンに支配されて喜ぶマゾヒストでもあったのだ。それにしてもなんという背徳的な一家なのだろう。

「わかった。あとでさんざん泣かせてあげる。だけど、少年の精液に特別な効果があるって本当？　川奈先生の言ってた生体活性物質っていうのは実在するの？」

夕貴子は首を横に振った。

「βスペルギンの話は、DBSを信奉させ納得させるための架空の理論よ。残念ながら。でもロドニーは、そういう作用をする物質があるんじゃないか、って考えてる。ほんのわずかな量で効果をもたらす性ホルモンのようなものが……。効果自体は夏美さんが体験したんじゃなくて？　アキラは驚いてたわよ。見違えるようにあなたが魅力的になったって……」

「そうかしら……」

夏美はまた顔を赤らめ頰を押さえた。

「雅子ママはロドニーと相談して、まり子さんを使ってデータを集めさせているの。あなたはまた『無断で生体実験をやってる』って怒るかもしれないけど、こんなことはどこの企業でも団体でもやれっこないでしょう？　実はフェニックス製薬も目をつけているけど、おおっぴらにはやれないからロドニーに金を与えてこっそり研究させているの。

　本当に老化防止や生理機能の回復という作用があれば、商品化したら現代の不老長寿薬になること間違いなしだもの……。ロドニーは私たちをバックアップして、ＭＡＳや若樹の会の加入者を増やそうとしているの。もちろん表面的にはフェニックス製薬と無関係なように装って……。フェニックス製薬はこの件ではずいぶん金を出しているのよ。都内だけでも数カ所にマンションを借り、支部を置いてグランマにカウンセリングをさせて……」

「それじゃ、ＭＡＳはますます大きくなるわね」

「そうよ。いつかは社会から公認されるほどの勢力を得るかもしれない。今はまだ夢みたいな話だけど……」

　夕貴子は描きかけの絵を示して言った。

「この絵は、実はフェニックス製薬とミレーヌが資金を出して都心に作る、ＭＡＳ本部ビルのロビーに飾る絵なのよ。三部作になる予定。『母と子の目ざめ』は最初のもの。三部作が完成するまで、モデルをつとめてくれるわね、夏美さん……」

　まだ裸のままの夏美はニッコリ微笑んだ。

「いいわ、でもモデル代はアップさせてもらう」

「あらあら、いくら欲しいの？」

「決まってるじゃない。一回ごとにアキラくんの精液一発分」

二人の女は抱き合って笑った。笑いながら接吻し、夏美は夕貴子の着ているものを脱がせて真っ裸にした。自分の履いていたパンティストッキングで彼女の両手を後ろで括りあわせた。ビシと臀を叩いて言った。

「さあ、その土蔵——お楽しみルームとやらに案内して。たっぷり鞭をふるまってあげる」

自分を完全に支配し操ってきた貴婦人を、これから存分に弄び辱める期待に、夏美の胸は躍った——。

第十九章　濡れた裂け目に息子の熱い器官をあてがわれ……

MAS通信第二十五号
——インセスト・ラブ実践レポート
息子の腕の中で泣いた私
芦川　菜津絵（西東京支部）

私は、川奈先生のアドバイスを受けて先月から交換DBSを実行した三十五歳の主婦です。相手はわりと近所に住む美保子《みほこ》さんです。その方は前からMASを実践していたのですが、「母親以外の女性と経験させたい」と思っていたのです。私が交換DBSの相手を探していると桑原まり子さんから聞き、彼女のほうから提案してきました。

交換DBSはスムーズに成立しました。

私が美保子さんの家を訪問して彼女の息子のトシくんを楽しませている間、美保子さんは私の家に来て、息子のユウくんを楽しませる——というパターンです。トシくんは全部知ってますが、ユウくんは私がDBSをしていることは知りません。つまり彼は、美保子さんとセックスをしているのを私は知らないと思っているわけです。

美保子さんは私にもインセスト・ラブをすすめているのですが、私はそこまで踏み切る勇気がありませんでした。

三回目の交換DBSが終わったあとのことです。美保子さんが録音テープとポラロイド写真を送ってくれました。

ポラロイド写真には美保子さんとトシくんのプレイが写っています。最初の一枚を見てびっくりしてしまいました。

セーラー服を着た美保子さんが柱に縛られています。

セーラー服は夏の白い半袖のものです。これはミレーヌの桑原まり子さんがランジェリーを購入した方への謝恩ギフトに加えたもので、私たちミセスよりご主人がたに人気があるそうです。

美保子さんはスラリとした体つき、丸くて大きい目、ボーイッシュなショートヘアですので、女子高生のセーラー服を着ても違和感がありません。うっかりするとホンモノの女子高生でとおってしまいそう（オーバーかな？）。

そんな彼女が居間の柱に、後ろ手に縛りつけられています。紺の襞スカートは大きく捲《ま》くられて腰のところの縄に挟みこまれ、パンティを脱がされてまる出しの秘部がパックリ口を開いています。

口にはそれまで穿いていたパンティが押しこまれて猿ぐつわになっています。

白いソックスを履いた足は大きく開かれて物干し竿で固定されています。

ユウくん――私の十五歳の息子――が全裸で彼女の前にしゃがみこんでいます。すぐ傍に水の入った洗面器が置いてあり、彼は手に軽便カミソリを持っています。

そうです、美保子さんは私の息子に剃毛されているのです。

もっとも、彼女は以前から剃毛が趣味で、インセスト・ラブを実行するようになってからは日課として息子のトシくんに剃らせているのです。ですからいつも恥丘はツルツルで、それが何ともいえずエロティックです。

写真には美保子さんのこんな文章が添えられていました。

「ユウくんが剃ってみたいというので、剃らせてあげました。縛るのはトシくんの好みで私も気に入ってます。ユウくんもそのほうが興奮するらしく、喜んで縛ってくれました。縄をかけられると愛液が溢れるので、それを塗りつけて剃ればシェービングクリームなどは必要ありません。この時も愛液だけで剃られました」

ユウくんが激しく興奮しているのは、天を睨んだペニスの先っちょで、ピンク色の亀頭が完全に剝けているのでもわかります。

二枚目は同じ姿勢で縛られ、スカートを剝ぎとられた美保子さんです。押しこまれたパンティの上からパンストで厳重に猿ぐつわがされています。目だけになると女子高生らしい雰囲気がもっと強まります。その目はトロンとしています。それもそのはず、彼女はピンクのSFショーツを穿かされているのです！

あれを穿かされて十分もしたらどんなことになるか、経験のある方はおわかりですね。美保子さんはトシくんにそれを穿かせてもらい、三十分放置されました。ものすごく興奮していることは股布のところがおしっこを洩らしたみたいにグチョグチョになっているのでわかります。添えられた文章はこうです。

「SFショーツを穿かされて二十分したところの写真です。ただ身悶えして腰を突きあげているだけで、シルクがクリトリスに擦れて何回かイッてしまいました」

なんて甘美な拷問でしょう！

最後の、三枚目の写真はベッドの上で伸びている美保子さんです。身に着けているのは白いソックスだけ。うつ伏せになってお尻を少し持ちあげています。アヌスがカパッと口を開けて洞窟の入り口のように暗い穴の奥から白い液がこぼれて会陰部を汚し、腿を伝っています。

ひと目見ただけでアナルセックスのあとだとわかります。美保子さんは女子大の寮にいた時、先輩からありとあらゆるレズ責めを受けてマゾになってしまったのですが、実の息子のトシくんにもアナル責めをさせて悦ばせています。ユウくんにも教えてくれたのです。

私は複雑な気持ちでした。写真の横にはこう書いてあります。

「ごめんなさいね。ユウくんにもアナルセックスを教えてあげました。とても悦んでいましたよ。私も子宮を突かれると感じて、ぐったり伸びてしまいました。ユウくんのペニスは最高ですよ。これを味わってないなんて菜津絵《なつえ》さんはもったいないことしてる……」

この写真だけで私のパンティはぐっしょり濡れたのに、今度はテープです。

再生してみると、ベッドで交わっている美保子さんとユウくんの会話です。

どうやらファックが終わったあとのようです。

〝よかった？〟と美保子さんの声。

〝うん、最高！〟とユウくん。

〝ねぇ、ユウくん。自分のママとセックスしてみたくない？　きっと素敵だと思うけど〟

〝えっ、ママさんと？〟

ユウくんのびっくりした声。先に書いたように、彼は私が美保子さんの息子さんとＤＢＳしていることは知りません。

〝そうよ。だってキミのママも、以前の私と同じぐらい欲求不満で、セックスしたくてたまらない状態だと思う。きっと毎晩オナニーしているわ。かわいそうじゃない？〟

なんと美保子さんは、ユウくんに私とインセスト・ラブをしろとけしかけているのです。

〝だって、ママさんとセックスなんて考えられないよ……〟とユウくんの当惑した声。

〝どうして？　ほら、この前見せたビデオでも実の母と息子がやってたでしょ？　世の中にはそういった母子が珍しくないのよ〟

〝でも、ぼくが『ママさんとセックスしたい』なんて言ったら、びっくりして死んでしまう〟

〝そりゃあ、ふつうの状態でいきなりそんなことを言ったらびっくりするだろうけど、タイミングによっては喜んでＯＫしてくれると思うんだけどな〟

〝どんな時？〟

ユウくんの声が真剣になりました。

〝それはね、キミのママが誰かとセックスしたくてたまらない時よ。わかる？　ハッキリ言えばオナニーしてる時〟

〝そんな……。オナニーするとしたら寝ている時でしょう？　どうやってわかるの？〟

美保子さんはユウくんの反応を楽しんでいます。クスクス笑って、

〝あらあら、ママの話をしたら急に硬くなってきて……。やっぱりママとしたいのね？〟

〝……うん〟

その答えを聞いた時、私の体はカーッと熱くなりました。子宮がキュッと痺れた感じ。

〝じゃ、教えてあげる。私もそうだけど、女の人って一番したくなるのは、やっぱりベッドに入ってからね。眠れなくて悶々とするのは、ユウくんと同じ。それにお風呂に入ってサッパリしたあとなんかもしたくなる。だからママがお風呂に入って、それからベッドに入ったら、少しして覗いてみるのよ〟

〝覗く？〟

〝そう。覗けなかったら中から聞こえてくる物音に耳をすましてもいいし……。さっきも美保子ママ、ユウくんの前でオナニーしてみせたから、あの時、どんな声を出すかわかってるでしょう？　そりゃあママはあんまり大きな声をあげないと思うけど、ハーッとかウーンとか悶える声がするはずよ。それが聞こえてきたらオナニーに夢中ということね……〟

しばらく黙っていたユウくんが思いきったように言いました。

〝こないだビデオを返す時にママのタンスの抽斗を開けたら、バイブレーターがあったんだ

よ。それで『ママさんも寂しい時はオナニーしてるのかな』って思ったけど……〟

私のいない間、こっそり下着の抽斗を開けたりしていましたから、たぶん見つかると思って、わざと見えるようにしていたのですが、やっぱり見つけていたのですね。

〝そうよ、当然だもの。同じ屋根の下で、キミのママが一人でオナニーして、キミはキミで一人でオナニーしてるなんて、すごく不自然だと思わない？〟

美保子さんはますます調子にのって唆します。

〝うーん、思う……〟

〝だったらママを慰めてやらなきゃ親不孝ってものよ。そうね、ママがオナニーしてる時、入ってゆくの。ちゃんとノックして、『体の具合が悪い』とか理由をつけてね。『どこが悪いの』って聞かれたら『ペニスが痛い』とか何とか言って、ペニスを見せて触ってもらうの。要するにキミのは勃起して痛いんだから、ママはなおし方をちゃんと知ってるわ〟

〝そんな簡単にゆくかなあ〟

〝ゆくわよ。試してみなさい〟

そのあと、二人はまた交わったらしく喘ぎ声と呻き声になりました。私はそれを聴きながら濡れたパンティの中に指を入れて激しくオナナってしまったのです。

――そのあとで美保子さんから電話がかかってきました。

「どう？　テープ聴いてくれた？」

「聴いたわ。美保子さんたら何てことを教えてくれるの、うちの息子に」

電話線の向こうで明るい笑い声が響きます。

「あらあら、怒ってるの？　私があなたたち二人を結びつけてやろうと苦心してるのに……。大丈夫、ユウくんはあなたに夢中なんだから。録音はされてないけど『最近のママさんはすごく色っぽくて母親みたいじゃない。まるでお姉さんを見てるような気がする』なんて言ってたわ。特にあなたのことで彼が好きなのはね……なんだと思う？」

「何？　わからないわ」

「お尻よ。それもパンティラインがくっきり見えるような状態の……。このところスリップとかネグリジェ姿でユウくんの前を歩くことが多かったでしょう？　彼、少し透ける寝衣とかスリップの下からパンティが透けて、お尻の割れ目の部分も浮きだしてるのが一番感じるって言ってたわよ。どうやらユウくんはお尻マニアの素質があるみいたね。スパンキングも教えてやったけど、夢中になったわ。私のヒップはそんなに大きくないけど、きみのママのは叩き甲斐があるわって言ってやったら、『そうだね』って言ってたわ」

「美保子さん……、あなた何でも教えちゃうのね、うちの息子に」

私は思わず、怨みがましい声を出してしまいました。美保子さんはまたケラケラ笑います。

「そうよ、母親のあなたが無責任なんだもの。あなたが教えないんなら、私が全部教えちゃうわよ。本格的なＳＭも……」

「やめてよ」

私は叫んでしまいました。まんまと美保子さんの罠にかかったんですね、その時。

「ユウくんの教育は、私がします」

そう宣言したら勝ち誇った笑い声が返ってきました。

「その調子。向こうがその気になってるんだから、あとはあなた次第よ。がんばってね」

——その晩、私はユウくんのあとからお風呂に入りました。彼は居間でテレビを見ています。お風呂から上がると、『タブゥ』の香水をプッシーを中心にふりかけ、特別に用意したパンティを穿きました。以前にミレーヌのランジェリーを買った時、桑原まり子さんから景品としていただいた寝室用ランジェリーセットのショーツです。

色は薄紅色——オーキッドピンクです。ナイロン製のビキニで、セミの羽根のように薄く、股布の部分だけ二重になっています。ヘアは一本残らず透けて見えるので隠すという役目はほとんど果たしていません。

ナイロンのビキニというのは、ヒップのひきしまった若い娘さんならともかく、私のようにやや大きめのヒップだと緊く、吸湿性もゼロなのでほとんど穿くことはありません。それでも見た目にはとてもセクシィですし、何より裾ぐりがお尻に食いこんで明瞭なパンティラインを描きます。

そのパンティに足を通して引き上げると、その前にすでに膨らんでいたクリトリスが擦れてズキンと甘い痺れが走り、思わず「うっ」と呻いてしまいました。そうです、お風呂で体を清めている段階から、これから起こることを考えて私は興奮していたのです。本当に悪い母親！　その上から白いネグリジェをまといます。袖はなく、スリップのように肩紐で吊るスタイルのもので、肩紐はリボン結びになっています。前は二つボタンがあり、それをはずすと乳房が剝き出しになります。どう考えても寝室で殿方に愛撫されるための寝衣ですね。

レースで飾られた裾は踝《くるぶし》までありますが、左右に深いスリットが切れて太腿まで覗けます。それを着けて鏡に自分の姿を映してみます。湯あがりの上気した肌に吸いつくようなナイロンの白いネグリジェは、自分で言うのもなんですが、私を何歳も若々しく見せてくれます。そして、ヒップを包んでいる蘭の色のパンティ。後ろを向いてお臀を見ると、きっちりと肉に食いこんだ裾ぐりの部分が見事なパンティラインを浮き彫りにしています。

思わず自分で頰を赤くしてしまうほどエロティックで淫らな恰好。まるでピンクキャバレーのホステスになったような気分。実際、その姿で息子の前に出るのには勇気が必要でした。

居間のソファに座ってテレビを見ていたユウくんは、私が白くて薄い、肩も露わなネグリジェで姿を現すと目を丸くしました。瞬間的に股間がふくらみ、あわてて足を組んで隠します。

私は髪や爪の手入れをしたり、キッチンから冷たい飲物を持ってきたり、彼の前をウロウロ歩くようにして、時々しゃがんで、パンティラインを誇張してみせます。彼の欲情に燃えた視線が私のお臀に突き刺さるのが薄いナイロンをとおしてわかります。

「ぼく、もう寝るよ」

ユウくんはぶっきらぼうに言うと、ぎこちない足どりでそそくさと二階に上がってゆきました。勃起したペニスが痛くて耐えられなくなったのでしょう。

（いよいよね……）

私も心を決めて、寝室に入りました。ドアはいつもシッカリと閉じるのですが、わざと少し隙間を開けておきます。声が洩れるように、そして、ユウくんが覗けるように。

ユウくんの部屋からはコトリとも音がしません。たぶん息をひそめて私が寝室に入るのを待っているのでしょう。

（来てね、必ず……）

念力で呼びかけながら、私はベッドに横になりました。胸がドキドキしています。息子の前にいた時から乳首がツンと立って、ネグリジェに擦れるたびにツーンと痛いような痺れるような疼きが走ります。

照明はベッドサイドのスタンドの明かりだけにして、上がけを剝いでシーツの上に仰向けになり、しばらく乳房を揉みました。

「あーっ、感じる……」

熱い吐息が洩れます。

前のボタンをはずすとおっぱいが両方ともこぼれます。片方の手で揉みながらもう一方の手でヒップやお腹を撫でます。ナイロンに包まれた肌を撫でるのはとてもいい気持ちで、うっとりしてしまいます。

思いきって裾をたくしあげスリットの部分から手を下腹へさしこみました。股の部分を触ってみると内側から溢れた液でヌルヌルしています。驚くほどの愛液です。

パンティの内側に指を入れ、ヘアの感触を楽しみながら丘をくだってゆき、小豆ぐらいの大きさに膨らみ尖っているクリトリスを愛撫します。たちまち目のくらむような快感が生じ、

「あっ、あうっ……！」

歓びの声をあげて体をくねらせてしまいました。

コト。

微かな物音が聞こえたのはその時です。ユウくんの部屋のドアが開いたのです。そうっと廊下を歩いてくる気配。美保子さんが教えたとおり、ユウくんは私がオナニーをしているかどうか窺いにきたのです。私の体の中に歓びの感情が湧きあがりました。

（来てくれたのね、ユウくん。ありがとう！　じゃ、ママが自分で慰める恥ずかしい姿をたっぷり見せてあげる……！）

ネグリジェの裾をたくし上げて太腿のつけ根まで露わにします。ドアの隙間からよく見えるようにベッドでの体の位置をずらし、片膝を立てて股間を見せつけるポーズをとりました。パンティの下に潜らせた指を大胆に動かします。まるで感電したみたいに快感が駆け抜け、私は「ひっ」と呻き、背を弓なりにのけぞらしてしまいます。

「あーっ、いい。ユウくん……」

思わず息子の名前を口ばしってしまいました。まるで彼に愛撫されているような錯覚に溺れてしまったからです。

チラと目をやるとドアの隙間は前より広くなっています。黒い影が蹲っています。その位置からはパンティの股布のところで私の指がどんなふうに動き、どの部分を刺激しているかまる見えのはずです。

（ああ、恥ずかしい……。息子の見ている前で自分を辱めるなんて……。こんな淫らな母親がこの世にいるかしら……？）

そう思ったとたん、さらに愛液が溢れ、興奮は極限まで昂りました。両手を下に伸ばしパンティをひき下ろします。片方の足首から抜きとってもう一方の太腿に残し、お臀を浮かして割れ目の部分をドアのほうへ向け指を挿入します。最初は人差し指、次に中指を蜜壺のような膣の中へ埋め、抉るようにしました。今度はもっと強い快美な電流が生じ、感電した私はあられもない喘ぎ声をあげながらしばらくわなわなと震えていました。

もう一方の手でクリトリスを弄ります。私の場合、膣とクリトリスと交互に刺激してやると、いっそう楽しめるのです。同時に刺激すると、たちまちイッてしまいます。

「ああ、あーっ、あうっ……」

私は汗びっしょりになってベッドの上をのたうちまわりました。

廊下の黒い影がすっくと立ちあがりました。ようやく決断したのでしょう。

コツコツとドアをノックします。私は自分を辱めている指を止めました。

「はい？」

「ママさん、入っていい？」

私の声もユウくんの声もうわずっています。

「どうしたの？」

「ママさんが苦しそうな声をあげているから……」

「そう、苦しいのよ。入ってきて、ママを助けてくれない？」

パジャマ姿のユウくんが入ってきてベッドの傍に立ちました。ネグリジェの前をはだけて乳房も剝き出し、裾もたくしあげて下腹まで剝き出しの私の姿にショックを受けたようですが、パジャマのズボンの前はテントを張った状態です。私はかすれた声で言いました。

「ユウくん、ママ、なんだか苦しくて、狂いそう……。私をラクにしてくれる？」

「いいよ、ママさん」

「じゃ、パジャマを脱いで、ここに来て」

驚くほどのスピードでブリーフまで脱ぎ捨てました。

もう童貞ではないペニスは驚くほど逞しく力強い姿になっています。包皮は完全に剝けて、清純な亀頭粘膜はふだんのピンク色から真っ赤な色になり、尿道口からは透明なカウパー腺液が溢れ出て、糸をひいて滴り落ちるぐらいです。

それにむしゃぶりつきたい思いを抑え、ベッドに入ってくるように言いました。

「ママ……」

しがみついてきました。私も抱き締めてあげます。直立したペニスが私の股間を突きあげる感触は何とも頼もしいものです。

私たちは言葉のいらない世界にのめりこんでゆきました。接吻しお互いの舌をからめ唾を飲み交わしました。ユウくんの手は私の乳房を揉み、下腹、腿、お臀を撫でまわします。愛液で溢れた部分を触られると、「ああっ」と叫んで私はまたのけぞってしまいました。私の手もすっかり逞しく男らしい筋肉のついてきたユウくんの体を愛撫します。特に屹立した欲望の器官を……。

まず彼に弄られて私がイキました。二度続けてのオルガスムスです。

「ママ……」

私が正気にかえるまでしばらくの間、夢中で乳首を吸い、噛んでいたユウくんが、やがて訴えました。

「入れさせて」

「待って」

私は逸《はや》りたっている彼を押しとどめました。このまま挿入したのではたちまち暴発してしまいます。母と子の最初のセックスですから、もっと余裕のある交わりを楽しみたい。

「一度、ママの口で出してほしいの。それから入れてくれない？　そのほうが二人とも楽しめると思うわ」

「うん、そうだね……」

　ユウくんはともかく射出欲が先行しているのです。私は高くした枕に凭《もた》れるようにして仰向けになり、ユウくんを顔の上に跨らせました。彼はベッドのヘッドボードに手を突く恰好で腰を突き出します。私は大きく口を開いて、彼の昂りきっている肉の棒を頰ばりました。喉の上のほうまで一気に突きたてて口いっぱいに熱い、男の匂いのする肉で塞がれました。

　しばらくその状態で唇をすぼめたり頰をふくらませたりし、その間、亀頭から肉茎の胴体部分を指で撫であげてやりました。

「ああー、気持ちいい、最高……」

　ユウくんが歓びの声をあげます。やがて二人の間にリズムが生まれました。

　夢中で舌を使い唇でしごくようにして頭を前後に揺すります。彼の腰もそれに合わせてピストン運動を開始しました。一分もしないうちに男性の快楽の極限に達しました。

「ママぁ、イク！　出る！」

　大声で叫び、強く下腹を打ちつけてきました。私の鼻は彼の陰毛で塞がれました。

　射精の瞬間、ペニスがブッと倍ぐらいに膨れる気がしました。特に亀頭の部分です。それから熱い粘っこい液がドバッと喉の奥へ浴びせられます。その瞬間、強く吸ってあげます。ジューッと音がするくらい吸って、すぐに精液をゴクンと呑みこみます。味わっている余裕もなくドバドバと口の中で噴きあげるユウくんのエキス。強く吸い、呑み込み、強く吸ってあげます。このテクニックも美保子さんから教えてもらったものです。射精の瞬間に吸われると、精液が倍以上のスピードで射出されるので快感も倍増するらしいのです。

「あーっ、ママ、ママっ！」

ユウくんはガクガクと腰をうち揺すり、睾丸に溜まっていた精液を放出してくれました。

「すごい……、こんなに気持ちよかったの初めて……」

しばらく死んだみたいにグッタリしていたユウくんは、正気に戻ると私にしがみついて唇を求めてきました。それから甘えるようにおっぱいをさぐります。

「ママ、ぼくの精液呑んで、気持ち悪くない？」

「ユウくんの元気の素みたいなものだもの、気持ち悪いなんてちっとも思わないわ。それに美味しいし。ちょっと苦いけど……」

「へぇ」

私も美保子さんの息子のトシくんと交換ＤＢＳをやってわかったのですが、その日最初の射精だと、とても粘っこくて、ゼリー状にプチプチしたのが噴きあげてきます。喉にひっかかるぐらい濃く、苦みとか鹹《から》みがあるのですが「こんなに元気なんだ」という実感がして、かえってうれしいものです。特に実の息子の射精を初めて口に受けた感激は言い表せません。あの強い衝撃、匂い、味……。これを書いている今でも、思い出して下着がびっしょり濡れてしまいます。

　さて、しばらく休息しているうちに、ユウくんの分身はまた逞しく回復してきました。私のネグリジェを脱がせ、四つん這いにして性器からアヌスまで点検して、溢れる愛液を吸ってくれました。

「ママのここ、すごく魅力的だよ。ほら、キスしてくれって頼んでるみたい。こうやってヒクヒクして……。うーん、アヌスだって指を入れてほしそうな顔だな……」

　そうやって弄られると私の興奮は高まります。シックスナインの体勢になってお互いを口で刺激してから、いよいよ結合です。

「ユウくん、ママを抱いて。力いっぱい可愛がってね……」

「もちろん」

　私は仰向けになりました。ユウくんは美保子さんに教えてもらったのでしょう、私の膝を抱えて肩にのせました。一番深く結合する体位です。

「入れるよ」

「来て、ユウくん……」

　ズキンズキンと脈打っている熱い器官が濡れた裂け目にあてがわれます。私が生み出した分身が、今、その故郷へ戻ってくるのです。彼を生み出してからポッカリと開いた空虚な部分を埋めにきてくれたのです。私たちはふたたびまた一体になるのです。

激しい興奮と同時に不思議な感情――悲しみにも似た――が湧き起こり、私の頰を涙が濡らします。

「泣いてるね、ママ。悲しいの？」

猛りたったもので前庭を擦りたてながらユウくんが訊きました。

「違うの。うれし涙。ママ、うれしくて……もう、死んでもいい」

「そう……」

ユウくんは頰を伝う涙に唇をあてて、やさしく舐めてくれました。次から次へと涙が溢れ、視界がぼやけます。

「いこうよ、ママ。一緒に」

熱い、鉄のように硬いものが凶暴な力を秘めて、同時に無限にやさしい愛を伴いながら私の一番大事な部分へと入ってきました――。

そのあとのことは、とても筆にすることはできません。あの夜のことを思い出すと、まだ感動が鎮まらないのです。

ただ、私は三十分ほども失神するほどの快感を得て、ユウくんが驚いたほど大量の、透明な液を噴射してシーツを汚してしまったことだけ、お伝えします。

その夜から、美保子さん母子との交換DBSは週に一度になりました。ほとんど毎日、私はユウくんとベッドをともにして口、膣、肛門に逞しいペニスを受けいれ、この世のものとは思えない歓びを味わっています。

自分がこの世に送りだした逞しい、美しい肉体を受け入れ、支配される歓びは、母親だけが得られる特権です。

まだインセスト・ラブの実行に踏み切れない方が、この拙《つたな》い文を読んで決心してくれることを心から願って筆をおきます――。

この作品は一九九〇年八月マドンナ社より刊行
された『美母　童貞教育』を改題したものです。

GENTOSHA OUTLAW BUNKO

夫《おっと》には秘密《ひみつ》

館淳一《たてじゅんいち》

平成25年12月5日　初版発行

発行人――石原正康
編集人――永島賞二
発行所――株式会社幻冬舎
〒151-0051東京都渋谷区千駄ヶ谷4-9-7
電話　03(5411)6222(営業)
　　　03(5411)6211(編集)
振替00120-8-767643
印刷・製本―図書印刷株式会社
装丁者――高橋雅之

幻冬舎アウトロー文庫

ISBN978-4-344-42133-2　C0193　　O-44-20

幻冬舎ホームページアドレス　http://www.gentosha.co.jp/
この本に関するご意見・ご感想をメールでお寄せいただく場合は、comment@gentosha.co.jpまで。